艺文北京丛书主编｜安平秋

京代散文中的

马东瑶　主编

北京出版集团
文津出版社

图书在版编目（CIP）数据

古代散文中的北京 / 马东瑶主编. -- 北京：文津
出版社，2024.10. -- （艺文北京丛书 / 安平秋主编）.
ISBN 978-7-80554-915-6

Ⅰ. I262

中国国家版本馆 CIP 数据核字第 2024WL5128 号

统　　筹：许庆元　王忠波
责任编辑：乔天一　孔伊南
责任营销：猫　娘
责任印制：燕雨萌
装帧设计：周伟伟

· 艺文北京丛书（安平秋　主编）·

古代散文中的北京
GUDAI SANWEN ZHONG DE BEIJING

马东瑶　主编

出　　版　北京出版集团
　　　　　文 津 出 版 社
地　　址　北京北三环中路 6 号
邮　　编　100120
网　　址　www.bph.com.cn
印　　刷　河北鑫玉鸿程印刷有限公司
发　　行　北京伦洋图书出版有限公司
开　　本　880 毫米 ×1230 毫米　1/32
印　　张　12
字　　数　209 千字
版　　次　2024 年 10 月第 1 版
印　　次　2024 年 10 月第 1 次印刷
书　　号　ISBN 978-7-80554-915-6
定　　价　79.80 元

如有印装质量问题，由本社负责调换
质量监督电话　010-58572393

前言

马东瑶

　　本书选文以战国开端，从先秦两汉到隋唐近1200年的时间，选文只有十篇，固然是体现了早期北京在以黄河流域为中心的中原王朝中，并没有处在政治的重要位置，但它却逐渐发展成军事重镇和边塞要地。与此同时，勇武任侠、慷慨激昂的燕赵之风成为北京地域文化的底色。这突出表现在开篇四篇选文中。两篇为"书"，两篇为"传"，皆出自先秦两汉的著名史书：《战国策》《史记》《汉书》《后汉书》，由此带来历史的厚重感。两传中分别有《易水歌》和《燕刺王旦歌》，前者因荆轲刺秦成为燕赵侠义之气的经典咏唱，后者被认为是写北京的最早诗篇之一，这在《古代诗歌中的北京》已有提及，本书则以散文的形式将诗歌产生的前因后果生动叙述出来。另一方面，《燕刺王旦歌》中，汉武帝因刘旦图谋帝位而愤怒地说:"生子当置之齐鲁礼义之乡,乃置之燕赵,果有争心,不让之端见矣。"可见当时对燕赵尚存儒家化外之地的鄙夷之心。

到了唐代,幽州作为王朝东北重镇,日益受到重视。所选五篇都出自著名文人士大夫之手。其中有三篇为赠序,属于当时新兴的文体,两位作者张九龄和韩愈则分属于安史乱前的盛世时期和安史乱后的藩镇割据时期,由此体现出风格与内涵迥异的两种幽州书写,背后折射出幽州和整个王朝的政治历史变迁。至于"德音",是传统的官方正式文体,时任中书舍人、翰林承旨学士的元稹奉皇帝之命而作。由此篇,我们得以稍窥唐代公文文体样式,更从中看到了当时的幽州乱象和复杂的央地关系。值得一提的是,本文之所以入选,还在于文章涉及的重要人物幽州节度使刘济,其墓于2013年被挖掘于北京房山,是北京地区现存规模最大、等级最高的唐墓。注重有相关历史遗迹的存世文献,正是我们的选文标准和特色之一,也为读者实地感受北京历史文化提供了线索。

宋金元时期的北京,是对峙政权的辽之南京、金之中都,是重新统一全国的元之大都。在这一段分分合合的历史中,诸篇选文既有对幽燕百姓归宋渴盼的沉痛书写，也有对金元时期北京如何逐步成为王朝都城的生动描绘。本部分选文以北宋王禹偁《武皇》开篇，其内容正衔接了五代时期。欧阳修《新五代史·伶官传序》因选入中学教材而为读者所熟知，其中"三矢告庙"叙述得绘声绘色，而此段史事所本，正来源于王禹偁《五代史阙文》中这一篇《武皇》。所不同者，《武皇》中更开宗明义强调了幽州作为兵家必争之地的重要性。由此，文章既为我们提供了与官方正史、经典名篇相关史事的对读，也开启了北京在宋金元时代"燕云十六州之幽州—燕京—中都—大都"的坎坷历程。从这一时期的选文中，我们看到幽州浪迹于中原王朝之外的无所归依，更充分感受到，各民族文化在这里碰撞、交汇并最终走向融合，从此奠定大一统王朝都城的基础。

明清时代，北京已经成为全国的政治经济文化中心，拥有不可撼动的都城地位。书写北京的散文在这一时期自然也数量剧增，目前选文五十篇，却仍是挂一漏万。相较而言，明清时期离我们当今的时代最近，文章中写到的自然风光、人文景致等，很多今天仍可一一对照，更能带给我们熟悉、亲切之感和文化传承的自豪感。首先值得一提的是雍正皇帝和乾隆皇帝亲自撰文。雍正皇帝的《圆明园记》以第一视角描绘了圆明园的亭台水榭、四时佳色，令读者遥想当年胜景的同时，又为今日徒存遗迹而扼腕。一部北京的景观史，往往也是一部家国史。乾隆皇帝的《帝都篇》和《皇都篇》也很可一观。两篇文字虽然都短小，却浓缩传承着汉唐以来京都赋的书写传统，呈现出北京作为帝都的地理优越性和历史厚重感。

明清选文中游记颇多，这既体现了游记这一文体自中唐柳宗元以来的长盛不衰，也正说明北京胜迹遍布，文人忍不住要发诸笔端。例如北京近郊的满井是著名风景区，由此诞生了袁宏道深受赞誉的《满井游记》。京郊西山一带也是风光宜人，直至今天仍然游人如织，在明清时代同样深受文人青睐，选文中有李东阳、都穆、乔宇、袁中道、李流芳等多篇西山游记。这些游记文笔动人、风采各异，既写出西山清丽如江南的一面，又呈现了北方风光的大气，还往往带出身处都城的家国情怀。同样是同题写作的袁宏道、袁中道兄弟的《游高梁桥记》又别有意趣。袁宏道笔下的春日高梁桥山岚水色，浪纹树影，鱼鸟飞沉，丹楼朱塔，人物往来，美不胜收；袁中道笔下的春日高梁桥却是冰雪刚刚融解，杨柳尚未抽条，不仅无景可赏，更要命的是尘埃蔽天、风沙满口。作者遥想江南三月的草长莺飞，不禁感慨为何要来忍受这京师之苦。袁氏兄弟这两篇游记很有代表性地写出北京春天或花红柳绿或风沙漫天的两面性，袁中道进而以景寓怀地表现了"居长安，大不易"的人生感慨，这无疑也是都城特色。

如果我们读得细致一点，会发现写景抒情的背后其实往往还有很多丰富复杂的历史文化信息。例如谭嗣同《城南思旧铭并叙》回忆自己少年时代居住在北京宣武城南读书时的生活，呈现出一个少年眼中"人少鬼多"的宣南印象，这自与本篇为追忆亲友、凄恻伤感的情感基调有关，事实上，谭嗣同所提及的宣南，在清朝不仅仅是一个都城地域，更有其独特的人文内涵。清军入关以后，因"满汉分城而居"政策，汉族士大夫逐渐聚居于宣南，形成了宣南特有的人文环境。孙承泽的孙公园就是宣南著名的私家园林，对读本书所选《退谷小志》，可见一个同时拥有城中豪宅和城外别墅的汉族士大夫的朝市与隐居生活。不过，孙承泽毕竟是声名有损的"贰臣"，并不能代表宣南的人文气质。通过本书所选李慈铭《陶然亭》，则可大略了解文人士大夫在宣南著名景观的交游赏玩，其中对附着在建筑物上的历史记忆的挖掘，无疑使宣南和北京的人文积淀越来越厚重悠长。而谭嗣同对宣南的回忆，固然带着伤感亲友故去的灰暗色调，其中又何尝不是饱含着对成长于兹的北京的深情和热爱呢？

笔者在读袁宏道《游高粱桥记》时，突然发现自己所居之地便是在高粱桥旧址旁。当年这里虽是风景绝佳的"京师最胜地"，却也已处郊外。今天，北京早已从内城扩展至六环以外，国家的发展带来古都的旧貌换新颜，而另一方面，北京著名园林里的亭台楼阁或不知名胡同里的砖石瓦当，可能都寄寓着丰厚的历史人文意蕴。本书所选篇章，仅为我们的北京文化寻根之旅做一点导引，期待读者朋友们自己能有更多的探寻和发现。

目录

明文三十篇

清文二十篇

先秦两汉南北朝隋唐文

伯矩鬲，西周初期青铜礼器，
1975 年出土于北京房山琉璃河
遗址 251 号墓

报燕惠王书

乐毅

臣不佞[1]，不能奉承先王之教，以顺左右之心，恐抵斧质之罪[2]，以伤先王之明，而又害于足下之义，故遁逃奔赵。自负以不肖之罪，故不敢为辞说。今王使使者数之罪[3]，臣恐侍御者之不察先王之所以畜幸臣之理，而又不白于臣之所以事先王之心[4]，故敢以书对。

臣闻贤圣之君，不以禄私其亲，功多者授之；不以官随其爱，能当者处之。[5]故察能而授官者，成功之君也；论行而结交者，立名之士也。臣以所学者观之，先王之举错，有高世之心，故假节于魏王[6]，而以身得察于燕。先王过举[7]，擢之乎宾客之中，而立之乎群臣之上，不谋于父兄，而使臣为亚卿[8]。臣自以为奉令承教，可以幸无罪矣，故受命而不辞。

先王命之曰："我有积怨深怒于齐，不量轻弱，而欲以齐为事。"臣对曰："夫齐，霸国之余教也，而骤胜之遗事也，闲于兵甲，习于战攻。[9]王若欲攻之，则必举天下而图之。举天下而图之，莫径于结赵矣⁽¹⁰⁾。且又淮北、宋地，楚、魏之所同愿也。赵若许约，楚、魏、宋尽力，四国攻之，齐可大破也。"先王曰："善!"臣乃口受令，具符节，南使臣于赵。顾反命⁽¹¹⁾，起兵随而攻齐。以天之道，先王之灵，河北之地，随先王举而有之于济上。济上之军，奉令击齐，大胜之。轻卒锐兵，长驱至国。齐王逃遁走莒，仅以身免。珠玉财宝，车甲珍器，尽收入燕。大吕陈于元英，故鼎反于历室，齐器设于宁台。⁽¹²⁾蓟丘之植，植于汶皇。⁽¹³⁾自五伯⁽¹⁴⁾以来，功未有及先王者也。先王以为惬其志，以臣为不顿命，故裂地而封之，使之得比乎小国诸侯。⁽¹⁵⁾臣不佞，自以为奉令承教，可以幸无罪矣，故受命而弗辞。

臣闻贤明之君，功立而不废，故著于《春秋》；蚤知之士⁽¹⁶⁾，名成而不毁，故称于后世。若先王之报怨雪耻，夷万乘之强国⁽¹⁷⁾，收八百岁之蓄积。及至弃群臣之日，余令诏后嗣之遗义，执政任事之臣所以能循法令，顺庶孽者，施及萌隶，皆可以教于后世。⁽¹⁸⁾

臣闻善作者，不必善成，善始者，不必善

终。⁽¹⁹⁾昔者，伍子胥说听乎阖闾，故吴王远迹至于郢；夫差弗是也，赐之鸱夷而浮之江。⁽²⁰⁾故吴王夫差不悟先论之可以立功，故沉子胥而不悔；子胥不蚤见主之不同量，故入江而不改。夫免身全功，以明先王之迹者，臣之上计也。离毁辱之非⁽²¹⁾，堕先王之名者，臣之所大恐也。临不测之罪，以幸为利者，义之所不敢出也。⁽²²⁾

臣闻古之君子，交绝不出恶声；忠臣之去也，不洁其名。臣虽不佞，数奉教于君子矣。恐侍御者之亲左右之说，而不察疏远之行也。故敢以书报，唯君之留意焉。

——《战国策·燕策二》

乐毅（生卒年不详），中山国灵寿（今河北平山东北）人，魏将乐羊后裔，曾出使燕国，受到燕昭王高度礼遇，被任命为亚卿，后拜燕国上将军，指挥燕、赵、楚、韩、魏五国联军，攻打强大的齐国，连下齐国城邑七十多座，只有莒和即墨尚待收服。燕昭王死后，他受到燕惠王猜忌，被迫投奔赵国，被封于观津（今河北武邑东南），号望诸君。

题解

公元前279年，燕昭王死后，燕惠王即位。燕惠王做太子时就曾对乐毅有所不满，又加上齐国反间计的挑拨，于是派骑劫代替乐毅，并召回乐毅。乐毅害怕回国后被杀，便出走赵国，并给燕惠王写下这封著名的书信。信中，乐毅明确指出自己投奔赵国是为了避免遭受不公正的诛杀。他详细回顾联合四方势力击败齐国，以弱胜强的辉煌战绩，凸显自身在其中的重要贡献。乐毅还提及，能取得这样的业绩，正是燕昭王慧眼识英才的明智之举。信中还详细叙述燕昭王如何采纳自己的建议而赢得贤君的美誉，委婉批评燕惠王不能延续父亲的优良传统。最后，他以古代贤臣伍子胥的遭遇，为自己的选择做辩解，并表示即使身处他国，自己也将恪守君子之道，绝不会做出任何损害燕国利益的行为。

"古之君子，交绝不出恶声；忠臣之去也，不洁其名"，是本篇名句。司马迁《史记·乐毅列传》说："始齐之蒯通及主父偃，读乐毅之报燕王书，未尝不废书而泣也。"宋人刘克庄说："乐生端可拜，宁死不谋燕。"这种高尚的节义，后来成为北京地域文化的组成部分，对中国传统士大夫立身处世有着深远的影响。

简注

（1）不佞：不才，向别人提到自己时的谦称。

（2）恐抵斧质之罪：恐怕受到腰斩的酷刑。斧，斧子。质，斩人的垫板。

（3）今天大王让使者列举了我的罪行。使，命令。数，列举。

（4）我担心侍奉大王左右的人不能明白先王重用我的理由，又不能明白我侍奉先王的心意。畜，养。幸，亲近。

（5）我听说圣贤君王并不把利禄私赏与自己亲近的人，而将之赏给功高的人；并不把官爵随便授予自己喜爱的人，而将之授予真正称职的人。

（6）假节于魏王：乐毅曾作为魏国使者出使燕国，燕昭王听说乐毅才华过人，就以宾客之礼接待他，并真诚而虚心地向他讨教治国良策。节，外交使臣所持示信凭证。

（7）先王过举：先王破格提拔我。内含自谦的意思。

（8）亚卿：中卿，官职名。按照周朝制度，卿分为上、中、下三级。

（9）齐国曾有着一代霸主的功绩，多次打胜仗，兵力雄厚，对于攻战之事非常娴熟。骤，多次。闲，通"娴"，熟练。

（10）莫径于结赵矣：不如直接和赵国结盟。燕国与赵国相邻，有着相似的地缘关系。前311年燕昭王继位，便是因为推行"胡服骑射"的赵武灵王的支持。

（11）顾反命：回来复命。

（12）齐国的大吕钟被作为战利品陈列于燕国的元英宫，从前被掳去的鼎又被放置回燕国的历室宫，齐国的祭器摆设于燕国的宁台。元英、历室，燕国宫殿名。

（13）此处"蓟丘"首次见载于史籍，但歧义甚多，有多种解释。蓟丘，燕国都城所在的地方，蓟原有一处高地，称为蓟丘，据著名地理学家侯仁之院士考证，大约在今白云观西侧。皇，通"篁"；汶篁，指齐国汶水流域的竹田。吴楚材、吴调侯《古文观止》注认为：植，旗帜之属，也就是说本句意思是把燕国的旗帜插到了齐国汶水流域的竹田里。而陈寅恪认为这是战胜的燕军把他们的植物种在战败的齐国土地上。"战胜者收取战败者之珠玉财宝车甲珍器，送于战胜者之本土。或又以兵卒屯驻于战败者之土地。战胜者本土之蔬果，则以其为出征远戍之兵卒夙所习用嗜好之故，辄相随而移植于战败者之土地。……此为古今中外战胜者与战败者，其所有物产互相交换之通例。"王汎森进一步考证，提出："最为适当的解释应为——在齐国汶水一带种植燕国蓟丘的社树，以作为燕国的边界，意即将燕国国界推展至齐国土地上。"

（14）五伯：五霸，春秋五霸，春秋时期五个诸侯长，一般认为是齐桓公、晋文公、宋襄公、秦穆公、楚庄王，又一说指齐桓公、晋文公、楚庄王、吴王阖闾、越王勾践。伯，通"霸"。

（15）先王认为我的作为满足了他的想法，不辱使命，因此划出一块土地，封我为昌国君，使我可以和小国诸侯相并列。慊（qiè），满足。顿，挫伤，折坏，舍弃。

（16）蚤知之士：有先见之明的人。蚤，通"早"。

（17）夷万乘之强国：荡平了拥有强大兵力的齐国。

（18）到他去世（弃群臣）的时候，所留下来昭告后代的条令，具有重要指导性。所以执政任事的大臣们能遵循法令，让庶出的王子都顺服，没有争位的祸乱，恩泽普遍施于普通百姓。先王这些安排都是可以为后世效法的。庶孽，庶出的孩子。封建时代，国君死后，常常立嫡子继承王位，但每每发生庶子夺位的祸乱。施（yì），恩德普施的意思。萌，通"氓"。萌隶，指普通百姓。

（19）我听闻善于做事的人，不一定能把事情做成，善于开创的人，不一定都有好的结果。

（20）从前伍子胥的意见被吴王阖闾所接受，所以吴王能攻陷楚国的郢都；阖闾的儿子夫差不是这样，他逼迫伍子胥自杀，还把其尸体装在皮革制的袋子里，扔进江中。鸱（chī）夷，皮革制的袋子。

（21）遭到毁谤羞辱的非难。离，通"罹"，遭到。

（22）带着大罪离开燕国，又帮助赵国攻打燕国来侥幸获利，按照道义，我是不敢这样做的。

克罍（左）、克盉（右），西周初期青铜器1986年出土于北京房山琉璃河遗址1193号墓，首都博物馆"镇馆之宝"

荆轲传（节选）

司马迁

　　荆轲既至燕，爱燕之狗屠及善击筑者高渐离[1]。荆轲嗜酒，日与狗屠及高渐离饮于燕市[2]，酒酣以往，高渐离击筑，荆轲和而歌于市中，相乐也，已而相泣，旁若无人者。荆轲虽游于酒人乎，然其为人沉深好书；其所游诸侯，尽与其贤豪长者相结。其之燕，燕之处士田光[3]先生亦善待之，知其非庸人也。

　　……

　　于是尊荆卿为上卿，舍上舍，太子日造门下，供太牢具，异物间进，车骑美女恣荆轲所欲，以顺适其意。[4]久之，荆轲未有行意。秦将王翦[5]破赵，虏赵王，尽收入其地，进兵北略地至燕南界。太子丹恐惧，乃请荆轲曰："秦兵旦暮渡易水，则虽欲长侍足下，岂可得哉！"荆轲曰："微太子言，臣愿谒[6]之。"

　　……

　　太子及宾客知其事者，皆白衣冠以送之。至易水之上，既祖[7]，取道，高渐离击筑，荆轲和而歌，为变徵⁽⁸⁾之声，士皆垂泪涕泣。又前而为歌曰："风萧萧兮易水寒，壮士一去兮不复还！"复为羽声慷慨。士皆瞋目，发尽上指冠。⁽⁹⁾于是荆轲就车而去，终已不顾。

......

于是秦王大怒，益发兵诣赵，诏王翦军以伐燕。十月而拔蓟城。

——《史记·刺客列传第二十六》

司马迁（约前145或前135—?），字子长，夏阳（今陕西韩城南）人，一说龙门（今山西河津）人。西汉太史令司马谈之子，早年受学于孔安国、董仲舒，二十多岁开始壮游天下，了解风俗，采集传闻。后任郎中，奉使西南。元封三年（前108）任太史令，继承父业，著述历史。因替李陵败降之事辩解而受宫刑，后改任中书令，发愤继续完成所著史籍。

《史记》，原名《太史公书》，"究天人之际，通古今之变，成一家之言"，是中国第一部纪传体通史，记载了从上古传说中的黄帝时期到汉武帝时期长达三千多年的历史，被鲁迅誉为"史家之绝唱，无韵之离骚"。郭沫若也特别赞赏司马迁的文学才华。他说："司马迁这位史学大师实在值得我们夸耀，他的一部《史记》不啻是我们中国的一部古代的史诗，或者说它是一部历史小说集也可以。"

司马迁在《史记·五帝本纪》中说："余尝西至空桐，北过涿鹿，东渐于海，南浮江淮矣。"所以他是来过幽燕之地做考察的，苏辙认为司马迁的文风受到了幽燕之气的影响，他说："太史公行天下，周览四海名山大川，与燕赵间豪俊交游。故其文疏荡，颇有奇气。"

题解

本文选自《史记·刺客列传》中荆轲部分，主要节选了荆轲刚刚到燕国不久在燕市酣酒悲歌，以及荆轲刺秦前易水送别两段。这两段长期被传统诗歌歌咏，所谓燕市悲歌与易水别。例如左思《咏史》："荆轲饮燕市，酒酣气益震。哀歌和渐离，谓若傍无人。虽无壮士节，与世亦殊伦。"陶渊明《咏荆轲诗》："君子死知己，提剑出燕京。素骥鸣广陌，慷慨送我行。雄发指危冠，猛气冲长缨。饮饯易水上，四座列群英。渐离击悲筑，宋意唱高声。萧萧哀风逝，淡淡寒波生。"骆宾王《于易水送人》："此地别燕丹，壮士发冲冠。昔时人已没，今日水犹寒。"明朝叶宪祖还有杂剧《易水寒》。

简注

（1）高渐离：燕国豪士，善于演奏一种叫作筑的乐器，因为喝酒吃肉与演奏音乐，和荆轲结为好友。后来荆轲奉命入秦，他也到易水送别荆轲。荆轲刺秦失败，燕国覆灭，他隐姓埋名，因为善于击筑，被秦始皇熏瞎了眼睛后赦免。高渐离在一次进宫击筑时，用灌满铅的筑刺杀秦始皇，失败后被杀。

（2）燕市：燕国的街市。燕昭王时期，燕国都城采用"三都制"，即上都蓟城（今北京城西南宣武门至和平门一带）、中都（今北京房山窦店以西）和下都武阳城（今河北保定易县高陌镇）。

（3）处士：有德才而不愿做官的人。田光是被称誉"智深而勇沉"的燕国侠士，被燕国太傅鞠武推荐给太子丹。但他自认为已经衰老，所以又推荐年轻的荆轲去刺杀秦王。临出门，太子丹对他说："国之大事也，愿先生勿泄也。"他说服荆轲去见太子丹时说："今太子告光曰'所言者，国之大事也，愿先生勿泄'，是太子疑光也。夫为行而使人疑之，非节侠也。"于是自刎而死，以激荆轲。

（4）太子丹尊奉荆轲为上卿，让他住进上等的馆舍，每天前去问候，供给他丰盛的宴席，备办奇珍异宝，不时进献车马和美女，任荆轲随心所欲，以满足他的心意。一次他们一起乘千里马，荆轲说："千里马肝美。"太子丹就杀马取肝给荆轲。还有一次，太子丹在华阳台举行酒宴，有美女鼓琴，荆轲说："好手也！"太子丹就砍断美女的手，用玉盘呈给荆轲。唐李翱《题燕太子丹传后》认为太子丹狭隘的复仇心理，使他献出燕国都在所不惜，荆轲也不过是他复仇的工具而已。"燕丹之心，苟可以报秦，虽举燕国犹不顾，况美人哉？轲不晓而当之，陋矣！"

（5）王翦：战国时期秦国名将，自幼习兵略，老谋深算，功勋卓著。秦王政十一年（前236）率兵攻赵；十九年（前228），再次攻赵，赵王投降；二十一年（前226），率兵攻下燕国都城。王翦凭借卓越的军事才能，与白起、李牧、廉颇并称"战国四大名将"。

（6）谒（yè）：其本意为禀告，陈述；这里是请求执行的意思。

（7）祖：出行时祭祀路神。崔寔《四民月令》："祖，道神也。黄帝之子，好远游，死道路，故祀以为道神，以求道路之福。"

（8）变徵（zhǐ）：音阶名，比"徵"低半音，凄怆悲凉。

（9）送行的燕国宾客都瞪大眼睛，头发上竖起来，几乎要冲破帽子。

为幽州牧与彭宠书

朱浮

盖闻知者⁽¹⁾顺时而谋，愚者逆理而动。常窃悲京城太叔以不知足而无贤辅，卒自弃于郑也。⁽²⁾

伯通以名字典郡，有佐命之功，临人亲职，爱惜仓库；⁽³⁾而浮秉征伐之任，欲权时救急，二者皆为国耳。⁽⁴⁾即疑浮相谮，何不诣阙自陈，而为族灭之计乎？⁽⁵⁾朝廷之于伯通，恩亦厚矣，委以大郡，任以威武，事有柱石之寄，情同子孙之亲。匹夫媵母尚能致命一餐，岂有身带三绶，职典大邦，而不顾恩义，生心外畔者乎！⁽⁶⁾伯通与吏人语，何以为颜？行步拜起，何以为容？坐卧念之，何以为心？引镜窥影，何施眉目？举措建功，何以为人？惜乎弃休令之嘉名，造枭鸱之逆谋；捐传世之庆祚，招破败之重灾。⁽⁷⁾高论尧舜之道，不忍桀纣之性。生为世笑，死为愚鬼，不亦哀乎！

伯通与耿侠游⁽⁸⁾俱起佐命，同被国恩。侠游谦让，屡有降挹之言。而伯通自伐，以为功高天下。往时辽东有豕，生子白头，异而献之。行至河东，见群豕皆白，怀惭而还。⁽⁹⁾若以子之功论于朝廷，则为辽东豕也。今乃愚妄，自比六国。⁽¹⁰⁾六国之时，其势各盛，廓土数千里，胜兵将百万，故能据国相持，多历年世。今天下几里，列郡几城？奈何以区区渔阳而结怨天子？此犹河滨之人捧土以塞孟津，多见其不知量也。⁽¹¹⁾

方今天下适定，海内愿安，士无贤不肖，皆乐立名于世。而伯通独中风狂走，自捐盛时。⁽¹²⁾内听骄妇之失计，外信谗邪之谀言，长为群后恶法，永为功臣鉴戒，岂不误哉！定海内者无私仇⁽¹³⁾，勿以前事自误。愿留意顾老母幼弟。凡举事，无为亲厚者所痛，而为见仇者所快。⁽¹⁴⁾

——《后汉书·朱冯虞郑周列传第二十三》

作者简介

朱浮（约前6—66），字叔元，沛国萧（今属安徽萧县）人，东汉开国功臣，曾拜大将军领幽州牧，镇守蓟城，负责征讨北方。其人有军事才能，兼富文才。

题解

幽州是东汉十三刺史部之一，治所蓟城。北魏范阳人郦道元《水经注》载："今城内西北隅有蓟丘，因丘以名邑也。"侯仁之院士考证蓟丘在白云观西侧，蓟城当在今北京外城西北角。东汉光武帝刘秀攻取幽州后，任亲信朱浮为幽州牧。渔阳郡隶属于幽州，渔阳太守彭宠追随刘秀平定河北，也曾立下汗马功劳，不愿意接受朱浮节制，心怀不平，又被朱浮构陷，于建武二年（26）起兵反叛。朱浮写了这封著名的书信，以反问和比喻的方式规劝和警告彭宠，行文简练精密，带有明显的居高临下、训诫讨伐性质。文末创造了"亲痛仇快"的成语，被广为传颂。

简注

（1）知者：有智慧的人。知，通"智"。

（2）常会私下为共叔段感到悲哀，他有篡权夺位这种不知足的野心，而没有贤明的辅佐，最终自绝于郑国。京城太叔，春秋郑庄公之弟共叔段，详参《左传·隐公元年》"郑伯克段于鄢"。

（3）您以威望掌管渔阳郡，有辅佐天子平定天下的功劳，管理百姓，亲理政务，爱惜钱粮。伯通，彭宠的字。典，掌管，主持。

（4）本句说自己掌管征伐的重任，采取权宜之计应付急需，都是为了国家。朱浮任幽州牧时，为了延揽人心，笼络当时的一些名士和旧官僚，要求彭宠供应钱粮用度，为彭宠所拒绝，二人互相争执，各不相让，仇恨越来越深。上句"爱惜仓库"是指责彭宠抗命的委婉说法。

（5）即使怀疑我中伤您，您为什么不到皇上那里自我申辩，而去做叛乱这种灭族的事？谮（zèn），暗害，中伤。阙，宫阙，指朝廷。族灭之计，指叛乱。朱浮因彭宠不听指挥，上下关系恶劣，曾向光武帝密告彭宠积聚粮食，招兵买马，意图难测，彭宠更加怨恨朱浮，所以起兵反叛。这里用"疑"字，显然是朱浮故作掩饰的推诿。

（6）普通人尚能因为一餐之恩舍命相报，您怎么能身居高位，主管渔阳这样的大郡，而不顾朝廷恩义，生出反叛之心呢！媵（yìng）母，普通妇女。绶，古代系官印的丝带。彭宠身任渔阳太守，封建忠侯，授大将军号，故说三绶。

（7）可惜您放弃了美好的名声，做出反叛忘恩的谋逆之事；丢掉了可以传世的富贵安乐，自讨破败的重大灾祸。枭鸱（chī），恶鸟，相传长大后会吃掉它的母亲，比喻忘恩负义。捐，弃。庆祚（zuò），福泽，富贵安乐。

（8）耿侠游：耿况，字侠游，名将耿弇（yǎn）的父亲，西汉末年任上谷郡（包括今河北北部张家口一带以及北京延庆、昌平等部分地区）太守，亦属幽州刺史部，曾和彭宠一起出兵、出粮，帮助刘秀平定河北。彭宠以为耿况与自己一样，有大功而没有得到预想中的封赏，所以起兵反叛时一再拉拢耿况，但耿况多次斩杀彭宠的使者，不接受他的拉拢，后来还参与平定彭宠之乱。下文"屡有降挹之言"，指耿况经常有谦虚的言论，和彭宠自夸其能的骄傲形成鲜明对比。

（9）从前辽东有一头猪，生出的幼崽头是白色的，有人感到奇异因此献给帝王。走到了河东郡，他看见那里的猪都是白的，于是献宝人心怀羞愧地返回了。

（10）如今您愚蠢而妄自尊大，想自比六国，割据与朝廷对抗。六国，战国时与秦相对的齐、楚、燕、韩、魏、赵。

（11）这就像黄河边的人以手捧土去填塞黄河，只显露出他的不自量力。《论语·子张》："其何伤于日月乎？多见其不知量也。"孟津，古黄河渡口，此指黄河。

（12）而您失去理智，放弃了在盛世施展才干的机会。

（13）皇帝不会因私仇与人结怨。定海内者，指刘秀。

（14）做事不要让与您亲厚的人感到痛苦，让与您有仇的人感到快意。

燕剌王旦歌

班固

是时天雨，虹下属宫中，饮井水，井水竭。⁽¹⁾厕中豕群出，坏大官灶。⁽²⁾乌鹊斗死，鼠舞殿端门中。⁽³⁾殿上户自闭，不可开。天火烧城门。大风坏宫城楼，折拔树木。流星下堕。后姬以下皆恐。王惊病，使人祠葭水、台水。王客吕广等知星⁽⁴⁾，为王言"当有兵围城，期在九月、十月，汉当有大臣戮死者"，语具在《五行志》。

王愈忧恐，谓广等曰："谋事不成，妖祥数见，兵气且至，奈何？"会盖主舍人父燕仓⁽⁵⁾知其谋，告之，由是发觉。丞相赐玺书，部中二千石逐捕孙纵之及左将军桀等，皆伏诛。⁽⁶⁾旦闻之，召相平曰："事败，遂发兵乎？"平曰："左将军已死，百姓皆知之，不可发也。"王忧懑，置酒万载宫，会宾客群臣妃姜坐饮。王自歌曰："归空城兮，狗不吠，鸡不鸣，横术何广广兮，固知国中之无人！"⁽⁷⁾华容夫人起舞曰："发纷纷兮寘渠，骨籍籍兮亡居。母求死子兮，妻求死夫。裴回两渠间兮，君子独安居！"⁽⁸⁾坐者皆泣。

有赦令到，王读之，曰："嗟乎！独赦吏民，不赦我。"因迎后姬诸夫人之明光殿，王曰："老虏曹为事当族！"欲自杀。左右曰："党⁽⁹⁾得削国，幸不死。"后姬夫人共啼泣止王。会天子使使者赐燕王玺书曰："昔高皇帝王天下，建立子弟以藩屏社稷。……今宗室子孙曾无暴衣露冠之劳，裂地而王之，分财而赐之，父死子继，兄终弟及。今王骨肉至亲，敌吾一体，乃与他姓异族谋害社稷，亲其所疏，疏其所亲，有逆悖之心，无忠爱之义。如使古人有知，当何面目复奉齐酎⁽¹⁰⁾见高祖之庙乎！"

旦得书，以符玺属医工长，谢相二千石："奉事不谨，死矣。"即以绶自绞。后夫人随旦自杀者二十余人。天子加恩，赦王太子建为庶人，赐旦谥曰刺王。旦立三十八年而诛，国除。

——《汉书·武五子传第三十三》

作者简介

班固（32—92），字孟坚，扶风安陵（今陕西咸阳东北）人，好古敏求、专心著史的班彪之子，投笔从戎的班超之兄。东汉永元元年（89）随窦宪北击匈奴，大胜后，撰写《封燕然山铭》，在燕然山（今蒙古国境内的杭爱山）南麓勒石铭刻纪功，史称"燕然勒功"。2017 年，该摩崖文字在蒙古国中戈壁省被发现。班固一生著述甚丰，作为"汉赋四大家"之一，其《两都赋》开创了京都赋的范例；所编《白虎通义》集当时经学之大成；影响最大的是《汉书》。《汉书》中的八表由班固妹妹班昭补写，《天文志》由班昭弟子马续补写，这是中国第一部纪传体断代史，与司马迁《史记》、范晔《后汉书》、陈寿《三国志》并称"前四史"。班固与司马迁并称"班马"，代表历史学的两种写作方式，范晔评价说："迁文直而事核，固文赡而事详。"

题解

这部分选文出自班固笔下的刘旦传，西汉元狩六年（前117），汉武帝册封他的第三个儿子刘旦为燕王，以蓟城为都。燕国地处西汉北境，紧邻匈奴，民风凶悍，武帝勉励他镇守边陲，成为汉朝的藩篱辅翼。汉武帝次子齐王，以及太子刘据先后死亡，刘旦就认为按照年齿排序，轮到他登帝位。汉武帝非常愤怒，说："生子当置之齐鲁礼义之乡，乃置之燕赵，果有争心，不让之端见矣。"汉武帝立小儿子刘弗陵为太子，这就是后来的汉昭帝。汉昭帝即位，刘旦数有反心，并勾结他王，以及左将军上官桀、御史大夫桑弘羊等密谋造反。汉昭帝发现这个阴谋，立刻诛杀了上官桀、桑弘羊等，并下发赦令，赦免燕国所有的官吏和百姓，却唯独没有赦免刘旦。本文便叙述了刘旦造反阴谋败露后燕国蓟城一系列的异象，以及他自杀的过程。

汉昭帝元凤元年（前80），刘旦自杀，燕国被废除，改称广阳郡，治所仍然在蓟城，管辖蓟城、广阳、方城、阴乡四县。后来宣帝本始元年（前73），刘旦的儿子刘建被封为广阳王，改广阳郡为广阳国。今考古发现有两处北京汉墓或与燕王刘旦及其后代有关，一处是大葆台汉墓，位于北京丰台郭公庄西南大葆台，是中国最早发现的大型"黄肠题凑"墓葬，目前一号墓被认定为刘建墓；另一处是北京老山汉墓，"栗木题凑"，位于北京石景山老山东南麓，出土了一批漆案、丝织品等珍贵文物。

简注

（1）这时候上天降雨，霓虹下落到宫中，吸取井水，井水因之而枯竭。属，通"注"，倾注。

（2）厕所里的猪成群跑出来，把给王宫做饭的灶都拱坏了。大官，即"太官"，"大"通"太"。太官是秦汉时期掌管皇帝膳食燕享的官署，长官为太官令。各王国也有太官令一职。据考证，汉代的厕所和猪圈合二为一，分为上下两层，上层供人类排泄，下层则圈养肥猪。

（3）乌鸦与喜鹊打斗致死，老鼠在宫殿的南门跳舞。

（4）知星：懂得星象占卜之术。

（5）鄂邑长公主一个门客的父亲，叫燕仓。这个人也许就是后文刘旦斥骂的"老虏曹"。盖主，鄂邑长公主，汉昭帝同父异母的姐姐，因为曾嫁盖侯王充耳，又称"盖主"，元凤元年（前80）联合燕王刘旦、上官桀、桑弘羊等合谋诛除执政的霍光，事败自杀。舍人，左右亲信或门客的通称。

（6）丞相车千秋颁下命令，部署禄秩达到中二千石级别的朝臣追捕孙纵之以及左将军上官桀等人，孙纵之、上官桀等被处死。车千秋，本姓田，为人谨厚持重，与霍光一起受汉武帝遗诏，辅佐汉昭帝。

（7）《古诗源》选录，题作《燕刺王旦歌》。横术，宽广的大路。广，通"旷"。在燕昭王时期一度贤才辐辏的地方，如今竟国中无人。刘旦歌反映了大一统王朝下，那种割据自雄的分裂心态已经不得人心。

（8）《古诗源》选录，题作《华容夫人歌》。籍籍，纵横交错的样子。裴回，徘徊。

（9）党：通"傥"，如果。

（10）齐酎（zhāi zhòu）：斋酎，古时祭祀用的醇酒。齐，通"斋"。酎，指反复多次酿成的醇酒。

水经注·漯水（节选）

郦道元

　　漯水出雁门阴馆县，东北过代郡桑干县南，又东过涿鹿县北，又东南出山，过广阳蓟县北，又东至渔阳雍奴县西，入笥沟。[1]

　　又东南出山　漯水又南出山，瀑布飞梁，悬河注壑，澓湍十许丈，谓之落马洪，抑亦孟门之流也。[2] 漯水自南出山，谓之清泉河，俗亦谓之曰干水，非也。[3] 漯水又东南径良乡县之北界，历梁山南，高梁水出焉。[4]

　　过广阳蓟县北　漯水又东径广阳县故城北。谢承《后汉书》曰：世祖与铫期出蓟至广阳，欲南行，即此城也，谓之小广阳。[5] 漯水又东北径蓟县故城南，《魏土地记》曰："蓟城南七里有清泉河，而不径其北，盖《经》误证矣。"昔周武王封尧后于蓟，今城内西北隅有蓟丘，因丘以名邑也。犹鲁之曲阜、齐之营丘矣。武王封召公[6]之故国也。秦始皇二十三年灭燕，以为广阳郡。[7] 汉高帝以封卢绾[8]为燕王，更名燕国。王莽改曰广有，县曰代戎。城有万载宫、光明殿，东掖门下，旧慕容儁立铜马像处。昔慕容廆有骏马赭白，有奇相逸力，至儁光寿元年，齿四十九矣，而骏逸不亏。儁奇之，比鲍氏骢，命铸铜以图其像，亲为铭赞，镌颂其傍，像成而马死矣。[9] 大城东门内道左，有《魏征北将军建成乡景侯刘靖碑》，晋司隶校尉王密表靖功加于民，宜在祀典，以元康四年九月二十日刻石建碑，扬于后叶矣[10]。漯水又东与洗马沟水合，水上承蓟水，西注大湖。湖有二源，水俱出县西北，平地导源，流结西湖。湖东西二里，南北三里，盖燕之旧池也。绿水澄澹，川亭望远，亦为游瞩之胜所也。湖水东流为洗马沟，侧城南门东注，昔铫期奋戟处也。[11] 其水又东入漯水，漯水又东径燕王陵南。陵有伏道，西北出蓟城中。景明中造浮图建刹[12]，穷泉掘得此道，王府所禁，莫有寻者，通城西北大陵。而是二坟，基趾磐固，犹自高壮，竟不知何王陵也。漯水又东南，高梁之水[13]注焉。水出蓟城西北平地，泉流东注，径燕王陵北，又东径蓟城北，又东南流。《魏土地记》曰"蓟东十里有高梁之水"者也。其水又东南入漯水。

又东至渔阳雍奴县西，入笥沟 汉光武建武二年，封颍川太守寇恂为雍奴侯⁽¹⁴⁾。魏遣张郃、乐进围雍奴，即此城矣。笥沟，潞水之别名也。《魏土地记》曰："清泉河上承桑干河，东流与潞河合。"⁽¹⁵⁾漯水东入渔阳，所在枝分，故俗谚云："高梁无上源，清泉无下尾。"盖以高梁微涓浅薄，裁足津通，凭藉涓流，方成川圳。清泉至潞，所在枝分，更为微津，散漫难寻故也。

——《水经注校证》卷十三

作者简介

郦道元 (约470—527)，字善长，范阳人。出身官宦世家。北魏孝文帝迁都洛阳后，郦道元被任为尚书郎，后罢官期间，开始着手为《水经》作注。孝昌二年 (526)，郦道元被授安南将军兼御史中尉。孝昌三年 (527)，雍州刺史萧宝夤图谋反叛，郦道元被任为关右大使去监视萧宝夤，被害。郦道元撰《水经注》，名义上是注释《水经》，实际上是在《水经》基础上的再创作，文笔隽永，描写生动。《水经注》既是一部内容丰赡的地理学名著，也是颇具特色的山水游记散文集。

题解

毛泽东主席称赞郦道元是"一位了不起的人"，认为他很会调查研究，说："他不到处跑怎么能写得那么好？"郦道元是范阳人，郦道元故居，位于河北省涿州市西道元村。所以他对古代北京地区的考证特别值得信赖，《水经注》载"今城内西北隅有蓟丘，因丘以名邑也"一再被引用，侯仁之院士写作《莲花池与蓟城》也主要采信郦道元的文字。本篇所选是研究古代北京历史地理的必读文献。其文字优美，张岱在《跋寓山注》中评："古人记山水手，太上郦道元，其次柳子厚，近时则袁中郎。"

简注

（1）《水经》原文。漯水，今永定河，海河流域七大水系之一。雁门，即雁门郡，赵武灵王置，汉代治所在善无，位于今天山西朔州右玉县南，东汉移治阴馆（古城在今山西朔州东南），三国魏移治广武（今山西忻州代县西南），后魏移治古上馆城。桑干县，汉置，为代郡治。涿鹿县，杨守敬按："前汉县属上谷郡，后汉、魏因，晋属广宁郡。《一统志》，后魏末省。在今保安州东南。"保安州治所在今河北张家口涿鹿县保岱镇。

（2）熊会贞按："落马河以马陉山名，因山中滩石湍激，又有落马洪之名。"有学者考证，落马洪约今官厅水库之怀来县水关村一带河道。孟门，参《水经注·河水四》："孟门，即龙门之上口也，实为河之巨厄，兼孟门津之名矣。"据考证，孟门瀑布因为地壳上升，河流变迁，才上移形成今天的壶口瀑布。湒（pēng），水流激荡的声音。

（3）熊会贞按："今本'干'为'千'之误，'水'亦'泉'之误。"干水，当作"千泉"。

（4）良乡故城在今北京房山窦店城址。梁山，熊会贞按："山在今宛平县西北。"一说石景山梁山，《〈水经注〉里的北京（永定河篇）》认为："疑即位于高梁水北之四平山、黑头山，抑或为二山之通谓。"

（5）杨守敬按："《地形志》：广阳有广阳城，在今良乡县北十里。……小广阳亦见范晔《耿弇传》，对广阳郡言，故以县为小广阳。"广阳城遗址，位于北京房山长阳镇北广阳城村。铫期（？—34），东汉刘秀心腹大将，"云台二十八将"之一。更始元年（23）十二月，王郎在邯郸称帝，下令追捕刘秀。正在蓟县的刘秀等人，由铫期开道，退至信都郡（今河北衡水市冀州区）与太守任光会合，开始整顿兵马，讨伐王郎。

（6）杨守敬按："《史记·周本纪》，武王封尧之后于蓟，封召公于北燕，是分燕、蓟为二国。而《乐记》谓武王封黄帝之后于蓟。……《汉志》谓蓟故燕国，召公所封，则合为一矣。"召公，姬奭（shì），西周宗室、大臣，辅佐周武王灭商，因功受封蓟地，建立燕国（亦称北燕）。事实上召公自己留在镐京辅佐王室，没有就封，而是派长子姬克管理燕国。北京房山琉璃河镇董家林村琉璃河遗址的挖掘，使得很多考古学家确认这里就是燕国的始封地。琉璃河遗址距今已三千多年，是迄今为止在西周考古史上发现的唯一一处城址、宫殿区和诸侯墓地同时并存的遗址。

（7）杨守敬按："《史记·始皇本纪》，二十一年取燕蓟城。"

（8）卢绾（前256或前247—前193）：沛县丰邑（今属江苏徐州丰县）人，西汉开国功臣，曾随刘邦讨伐项羽所封的燕王臧荼。诛杀臧荼后，卢绾受封燕王。汉朝一统江山后，刘邦大肆诛杀异姓诸侯王，卢绾心有疑惧，于汉高祖十一年（前196），企图割据自保，受到汉军攻击，退至长城，后来投降于匈奴。刘邦遂封小儿子刘建为燕王。汉高后七年（前181），燕王刘建去世，吕后杀死刘建的儿子，燕国国除。臧荼、卢绾、刘建的燕国，均以蓟城为都。

（9）杨守敬按："蓟城，慕容儁铸铜马于门侧，谓曰铜马门。然则东掖门又名铜马门。"慕容廆有一匹叫赭白的骏马，长相奇特，足力超群，光寿元年（357）已经四十九岁了，奔驰速度依然不减当年。慕容儁把赭白比作鲍氏骢，在蓟城东掖门为这匹马铸铜像，亲自为之写了铭文赞辞，刻在铜像旁边。传说，铜像铸成后这匹马就死去了。慕容儁（308或319—360），鲜卑人，十六国时期前燕开国皇帝，慕容廆之孙，慕容皝之子。鲍氏骢，西汉末期大臣鲍宣乘坐的一匹宝马。《列异传》云："鲍宣，宣子永，永子昱，三世皆为司隶，而乘一骢马，京师人歌之。"

东晋咸康三年（337）九月，慕容皝在幽州昌黎郡称燕王，十月即位，后筑龙城为国都（亦称"黄龙城""龙都"，故址在今辽宁朝阳，现存三燕龙城遗址），史称前燕。350年，慕容儁伐后赵，攻陷蓟城，并迁都于此。此后半个世纪，蓟城都是鲜卑人经常出入的地方，魏晋南北朝将近四百年，蓟城成为一个民族融合的大熔炉。

（10）刘靖（？—254）：字文恭，三国时期曹魏大臣，曾任镇北将军、假节、都督河北诸军事。嘉平六年（254）去世，追赠征北将军。西晋元康元年（291），司隶校尉王密上表，称颂刘靖有功于民，应立祠供奉。元康四年（294），朝廷为刘靖立碑于蓟城东门大道左，以此扬名后世。

（11）杨守敬按："今宛平县西玉泉之水，出石罅间，东流旧汇为西湖，周十余里，荷蒲菱芡，沙禽水鸟，称为佳胜。至乾隆时，疏浚广数倍，谓之昆明湖。"洗马沟，莲花河的古称，因传说东汉大将铫期北方作战时，常在此洗马歇息而得名，金代正式更名为莲花河，是金中都都城的主要供水水系。侯仁之考证，西湖即今天莲花池的前身。

（12）景明：北魏宣武帝元恪的第一个年号（500—504）。元恪好佛法，他统治期间，幽州等各州郡大建寺庙。浮图：也作"浮屠""佛图"，即梵语音译"佛陀"的别名，后成为对佛或佛教徒的称呼，借指佛塔。刹（chà）：梵语音译"刹多罗"的简称，指佛教的寺庙。

（13）杨守敬按："高梁水，今为玉河，在都城西直门外半里，上有高梁桥。"侯仁之认为，古高梁河的上源，即今天紫竹院的前身，河流故道自高梁桥而下，转向东南，再斜穿现在北京内城的中部和外城的东偏。请详参侯仁之《小平原 大城市·踪迹高梁河》。

（14）寇恂（？—36）：字子翼，上谷昌平（今北京昌平）人，东汉"云台二十八将"之一。曾拜颍川、汝南太守，封雍奴侯。雍奴县，西汉置，治所在今天津武清西北土门楼村，北魏时移治今武清西北旧县村，为渔阳郡治所。

（15）杨守敬按："清泉河即㶟水，潞河即笥沟。"

送幽州王长史赴军序

张九龄

渔阳，我之巨镇也。⁽¹⁾慎惮军佐，敷求国良。以王公能，有命汝往。⁽²⁾底其耕战之事，介于将吏之间，则已声籍天庭，气雄辽碣。⁽³⁾

鹰扬有日，马首欲东，自名卿大夫，与时髦懿士，莫不激其节而重其迈。⁽⁴⁾结轸连袂，携壶抱琴，留饮极于郊岐，望美延于朔裔者，不可胜数。⁽⁵⁾仲月暄矣，阳时贲若⁽⁶⁾，植物之发芳香，行人之感意气。不曰群萃，岂怀安于鹿豕；不曰垂堂，已载驰于原隰。⁽⁷⁾孰不知西笑之美，况伊岁华！⁽⁸⁾东征之勤，兼彼戎旅。盖乐不遑舍，君人之所难；义不顾私，志士之为用。⁽⁹⁾今之作者，闻而休⁽¹⁰⁾之，各赋诗一章，以志其善也。

——《张九龄集校注》卷十七

作者简介

张九龄（673或678—740），字子寿，一名博物。新旧《唐书》均记他为韶州曲江（今广东韶关西南）人；张九龄自称范阳人，称宰相张说为"族叔"。生于仕宦家庭，幼时聪敏，能诗善文，武则天长安二年（702）进士。开元二十一年（733），升任检校中书侍郎，十二月，授中书侍郎，同中书门下平章事（宰相），次年，迁中书令，兼修国史。他深为玄宗倚重，当时唐朝处在全盛时期，却又隐伏着种种社会危机。张九龄提出以"王道"替代"霸道"的从政之道。他被后世誉为"开元之世以清贞位宰相"的三杰之一。他耿直温雅，风仪甚整，时人誉为"曲江风度"；有识人之明，曾写《请诛安禄山疏》："今节度张守珪有部将安禄山，狼子野心，兽面逆毛……况形相已逆，肝胆多邪，稍纵不诛，终生大乱。"有《曲江集》传世。

题解

渔阳，燕昭王二十九年（前283），置渔阳郡，治所在今北京密云十里堡镇统军庄村东，因位于渔水之阳（即今白河之北）而得名。秦复置渔阳县，郡县同治。北魏时，渔阳郡治迁徙到雍奴。北齐废渔阳县入密云。隋大业末年，改无终县（今属天津蓟州）为渔阳县，隋玄州渔阳郡治在此。开元十八年（730），分割幽州东部的渔阳、玉田、三河等三县另置蓟州。在唐朝诗文中，渔阳常常被作为边塞意象，此处代指幽州。张九龄《敕幽州节度使张守珪书》："渔阳、平卢，东北重镇，匈奴断臂，山戎扼喉，节制之权，莫不在此。"

张九龄这篇文章意气恣肆，描绘正当阳春，群贤毕至为王长史郊宴饯行的景象，充满建功立业的豪情，渲染出开阔向上的盛世之风。

简注

（1）幽州一直是唐王朝守护河北平原，经略东北，抵御突厥和奚、契丹各族的重镇。唐代诗人贾至《燕歌行》："国之重镇惟幽都，东威九夷北制胡。"

（2）长史这个军佐性质的职务，需要谨慎而不惮劳苦的精神，布告要求选择国中优秀人才。因为王长史能力突出，所以上面命令你去就职。惮，劳苦的意思；一本作"选"，意思变为选择长史其人需要仔细考察。敷，布告。

（3）至于幽州长史要负责农耕和战事，介于军事与行政之间，威震辽东一带，朝廷非常重视。底，至于。籍，登记。辽碣，辽海和碣石山，泛指辽河流域以东至海地区。唐王朝主要靠幽州兵力经略东北，渔阳又当其前线，所以本文有"气雄辽碣"的说法。

（4）你奋发作为的时候到了，即将东赴前线，有名望的卿大夫和当代贤达俊彦都击节叹赏你的高尚节操与豪迈气度。

鹰扬，像鹰一样飞扬，比喻威武奋发。《诗经·大雅·大明》："维师尚父，时维鹰扬。"时髦，当代俊杰。懿，有德行的人。

（5）车马相连，衣袖相接，他们纷纷携着酒壶与乐器，在京城的郊外与你饯行，希望你的美名传扬到北方边远地区。轸，代指车子。袂，衣袖。朔裔，北方边远地区，这里指幽州。

（6）仲月：指农历二月。暄：温暖。阳时：阳春。贲（bēn）若：草木丰茂的样子。

（7）不谈物以类聚，而是胸怀四方之志，哪能像鹿和猪一样贪恋群体的安逸呢？不谈边地危险，心思早已驰骋到那原野之上了。群萃，志向相近的人聚集在一起。陆机《谢平原内史表》："擢自群萃，累蒙荣进。"鹿豕，典出《孔丛子·儒服》："人生则有四方之志，岂鹿豕也哉，而常群聚乎？"垂堂，靠近堂屋檐下，檐瓦坠落可能伤人，比喻危险的境地，《汉书·袁盎传》："千金之子不垂堂，百金之子不骑衡。"颜师古注："垂堂，谓坐堂外边，恐坠堕也。"原隰，原野的泛称。沈约《齐故安陆昭王碑文》："于是驱马原隰，卷甲遄征。"

（8）谁不知道长安生活的美好呢？又何况在你这样的年华。西笑，代指长安，典出桓谭《新论·祛蔽》："人闻长安乐，则出门西向而笑。"

（9）大概作为人君，很难一直安乐无忧；志士要建功立业，义之所在，不顾私利。盖，一作"苌"，进的意思。遑，闲暇。舍，止息。《诗·小雅·何人斯》："尔之安行，亦不遑舍。"

（10）休：赞美。

送董邵南游河北序

韩愈

燕赵古称多感慨悲歌之士。董生举进士，连不得志于有司，怀抱利器，郁郁适兹土⁽¹⁾。吾知其必有合⁽²⁾也，董生勉乎哉！

夫以子之不遇时，苟慕义强仁者皆爱惜焉。⁽³⁾矧燕赵之士出乎其性者哉！⁽⁴⁾然吾尝闻风俗与化移易，吾恶知其今不异于古所云邪？⁽⁵⁾聊以吾子之行卜之也。⁽⁶⁾董生勉乎哉！

吾因子有所感矣，为我吊望诸君之墓⁽⁷⁾。而观于其市，复有昔时屠狗者⁽⁸⁾乎？为我谢⁽⁹⁾曰："明天子在上，可以出而仕矣。"

——《韩愈文集集校汇注》卷十

韩愈（768—824），字退之，自称"郡望昌黎（今辽宁义县）"，世称"韩昌黎""昌黎先生"。谥号文，又称韩文公。贞元八年（792）进士，曾任监察御史等职，宪宗时参与讨平"淮西之乱"，迁刑部侍郎。元和十四年（819）因谏迎佛骨获罪，贬为潮州刺史。晚年拜吏部侍郎，人称"韩吏部"。韩愈是唐代古文运动的倡导者，提出"文道合一""气盛言宜""唯陈言之务去""文从字顺"等主张，被列为"唐宋八大家"之首，苏轼高度评价他"文起八代之衰，而道济天下之溺"。

题解

董邵南，寿州安丰（今安徽寿县）人，行义孝慈，誉满乡里，考进士落第，便到黄河以北地区寻出路。韩愈在他临行时写了这篇文章，以及赠诗《嗟哉董生行》，赞美董邵南怀抱利器，并表达对其遭遇的同情。文章一开始便说燕赵"多感慨悲歌之士"，点出了燕赵地区的区域文化特征。随后又说"风俗与化移易"，燕赵之风能够古今相合吗？隐含规劝之意。幽州是唐朝强藩，是安史之乱的发源地，在安史之乱后盘踞幽州的将领常有自立的念头，那里还有像高渐离那样的人吗？

简注

(1) 怀抱利器，郁郁适兹土：怀着大才，苦闷地往这个地方去。利器，锐利的武器，这里比喻杰出的才能。适，往。

（2）有合：有所遇，指受到赏识和重用。

（3）像你这样时运不济的人，如果有仰慕并力行仁义的人一定会对你爱惜有加。

（4）何况燕赵士人的慷慨悲歌是发自其本性！矧（shěn），何况。

（5）然而我曾听说风俗会随教化而变，我怎么知道其现在风气和古人所说的是否相同呢？恶（wū），怎么。

（6）姑且以你此行来推断一下吧。聊，姑且。卜，推断。

（7）望诸君：即乐毅。乐毅墓，一处在今河北邯郸大乐堡村北，是乐毅死后赵王所葬；另一处在今北京房山良乡富庄村，是燕国为了缅怀其功而建。柳宗元写《吊乐毅文》："许纵自燕来，曰：燕之南有墓焉，其志曰'乐生之墓'。"

（8）屠狗者：前文《荆轲传》所言与荆轲友善的"狗屠"。也有文献认为，高渐离与狗屠为同一人，这里泛指高渐离一类沉沦民间的志士。

（9）谢：告诉。

送幽州李端公序

韩愈

元年，今相国李公为吏部员外郎。愈尝与偕朝，道语幽州司徒公之贤。(1)

曰："某前年被诏，告礼幽州。(2) 入其地，迓劳之使累至，每进益恭。(3) 及郊，司徒公红帕首，靴袴握刀，左右杂佩，弓韬服，矢插房，俯立迎道左。(4) 某礼辞曰：'公，天子之宰，礼不可如是！' 及府，又以其服即事。(5) 某又曰：'公，三公，不可以将服承命！'(6) 卒不得辞。上堂即客阶，坐必东向(7)。"

愈曰："国家失太平，于今六十年矣。夫十日十二子相配，数穷六十(8)，其将复平。平必自幽州始，乱之所出也。今天子大圣，司徒公勤于礼，庶几帅先河南北之将，来觐奉职如开元时乎？"李公曰："然。"

今李公既朝夕左右，必数数(9)为上言，元年之言殆合矣。

端公岁时来寿其亲东都(10)，东都之大夫士莫不拜于门。其为人佐甚忠，意欲司徒公功名

流千万岁，请以愈言为使归之献！(11)

——《韩愈文集集校汇注》卷十

2011 年，唐幽州卢龙节度使刘济墓于北京房山长沟镇
坟庄村被发现，系刘济及夫人的合葬墓，图为该墓出土的
石文官俑、石武官俑

题解

李益接受征召，以侍御史身份到幽州节度使刘济幕府任职。端公，也叫台端，唐人对侍御史的别称。本文中的幽州司徒公即指刘济。相国李公指李藩，唐宪宗元和元年（806）时任吏部员外郎，后拜门下侍郎、同平章事，所以韩愈称之为相国。

本文中韩愈通过叙述自己与李藩的对话，详细描绘刘济在幽州迎接李藩时如何"勤于礼"的恭谨。因为李益辅佐刘济，也是间接表扬李益"为人佐甚忠"的功劳，同时表达了作者希望李益为藩镇归顺中央多做贡献。文中提到"平必自幽州始，乱之所出也"，这说明安史之乱后，幽州归顺中央对于维护唐王朝的安定有首要的示范效应。

简注

（1）我曾经和相国李藩一起上朝，他路上告诉我幽州节度使刘济德行很好。

（2）我前年奉命去幽州诏告先王驾崩的消息。告礼，报帝王之丧，这里指唐德宗李适贞元二十一年（805）去世。

（3）迎劳的使者不断前来，李藩越接近刘济驻地，这礼节就越恭敬。迓（yà），迎接。

（4）李藩到幽州的郊外，看到来迎接的刘济低头站在路旁，一身武官朝参时的装束：红头巾，着军服，握着刀，左右两侧缀有佩玉，弓入弓袋，箭插箭筒。帕，头巾。靴袴（kù），靴子和裤子，代指古代戎装。韔（chàng），古代装弓的套子。房，箭筒。

（5）李藩到了幽州节度使的军府，刘济仍然穿着刚才的军服行事。即事，做事。

（6）您位列三公，不可以穿着将服接受命令。三公，太尉、司徒、司空。刘济在唐德宗去世、唐顺宗即位后，迁为检校司徒，所以说他位列三公。

（7）即客阶，坐必东向：古代客阶在西，而李藩是朝廷派来的，代表皇帝的意志，所以刘济迎接李藩，不敢自居主位。刘济从西面的台阶上军府正堂，落座一定面向东方。这里把刘济对朝廷奉命唯谨的神情举止描写得宛若在眼前。

（8）天干地支每六十年一轮回，称为一甲子。十日，天干。十二子，地支。天宝十四载（755），安禄山在幽州作乱，六十年后当为元和十年（815）。据考证，此文作于元和四年（809），所以前句"国家失太平，于今六十年"是大略而言。

（9）数数：屡次。

（10）李益来洛阳向父亲贺寿。隋炀帝即位后，下诏营建洛阳城，称为东京，隋大业五年（609）改称东都。

（11）《五百家注昌黎文集》说："李益时佐幽州刘济幕。今相国，李藩也。公因益来东都，序以送之，盖勉其归，使为济言，率先来觐，奉职如开元时也。"

处分幽州德音

元稹

昔我玄宗明皇帝得姚元崇、宋璟，使之铺陈大法，以和人神，而又益之以张说、苏颋、嘉贞、九龄之徒，皆能始终弥缝，不失纪律。[1] 四十年间，海内滋殖，风俗谨朴，君臣平宁，人无争端，而卿大夫羞以赃罪鞫人于圣代矣，况伺察乎？[2] 由是网漏吞舟，视盗不谨，寇羯乘衅，勃为妖氛，天下持兵垂七十载。[3] 朕因眇末[4]，获承祖宗，分不得见四方无姑息之臣，而九有复升平之境矣。上帝念我，赉予忠贤，尽献提封，恢缵旧服[5]，使辽阳八州之众，重睹开元之仪者，则予侍中总[6] 之力也。名藩厚位，予何爱焉？

刘总已极上台，仍移重镇，兄弟子侄，各授官荣，大将宾寮，亦皆超擢。管内州县官吏肃存古者二百余人，悉是刘总选任材能，久令假摄，并与正授[7]，用奖勤劳。尚念幽州将士，夙著勋庸，易帅之初，谅宜优锡[8]，共赐钱一百万贯，以内库及户部见在匹段支送，充赏给幽州、卢龙，并瀛、莫等州将士。又念八州之内，九赋用殷，庆泽旁流，所宜沾贷⁽⁹⁾，其管内八州百姓，并宜给复一年，仍令给事中薛存庆往彼宣慰，亲谕朕怀⁽¹⁰⁾。州县之中，或有残破偏甚者，委弘靖⁽¹¹⁾量事便宜优恤，务令存立。刘总素以清静理人，固当开释，尚恐自罹禁网，亦念哀矜，管内见禁囚徒，罪无轻重，并宜赦免。大将及判官等，虽已颁官爵，而或虑阙遗，宜委弘靖具名衔闻奏。如有父母在者，别具上闻，当加优恤。朕以刘总父子频立战功，永言将吏之中，虑有没于王事，当道从前已来官吏将士等，或忠义可嘉，身已沦没者，委弘靖条录闻奏，当加追赠。平时旧老，始见胡尘，复睹朝仪，得无欢抃遐想⁽¹²⁾，抚其儿稚，自此免于兵锋，言念及兹，用加优给。管内有高年惸独，或疾瘵不能自存者⁽¹³⁾，委弘靖差官就问，量给粟帛。管内州县官吏，有奉职清强，惠及百姓者，委弘靖具事迹奏闻，当与量加进改。燕赵之间，古多奇士，隗台⁽¹⁴⁾如在，代岂乏贤，如有隐于山谷，退在丘园⁽¹⁵⁾，行义素高，名节可尚，或才兼文武，卓然可奖者，亦委弘靖具名荐闻。

於戏⁽¹⁶⁾！古人云："安不忘危。"魏徵对太宗以守成之不易，兹朕小子，抑又何知？而镇冀克和，幽燕复古，栗栗夙夜，不遑安宁，实惟祖宗之休，尚赖股肱之力。咨尔辅弼，至于方岳，尔当勉于姚宋之功，予亦无忘于天宝之戒⁽¹⁷⁾。宣示中外，宜体朕怀。

——《元稹集》

作者简介

元稹（779—831），字微之，河南河内（今河南洛阳）人。贞元九年（793）明经及第，后官至同中书门下平章事。元稹文敏才高，与白居易齐名，世称"元白"，开创元和体，并共同倡导新乐府运动。代表作有《元氏长庆集》《莺莺传》等。

题解

长庆元年（821），几代割据幽州的刘总上表归顺朝廷，皇帝命元稹作此文以示优恤。处分，处理、处置的意思。德音，诏敕的一种别体，用于施惠宽恤之事，犹言恩诏。幽州作为安史之乱的策源地，其归顺有重要示范性，文中反映了朝廷对地方军阀的安抚策略，含有对藩镇重新归顺中央的欣悦。诸多优恤措施，其实也反映了藩镇割据时代的幽州乱象。

刘总（？—821），幽州昌平（今北京昌平）人。他是卢龙节度使刘济（757—810）的儿子，毒杀父亲后自领幽州军政。朝廷不知此事，授以节度使。刘总累迁检校司空、同中书门下平章事。

刘济墓位于北京房山长沟镇坟庄村，发现于2011年，发掘于2013年，格局完整，随葬品非常丰富，墓葬出土壁画数量多、面积大，通过家居生活、乐舞表演、动植物、侍女等图案，展示了当时的风俗人情、服饰装束以及娱乐特点等，具有极高的文物与艺术价值。这是北京地区现存规模最大、等级最高的唐墓。

简注

（1）玄宗：明皇帝，即唐玄宗，谥号至道大圣大明孝皇帝，所以后世也称其为唐明皇。其得力宰相包括姚崇（本名元崇）、宋璟、张说、苏颋、张嘉贞、张九龄等。铺陈大法：宣扬朝廷纲纪的意思。弥缝：补救，维持。

（2）在圣明的年代，卿大夫耻于以贪污受贿罪审讯他人，何况打探他人隐私呢？鞫（jū），审问。

（3）于是法律宽泛，网中能漏掉吞舟大鱼，处置盗贼不严，安禄山趁机而动，妖氛四起，天下兵乱近七十年了。寇羯，异族侵略者，这里指出身少数民族的安禄山。

（4）眇（miǎo）末：微末，古代帝王自谦之词。

（5）赉（lài）：赏赐。提封：版图，疆域。恢缵旧服：恢复旧时疆域。古代王畿外围，以五百里为一区划，自近至远，分为五服，这里泛指天子统辖下的疆土。

（6）侍中总：刘总曾任检校司徒兼侍中，所以此处称为侍中总。

（7）久令假摄，并与正授：长时间受藩镇任命，临时代理职务，现在都改为正式任命。

（8）夙著勋庸：长期以来都有着显赫的功绩。谅宜优锡：应当给其优厚的赏赐。

（9）庆泽旁流，所宜沾贷：适当减免赋税，让皇恩流布。

（10）给事中薛存庆：唐代官员，被唐穆宗任命为幽州宣慰使去安抚归顺中央的刘总，途中病死。

（11）弘靖：张弘靖（760—824），张嘉贞之孙，画家张彦远之祖父。唐宪宗时期，张弘靖出任宰相。后来刘总因为杀害父兄，疑神疑鬼，常梦父兄作祟，恳乞为僧，并请张弘靖替代自己掌管幽州。张弘靖到任后，考虑到这是安史之乱的老巢，所以想尽革幽州旧俗。掘安禄山墓，大失人望。幽州兵变后，张弘靖被贬为抚州刺史，后累任太子少师。长庆四年（824）卒，追赠太子太保。

（12）得无欢抃（biàn）遐想：恐怕欢欣鼓舞，浮想联翩。

（13）管辖范围内有年纪大且孤苦，或残疾不能生存自理的人。惸（qióng），同"茕"，孤单。瘵（zhài），病。

（14）隗（wěi）台：燕昭王师事郭隗的招贤台，即鲍照、陈子昂笔下的黄金台、幽州台。

（15）丘园：乡野家园。牛肃《纪闻·吴保安》："将归老丘园，转死沟壑。"

（16）於戏（wū hū）：呜呼，哎呀。

（17）天宝之戒：天宝年间玄宗失败，引发安史之乱的警示。

代符澈与幽州大将书意

李德裕

某月日，河东节度使符澈，致书幽州大将周都衙以下：比闻海内之论，幽州师有纪律，人怀义心，河朔诸军，以为模楷。今之所睹，异于是矣。

窃知大将以下，初上表举陈行泰⁽¹⁾，寻又举张绛⁽²⁾，皆云文武全才，军情悦服，今又不容张绛，斥逐而来，取舍之间，苍黄骤变⁽³⁾。且举棋不定⁽⁴⁾，《春秋》所讥。远近闻之，莫不嗤笑。旬月之内，移易三人，不可谓师有纪律矣。不俟朝旨，专自树置⁽⁵⁾，不可谓人怀义心矣。今思顿雪前耻，再取美名，莫若谢罪朝廷，别请戎帅。如此则一军盛美，千古流芳。

澈忝在近邻⁽⁶⁾，素钦风仪，辄陈鄙见，实谓良图。幸大将等三思，不至疑惑。

——《李德裕文集校笺》文集卷第八

作者简介

李德裕（787—850），字文饶，赵郡（治今河北赵县）人。历任中书舍人、御史中丞、兵部尚书等职；后又出任剑南、西川、淮南等地节度使。遭李宗闵、牛僧孺集团打击，被贬崖州，卒于任所。工诗文、书法，贬黜岭南期间的诗作尤有盛名。著作有《次柳氏旧闻》《会昌一品集》等。

题解

李德裕以符牒的口吻，给幽州大将周都衙（都衙，即"衙内都指挥使"的省称）写信，指出幽州军队人事任免上存在突出问题。幽州割据势力公然藐视朝廷权威，擅自决定人事任免，短短时间内走马灯似的更迭三名主将。这种频繁的变动，不仅影响军队士气，也暴露了朝廷左右摇摆的力不从心。纲纪何在？道义与人心何在？本文深刻反映了唐朝中后期藩镇割据的祸患之烈。

简注

（1）陈行泰：卢龙镇牙将，会昌元年（841）发动兵变，杀死卢龙节度使史元忠。仅一个月后，他又被牙将张绛诛杀。《会昌一品集》《全唐文》又作"陈行恭"。

（2）张绛诛杀陈行泰后，慑于雄武军使张仲武的威名，请其主持军务，后来又改变主意，自请为节度使。张仲武大怒，又率军诛杀张绛。朝廷该如何对待张仲武呢？李德裕在

《请令符澈与幽州大将书状》中说:"访闻张仲武是幽州大将张朝先之子,沉勇有谋。陛下纵欲加恩,亦须且挫其气。又幽州旬月之内,移易三人,因此翻覆多端,亦要令其知愧。"随后张仲武被朝廷任为卢龙节度使。

(3) 苍黄骤变:形势变化很快。苍黄,素丝染色,可以染成青色(苍),也可以染成黄色。

(4) 举棋不定:比喻犹豫,拿不定主意。典出《左传·襄公二十五年》:"弈者举棋不定,不胜其耦。"

(5) 不等待朝廷旨意,擅自做主。

(6) 我符澈作为幽州的近邻。忝,谦辞。

宋金元文 十篇

元青花缠枝花卉纹绶带扁壶

武皇

王禹偁

世传武皇临薨，以三矢付庄宗曰[1]："一矢讨刘仁恭，汝不先下幽州，河南未可图也。[2] 一矢击契丹，且曰阿保机[3]与我把臂而盟，结为兄弟，誓复唐家社稷，今背约附贼，汝必伐之。一矢灭朱温。汝能成吾志，死无恨矣。"

庄宗藏三矢于武皇庙庭[4]，及讨刘仁恭，命幕吏以少牢告庙，请一矢，盛以锦囊，使亲将负之，以为前驱。凯还之日，随俘馘纳矢于太庙[5]。伐契丹，灭朱氏，亦如之。

又武皇眇一目[6]，世谓之独眼龙。性喜杀，左右小有过失，必置于死。初讳眇，人无敢犯者。尝令写真，画工即为捻箭之状，微瞑一目。图成而进，武皇大悦，赐与甚厚。

——《五代史阙文》

王禹偁（954—1001），字元之，济州巨野（今属山东菏泽）人，出身贫寒，宋太宗太平兴国八年（983）进士。他素性刚正，敢言直谏，《宋史》称其"词学敏赡，遇事敢言，喜臧否人物，以直躬行道为己任"。王禹偁在诗文尤其是古文创作上颇有成就，一生撰著颇丰，有《小畜集》《五代史阙文》等，欧阳修、苏轼等人都十分仰慕其为人。

题解

"武皇"即唐末五代初的河东节度使、晋王李克用，"庄宗"即建立后唐的李克用长子李存勖，李存勖称帝后，追尊父亲为太祖武皇帝。民间传说李克用临死前曾以三矢向后唐庄宗李存勖寄托遗志，而庄宗也不负所托，接连在战事中得胜，以"三矢告庙"完成武皇遗志。王禹偁此文则以生动凝练的笔触还原了这段史事。

刘仁恭原为卢龙节度使李匡威部将，后在士卒拥护下发动兵变，攻打幽州未果后转投河东节度使李克用。李克用待之甚厚，赐其田地豪宅，复表刘仁恭为检校司空、卢龙军节度使。然而取得幽州不久后刘仁恭即生二心，以厚利策反李克用部下兵士，因此李克用才嘱咐李存勖要首先攻下幽州。全文表现了李克用欲统一天下、兴复唐室、剿灭叛臣的愿望，将李克用父子刚毅果决的形象展现得淋漓尽致。李克用在述说遗愿时首先强调攻克幽州的重要性，凸显了北京城在五代战略版图中的位置，可谓兵家必争之地。

简注

（1）世人传说后唐武皇李克用临死之前，将三支箭交给庄宗李存勖。薨（hōng），专指古代诸侯或高官去世。李存勖（885—926），沙陀部人，晋王李克用之子，天祐五年（908），李克用薨逝，李存勖袭任河东节度使，先后攻占幽州、镇州、魏州等河北重镇。天祐二十年（923），李存勖于魏州称帝。因先代曾受唐朝赐李姓，以唐室后裔自居，沿用"大唐"国号，史称后唐。十月，灭后梁，建都洛阳。

（2）一支箭是让你征讨刘仁恭，你不先攻下幽州，黄河以南就无法拿下。刘仁恭原为卢龙节度使，曾依附李克用，后背叛，其军队主力驻扎在幽州。后梁乾化元年（911），刘守光称帝，国号"大燕"，定都城为幽州，改元应天。后梁乾化三年（913），李存勖拔幽州，刘守光被擒。由于刘守光统治期间残暴不仁，因此这个大燕又被称为"桀燕"。

（3）阿保机：耶律阿保机（872—926），即辽太祖，契丹迭剌部人。天祐二年（905），阿保机与晋王李克用结盟，李克用向阿保机借兵攻打刘仁恭与梁王朱温。辽太祖元年（907），阿保机当选为契丹大首领，即可汗位；同年朱温称帝，国号"大梁"，史称后梁。阿保机为巩固和加强自身的地位，背弃了与李克用的盟约，向朱温遣使请求册封。阿保机统一契丹诸部落后，辽太祖十年（916），阿保机建立契丹国，为辽朝两百多年的统治奠定了基础。

（4）庙庭：宗庙。

（5）随俘馘（guó）纳矢于太庙：将箭头和俘虏一同供奉进宗庙之中。俘馘，原指被生擒的敌人和被杀敌人的左耳（古时作战以割下敌人左耳来记录军功），后泛指俘虏。

（6）眇一目：一目失明。

路振奉使契丹

江少虞

路振奉使契丹，至幽州城南亭，是日大风，里民⁽¹⁾言，朝廷使来，率多大风。时燕京留守兵马太原帅秦王隆庆⁽²⁾，遣副留守秘书大监张肃迎国信⁽³⁾，置宴于亭中，供帐甚备，大阉具馔，盏斝皆颇璃、黄金扣器⁽⁴⁾。

隆庆者，隆绪之弟，契丹国母萧氏之爱子也，故王以全燕之地而开府焉⁽⁵⁾。其调度之物，悉侈于隆绪，尝岁籍民子女⁽⁶⁾，躬自拣择，其尤者为王妃，次者为姜媵。炭山⁽⁷⁾北有凉殿，夏常随其母往居之，妓妾皆从，穹庐帟幕⁽⁸⁾，道路相属。虏相韩德让尤忌之，故与德让不相协也。萧后幼时，常许嫁韩氏，即韩德让也，行有日矣⁽⁹⁾，而耶律氏求妇于萧氏，萧氏夺韩氏妇以纳之，生隆绪，即今虏主也。耶律死，隆绪尚幼，袭虏位。萧后少寡，韩氏世典⁽¹⁰⁾军政，权在其手，恐不利于孺子，乃私谓德让曰："吾常许嫁子，愿谐旧好，则幼主当国，亦汝子也。"自是德让出入帏幕，无间然矣。既而鸩杀⁽¹¹⁾

德让之妻李氏，每出弋猎，必与德让同穹庐而处，未几而生楚王，为韩氏子也。萧氏与德让尤所钟爱，乃赐姓耶律氏。

是夕，宿于永和馆，馆在城南。九日，虏遣使置宴于副留守之第，第在城南门内，以驸马都尉兰陵郡王萧宁侑宴[12]，文木器盛虏食，先荐骆糜，用杓而啖焉[13]。熊肪羊豚雉兔之肉为濡肉[14]，牛鹿雁鹜熊貉之肉为腊肉，割之令方正，杂置大盘中。二胡雏衣鲜洁衣，持帨巾[15]，执刀匕，遍割诸肉，以啖汉使。

幽州幅员二十五里，东南曰水窗门，南曰开阳门，西曰青音门，北曰北安门。内城幅员五里，东曰宣和门，南曰丹凤门，西曰显西门，北曰衙北门。内城三门，不开，止从宣和门出入。城中凡二十六坊，坊有门楼，大署其额，有罽宾、肃慎、卢龙等坊[16]，并唐时旧坊名也。居民棋布，巷端直，列肆者百室，俗皆汉服，中有胡服者，盖杂契丹、渤海妇女耳。

府曰幽都府，光禄少卿郎利用为少尹，有判官掾曹之属。民有小罪，皆得关决，至杀人非理者，则决之于隆庆，喜释而怒诛，无绳准矣。

城中汉兵凡八营，有南北两衙兵、两羽林兵、控鹤神武兵、雄捷兵、骁武兵，皆黥面⁽¹⁷⁾给粮，如汉制。渤海兵，别有营，即辽东之卒也，屯幽州者数千人，并隶元帅府。隆庆骄侈，不亲戎事，兵柄咸在兰陵郡王驸马都尉萧宁之手。国家且议封禅⁽¹⁸⁾，有谍者至涿州，言皇帝将亲征，往幽蓟以复故地，然后东封泰岳。虏大骇，遽以宁为统军，列栅于幽州城南，以虞我师之至⁽¹⁹⁾。既而闻车驾临岱，遂止。虏旧有韩统军者，德让从弟也，取萧后姊，封齐妃。韩勇悍，多变诈，虏之寇我澶渊也，韩为先锋，指麾于城外，我师以巨弩射之，中脑而毙，虏丧之如失手足。自是虏无将帅，遂以宁统之，年五十，勇略不及韩，虏咸忧焉。

虏政苛刻，幽蓟苦之，围桑税亩，数倍于中国，水旱虫蝗之灾，无蠲减焉。以是服田之家，十夫并耨⁽²⁰⁾，而老者之食，不得精凿。力蚕之妇，十手并织，而老者之衣，不得缯絮⁽²¹⁾。征敛调发，急于剽掠。加以耶律、萧、韩三姓恣横，岁求良家子以为妻妾，幽蓟之女，有姿质者，父母不令施粉白，弊衣而藏之，比嫁，不与亲族相往来。

太宗皇帝平晋阳，知燕民之徯后⁽²²⁾也，亲御六军，傅⁽²³⁾于城下，燕民惊喜，谋欲劫守将，出城而降。太宗皇帝以燕城大而不坚，易克难守，炎暑方炽，士卒暴露且久，遂班师焉。城中父老，闻车驾之还也，抚其子叹息曰："尔不得为汉民，命也。"【自虏政苛刻已下事，并幽州客司刘斌言。斌大父⁽²⁴⁾名迎，年七十五，尝为幽州军政校，备见其事，每与子孙言之，其萧后隆庆事，亦迎所说。】近有边民，旧为虏所掠者，逃归至燕，民为敛资给导以入汉界，因谓曰："汝归矣，他年南朝官家来收幽州，慎无杀吾汉儿也。"其燕蓟民心向化如此。

——《事实类苑》卷第七十七"安边御寇"

辽南京城平面示意图

江少虞（生卒年不详），衢州常山（今属浙江）人，字虞仲，活动于宋高宗绍兴年间，曾任天台学官。江少虞一生著作颇丰，有《事实类苑》《经说》等百余卷。《事实类苑》辑集宋代史料，涵盖北宋太祖至神宗约一百二十年史事，所引用诸家记录约五十种，其中半数以上已失传或残缺。

题解

此文记载了北宋史学家路振出使契丹所见风土人情，尤其对辽朝萧太后及辽圣宗耶律隆绪之弟耶律隆庆等人所牵涉的复杂政治斗争及幽州城中具体场景与百姓生活状况叙述周详。

作者细致描绘了"澶渊之盟"后幽州的城市布局与百姓生计。从"政苛刻，幽蓟苦之，围桑税亩，数倍于中国，水旱虫蝗之灾，无蠲减焉"的记述可知，幽燕一带的汉族百姓在契丹贵族的苛政之下艰难度日，不仅要面临沉重的赋税，还要随时承受贵族子弟的劫掠与剥削。听闻宋太宗亲征幽燕，他们欣喜若狂，欲出城归降，当地汉人一心归宋的强烈愿望溢于言表。

简注

（1）里民：居住或户籍列于同一乡里的居民，泛指当地居民。

（2）兵马太原帅秦王隆庆：按，"太原帅"为"大元帅"之误，《辽史·皇子表》云："（隆庆）开泰初，加守太师，兼政事令，寻拜大元帅，赐金券。"又《辽史·百官志》有"天下兵马大元帅府"，自注云："太子、亲王总军政。"可证。

（3）国信：此处为"国信使"的简称，指国家使臣。

（4）宴饮所用的一应陈设皆已准备妥当，手握重权的宦官安排饮食，喝酒的器皿都是玻璃制作、金玉镶嵌。供帐，供宴会用的帷帐、用具、饮食等物。馔（zhuàn），陈设饮食。斝斚（jiǎ），酒器。颇璃，玻璃。扣器，用金玉等镶嵌的器物。

（5）隆绪：耶律隆绪（971—1031），辽朝第六位皇帝，十岁登基，皇太后萧绰奉遗诏摄政，改国号为"大契丹"。统和二十二年（1004）亲征，与宋朝订立"澶渊之盟"。统和二十七年（1009）正式亲政，前后在位近五十年（982—1031），其间是辽朝的全盛时期。开府：建立府署并自选职员的意思。

（6）尝岁籍民子女：每年都要强征一批平民人家的少女。籍，征收。

（7）炭山：又名陉头、凉陉，在今河北独石口外滦河上游，是为辽帝后避暑、狩猎之地。

（8）穹庐帟幕：指隆庆及其妃妾们的毡帐。蒙古人所住的毡帐，中央隆起，四周下垂，形状似天，因而称为"穹庐"。帟（yì）幕，帐幕。"帟"即小帐幕，也指幄中座上的帐子。

（9）行有日矣：已经定下（结婚）日期。

（10）典：主持。

（11）鸩（zhèn）杀：用毒酒杀害。鸩，传说中的一种鸟，羽毛有毒。

（12）侑（yòu）宴：为宴饮者助兴。侑，在筵席旁助兴，劝人吃喝。

（13）骆糜：骆驼肉羹。杓：同"勺"。啖（dàn）：吃。

（14）熊肪：熊背上的脂肪，味道鲜美而被称为美味，因其色白如玉，也叫熊白。濡（rú）肉：煮烂的肉。

（15）帨（shuì）巾：擦手的巾帕。

（16）罽（jì）宾：本唐代西域国名。肃慎：我国古代东北部族名。卢龙：古有卢龙塞，在今喜峰口一带，为河北平原通向东北的交通要道。此盖以古代国名、族名、地名等命名幽州各坊。

（17）黥（qíng）面：古时在人脸上刺字并涂墨的刑罚。

（18）封禅：中国古代帝王在太平盛世或天降祥瑞时祭祀天地的大型典礼。

（19）列栅：阻拦。虞：预备。

（20）耨（nòu）：除草。

（21）缯（zēng）絮：缯帛丝棉。

（22）徯（xī）后：等待我君来（解放自己），引申为表示对明君的盼望。

（23）傅：靠近，迫近。

（24）大父：祖父。

论北朝政事大略

苏辙

臣等近奏敕差充北朝皇帝生辰国信使，寻已具语录进呈讫，然于北朝所见事体，亦有语录不能尽者，恐朝廷不可不知，谨具三事，条列如左：

一、北朝皇帝年颜见今六十以来，然举止轻健，饮啖不衰[1]，在位既久，颇知利害。与朝廷和好年深，蕃汉人户休养生息，人人安居，不乐战斗。加以其孙燕王幼弱，顷年契丹大臣诛杀其父[2]，常有求报之心，故欲依倚汉人，托附本朝，为自固之计，虽北界小民亦能道此。臣等过界后，见其臣僚年高晓事，如接伴耶律恭、燕京三司使王经、副留守邢希古、中京度支使郑颛之流皆言及和好，咨嗟叹息，以为自古所未有，又称道北朝皇帝所以馆待[3]南使之意极厚。有接伴臣等都管一人，未到帐下，除翰林副使；送伴副使王可，离帐下不数日，除三司副使，皆言缘接伴南使之劳。以此观之，北朝皇帝若且无恙，北边可保无事。惟其孙燕王，骨气凡弱，瞻视不正⁽⁴⁾，不逮其祖，虽心似向汉，未知得志之后，能弹压蕃汉、保其禄位否耳。

一、北朝之政，宽契丹，虐燕人，盖已旧矣。然臣等访闻山前诸州祗候⁽⁵⁾公人，止是小民争斗杀伤之狱，则有此弊，至于燕人强家富族，似不至如此。契丹之人，每冬月多避寒于燕地，牧放住坐，亦止在天荒地上，不敢侵犯税土⁽⁶⁾，兼赋役颇轻，汉人亦易于供应。惟是每有急速调发之政，即遣天使带银牌于汉户须索，县吏动遭鞭筓⁽⁷⁾，富家多被强取，玉帛子女不敢爱惜，燕人最以为苦。兼法令不明，受赇鬻狱⁽⁸⁾，习以为常。此盖夷狄之常俗，若其朝廷郡县，盖亦粗有法度，上下维持，未有离析之势也。

一、北朝皇帝好佛法，能自讲其书。每夏季，辄会诸京僧徒及其群臣，执经亲讲，所在修盖寺院，度僧甚众。因此僧徒纵恣，放债营利，侵夺小民，民甚苦之。然契丹之人，缘此诵经念佛，杀心稍悛⁽⁹⁾。此盖北界之臣蠹⁽¹⁰⁾而中朝之利也。

右谨录奏闻，乞赐省阅⁽¹¹⁾，亦足以见邻国向背得失情状。取进止。

——《栾城集》卷四十二

苏辙（1039—1112），字子由，晚号颍滨遗老。眉州眉山（今属四川）人。嘉祐二年（1057），与兄苏轼一起登进士第，后位列宰执。苏辙与父亲苏洵、兄长苏轼齐名，合称"三苏"，俱名列"唐宋八大家"。元祐四年（1089），苏辙奉命出使辽国，任贺辽国生辰国信使，出使期间留下杰作《奉使契丹二十八首》。苏轼称其散文"汪洋澹泊，有一唱三叹之声，而其秀杰之气终不可没"，有《栾城集》等传世。

题解

《北使还论北边事札子五道》是苏辙使辽归来后向皇上进言议事的一封文书，其文简练精深，论述透辟，在苏辙的公文中颇具代表性。本文选取第二道札子《论北朝政事大略》，概述辽国政治形势。文章还描述辽国两个特点：一是法令宽严不齐，宽待契丹而苛待燕地汉人，这种苛待主要体现在平民诉讼之时，对燕地大族则不至如此。但当辽国急需财物时，则对燕人一概搜括，当地以为苦。二是佛法盛行，僧徒在社会上拥有特权，时常侵扰百姓。

简注

（1）饮啖不衰：饭量不减的意思。

（2）耶律洪基（1032—1101），即辽道宗，重熙二十四年（1055）即位，笃信佛教，刻印佛经，建筑寺塔；倡导华夷同风，促进了辽境内各民族间的相互认同。权相耶律乙辛为了篡权，诬告太子耶律濬谋图大位，太子耶律濬被囚禁，不久，耶律乙辛派人暗杀了他。耶律濬儿子耶律延禧（1075—1128）幸得保全。大康九年（1083），耶律延禧被进封为燕国王。辽道宗去世后，耶律延禧即位，群臣上尊号为"天祚皇帝"。天祚帝登基之后做的第一件事便是为父亲报仇雪恨，诛杀耶律乙辛及其同党。

（3）馆待：日常接待。

（4）瞻视不正：意思是说看人时不端正，可能指斜视、偷觑等。瞻视，观看。

（5）祗（zhī）候：恭敬地侍候。这里指接待。

（6）税土：课税的土地，此处指出产作物的农田。

（7）鞭箠（chuí）：鞭子，文中为鞭打之意。

（8）受赇（qiú）鬻（yù）狱：因收受贿赂而枉断官司。

（9）悛（quān）：悔改。

（10）蠹（dù）：蛀蚀器物的虫子，引申比喻祸害国民的人和事。

（11）省阅：审阅。

肃王与沈元用

陆游

　　肃王与沈元用同使金，馆于燕山悯忠寺[1]。暇日无聊，同行寺中，偶有唐人碑，词皆偶俪[2]，凡二千余言。元用素强记，即朗诵一再。[3]肃王不视，且听且行，若不经意。元用归，欲矜其敏[4]，取纸追书之，不能记者阙[5]之，凡阙十四字。书毕，肃王视之，即举笔尽补其所缺，无遗者。又改元用谬误四五处，置笔他语，略无矜色。[6]元用骇服。

——《老学庵笔记》卷五

陆游（1125—1210），字务观，号放翁，越州山阴（今浙江绍兴）人，胸怀壮志，坚持主张抗金，仕途不顺。在文学方面，诗、词、散文上皆有所成就，诗歌成就尤高，有《剑南诗稿》《渭南文集》等传世。诗作洋溢着爱国主义热情，梁启超赞曰："集中什九从军乐，亘古男儿一放翁。"

题解

此文近似一篇清约畅达的小品，以对比手法展示了肃王的博学多才和谦逊低调的品质。尽管肃王拥有超群的记忆力，却并不以此自傲，且能够平和地指出沈元用的错误并加以纠正。"元用素强记，即朗诵一再；肃王不视，且听且行，若不经意""置笔他语，略无矜色"等凝练细致的刻画生动展现出肃王深厚的学识涵养与不动声色的风姿气度，将沈元用的志得意满衬托得黯然失色。这则故事发生于法源寺，这是北京城中一座悠远古朴的历史名刹，亦是中国佛学院、中国佛教图书文物馆所在地，其中保存了不少唐朝以后的碑刻遗迹，具有很高的史学价值，反映出北京厚重的历史文化积淀。

简注

（1）肃王：宋徽宗之子赵枢。靖康元年（1126），金军围困东京开封府，康王赵构被交出为质，但金人不满意，提出以肃王赵枢换康王。赵枢及太宰张邦昌等被送到金营为质。靖康二年赵枢一行到达燕山，居延寿寺。沈元用（1084—1149）：名晦，号胥山，北宋最后一位状元。沈晦的曾叔祖是沈括。燕山：燕山府，即辽国的幽都府、析津府，宋宣和四年（1122）灭辽后，曾一度改称燕山府，后海陵王建金中都，又改名大兴府。愍忠寺：悯忠寺，今法源寺的前身，位于北京市西城区。贞观十九年（645）唐太宗李世民为哀悼北征辽东的阵亡将士，诏令在幽州立寺纪念，至武则天万岁通天元年（696）始建成，赐名"悯忠寺"。

（2）偶俪：指对仗工整，文辞整饬。

（3）沈元用的记忆力一向很好，便朗诵了一次又一次。

（4）欲矜其敏：想炫耀自己的才能。

（5）阙：同"缺"，空缺。

（6）又改了四五处沈元用写错的地方，放下笔便谈论别的事情，脸上并无骄傲的神色。

揽辔录（节选）

范成大

乙酉过良乡县。是日大风几拔木，接伴使云："此谓之信风⁽¹⁾。使人远来，此风先报使入城也。"

丙戌，过卢沟河三十五里，至燕山城外燕宾馆。燕至毕，与馆伴使副⁽²⁾并马行。自馆行，柳堤缘城，过新石桥，中以杈子⁽³⁾隔驰道从左边过桥，入丰宜门⁽⁴⁾，即外城门也。两旁皆短墙，有两门，东西出，通大路，有兵寨在墙后。过玉石桥，燕石色如玉，桥上分三道，皆以栏楯⁽⁵⁾隔之，雕刻极工。中为御路，亦拦以杈子。四旁皆有玉石柱，甚高。两旁有小亭，中有碑曰"龙津桥"。入宣阳门⁽⁶⁾，金书额，两头有小四角亭，即登门路也。楼下分三门。中门为御路，常阖⁽⁷⁾，皆画龙。两旁门通行，皆画凤。入门北望其阙，由西御廊首转西至会同馆。

戊子早入见。上马出馆，复循⁽⁸⁾西御廊首横过。至东御廊首，转北循廊檐行，几二百间。廊分三节，每节一门。路东出第一门通街市，第二门通球场，第三门通太庙，庙中有楼。将至宫城，廊即东转，又百许间。其西亦然，亦有三门，但不知所通何处，望之皆民居。东西廊之中，驰道甚阔。两旁有沟，沟上植柳。两廊屋脊，皆覆以青琉璃瓦。宫阙门户，即纯用之，葱然翠黛。

驰道之北，即端门十一间，曰"应天之门"，旧尝名"通天"，亦十一间。两挟[9]有楼，如左右升龙之制。东西两角楼，每楼次第攒三檐，与挟楼接，极工巧。端门之内，有左右翔龙门，日华、月华门。前殿曰"大安殿"，使人入左掖门，直北循大安殿东廊后壁行。入敷德门，自侧门入，又东北行。直东有殿宇，门曰"东宫"，墙内亭观甚多。直北面南列三门，中曰"集英门"，云是故寿康殿，母后所居。西曰"会通门"，自会通东小门，北入承明门。又北则昭庆门，东则集禧门，尚书省在门外。又西则右嘉会门。四门正相对。入右嘉会门，门有楼，与左嘉会门相对，即大安殿后门之后。至幕次，黑布拂庐待班。有顷入宣明门，即常朝便殿门也。门内庭中列卫士二百许人，贴金双凤幞头[10]，团花红锦衫，散手立。入仁政门，盖隔门也。

至仁政殿下，大花毡可半庭，中团⁽¹¹⁾双凤。殿两旁各有朵殿⁽¹²⁾，朵殿之上两高楼，曰东西上阁门⁽¹³⁾。两廊悉有帘幕，中有甲士。东西御廊，循檐各列甲士。东立者，红茸甲⁽¹⁴⁾，金缠杆枪，黄旗画青龙；西立者，碧茸甲，金缠杆枪，白旗画黄龙。直至殿下皆然。惟立于门下者，皂袍⁽¹⁵⁾持弓矢。殿两阶杂列仪物幢节⁽¹⁶⁾之属，如道士醮坛⁽¹⁷⁾威仪之类。使人由殿下东行上东阶，却转南，由露台北行入殿。虏主幞头，红袍玉带，坐七宝榻。背有龙水大屏风、四壁帟幕，皆红绣龙，拱斗皆有绣衣。两槛间各有大出香金狮蛮，地铺礼佛毯，可一殿。两旁玉带金鱼，或金带者十四五人，相对列立。遥望前后殿屋，崛起处甚多，制度不经⁽¹⁸⁾，工巧无遗力，所谓穷奢极侈者。

炀王亮始营此都，规模多出于孔彦舟⁽¹⁹⁾，役民夫八十万，兵夫四十万，作治数年，死者不可胜计。地皆古坟冢，悉掘弃之。虏既蹂躏中原之地，国之制度，强效华风，往往不遗余力，而终不近似。今虏主既端坐得国，其徒益治文，为以眩饰之⁽²⁰⁾。始则大修官制……其历曰《大明历》……虏本无年号，自阿骨打始有"天辅"之称，今四十八年矣……虏宫多内宠，其最贵者，有元、德、淑、丽、温、恭、慧、明等十妃。臣下亦娶数妻，多少视官品，以先后聘为序。民惟得一妻。

——《揽辔录》

金中都平面示意图，大定至贞祐年间（1161—1215），出自《北京历史地图集》

作者简介

范成大（1126—1193），字至能，一作致能，晚号石湖居士，平江府吴县（今属江苏苏州）人，宋高宗绍兴二十四年（1154）进士。乾道六年（1170）出使金国，向其索回北宋诸帝陵寝之地，争求改定受书之仪，顺利完成使命。淳熙五年（1178），升任参知政事，晚年退居石湖，加资政殿大学士。范成大素有文名，尤工于诗，其诗婉丽中有峻拔之气，名列南宋"中兴四大家"之一。他出使金朝时每到一地即赋诗一首，曾在北宋旧都汴梁（今河南开封）作《州桥》一诗，表达对山河一统的深切渴盼："州桥南北是天街，父老年年等驾回。忍泪失声询使者，几时真有六军来？"

题解

本文以细致的笔触描绘了范成大出使金国时的所见所闻，主要刻画了金国中都（今北京）城中的恢宏壮丽的人文景观。文章较为翔实地记录了金朝的宫殿建筑与典章制度，极富空间感和画面感，是研究金朝历史的重要史料。

作者先从入城道路、石桥、馆驿叙起，随后详尽描绘金国宫城的回廊排列、屋宇形制等，再进一步呈现各大小宫殿具体所在，以移步换景之法囊括东西四方之景，并对宫城内外的廷卫仪仗及其衣着样式作出描述。从金国皇帝所在之处一应陈设的富丽华靡程度可见作者隐微抨击之意——"制度不经，工巧无遗力，所谓穷奢极侈者"。末段继续申说此意，指出金国豪奢的宫室乃是建立在对汉人的残酷倾轧之上，揭露了金主完颜亮侵夺民力以满足其个人私欲的丑恶行径，讽刺其"制度强效华风"而徒有其表的拙劣举动，表达了对中都城内居民的深切同情。

简注

（1）信风：此处指报送消息的风。按，前文《路振奉使契丹》记载："里民言，朝廷使来，例有大风"。即此风。

（2）馆伴使副：奉命陪同宋朝使者的的正使与副使。

（3）权子：置于官府宦宅前阻拦人马通行的木架。

（4）丰宜门：金中都城的正南门，在今北京丰台西铁匠营附近。

（5）栏楯：栏杆。

（6）宣阳门：金中都内城正南门，经千步廊正北达宫城应天门。

（7）阖：关闭。

（8）循：沿着。

（9）两挟：拐角处的楼如同挟持在面阔十一间的正楼左右，故称之为"两挟"。

（10）幞（fú）头：古代男子用的一种头巾，以丝绢裁成方巾，方巾四角下垂四长带，用来裹发，盛行于唐代。

（11）团：聚集。

（12）朵殿：大殿的东西侧堂。

（13）阁门：宫殿侧门。

（14）茸甲：一种铠甲，由丝条或皮条连接铁片而成。

（15）皂袍：黑色长袍。

（16）幢节：用旗帜和节杖等组成的仪仗。

（17）醮（jiào）坛：道士祭祀的坛场。

（18）不经：不合常法。

（19）孔彦舟（1106—1160）：南宋叛将，原为盗匪，应募从军，接连叛降伪齐、金朝，官至河南尹、南京留守。

（20）其徒益治文，为以眩饰之：跟随他的部众愈加整治文化事业，目的是炫耀夸饰（国家功业）。

临锦堂记

元好问

燕城，自唐季及辽为名都，金朝贞元迄大安，又以天下之力培植之。[1]风土为人气所移，物产丰润，与赵、魏无异。六飞既南，禁钥随废，比焦土之变。[2]其物华天宝，所以济宫掖之胜者[3]，固已散落于人间矣。

御苑之西有地焉，深寂古澹，有人外[4]之趣，稍增筑之，则可以坐得西山之起伏。幕府从事刘公子裁其西北隅为小圃，引金沟之水渠而沼之，竹树葱茜，行布棋列，嘉花珍果，灵峰湖玉，往往而在焉。[5]堂于其中，名之曰"临锦"。

癸卯[6]八月，公子觞予此堂，坐客皆天下之选。酒半，公子请予为堂作记，并志雅集。予亦闻去秋堂之南来禽再华[7]，骚人词客多为作乐府歌诗以记其异，名章隽[8]语传播海内。夫营建之盛，游观之美，以今日较之，十倍于临锦者抑多矣，而临锦独以名天下，何耶？盖公子出贵家，春秋鼎盛，志得意满，时辈莫敢与抗，乃能折节下士⁽⁹⁾，敦布衣之好，以相期于文字间。境用人胜⁽¹⁰⁾，果不虚语。

河朔板荡⁽¹¹⁾以来，公宫侯第，曲室便房，止以贮管弦、列姬侍，深闭固拒，外内不得通，其不为风俗所移者，才一二见耳。异时有向儒术，通宾客⁽¹²⁾，置郑庄之驿，授相如之简⁽¹³⁾，以复承平故事者，予知其自临锦主人发之，故乐为之书。

——《元好问集》

作者简介

元好问（1190—1257），字裕之，号遗山，世称遗山先生，太原秀容（今山西忻州）人。元好问自幼聪慧，被"北方文宗"赵秉文嘉赏，名震京师，金宣宗兴定五年（1221）进士。金灭亡后，元好问被囚数年，晚年重回故乡，潜心著述。蒙古宪宗二年（1252），元好问觐见"驻桓、抚间"的忽必烈，请他为"儒教大宗师"，力促其任用儒士治国。元好问是宋金对峙时期北方文学的主要代表、文坛盟主，被尊为"一代文宗"。他擅作诗、文、词、曲，其词为金代一朝之冠，著有《元遗山先生全集》，词集为《遗山乐府》。辑有《中州集》，保存了大量金代文学作品。

题解

临锦堂是金元时期北京地区最早见载于史籍的私家名园。在《临锦堂记》中，元好问记述了临锦堂的修建情况，并讨论了临锦堂闻名于天下的原因是园主人出身显贵而能礼贤下士、善待布衣文人，园之闻名实际上是人之闻名。元好问还有词《鹧鸪天》："临锦堂前春水波，兰皋亭下落梅多。三山宫阙空瀛海，万里风埃暗绮罗。云子酒，雪儿歌，留连风月共婆娑。人间更有伤心处，奈得刘伶醉后何。"

简注

（1）燕京自从唐末以来又历经辽，成为著名都城，金

朝贞元至大安时期，又汇集天下之力予以滋养。唐乾元二年
(759) 史思明自称大燕皇帝，以幽州为燕京；辽以幽州为南京。
贞元，金海陵王下诏正式迁都自上京到燕京之后使用的第一
个年号，从1153年到1156年。大安，金卫绍王完颜永济的第
一个年号，从1209年到1211年。

（2）皇权南移，都城宫门随之废弃，全城都是战火带来
的伤痕。六飞，亦作"六骓""六蜚"，古代皇帝的车驾六马，
疾行如飞，故名六飞。禁钥，宫门钥匙，亦指宫廷门禁。
焦土，烈火烧焦的土地，指建筑物、庄稼等毁于战火之后
的景象。

（3）济宫掖之胜者：美化皇宫的物件。济，补益、美化。
宫掖，皇宫。

（4）人外：世外。王维《送韦大夫东京留守》："人外遗世
虑，空端结遐心。"

（5）在幕府任职的刘公子在这块地的西北角修建了一个
小园圃，引来金沟的水修建了一个池塘，竹林树木瑞气旺盛，
像棋局一样整齐布列，奇花异果，仙山丽湖，齐聚于此。葱
茜，瑞气旺盛的样子。

（6）癸（guǐ）卯：蒙古乃马真后二年八月，即1243年。

（7）来禽再华：栽种的来禽连续两年开花。来禽，即沙
果，也称花红、林檎、文林果，或谓此果味甘，果林能招众

禽，故名。

（8）隽（juàn）：原指鸟肉肥美，引申为意味深长。

（9）折节下士：放下架子屈己待人。

（10）佳境因为人而享受盛名。用，因为。

（11）板荡：指动乱不安，《诗·大雅》有《板》《荡》两篇，皆刺周厉王暴虐无道，而致天下不宁。

（12）向儒术，通宾客：向往儒家学说，热情接待宾客。

（13）置郑庄之驿，汉代郑庄为太子舍人时，每逢洗沐的日子，常常在长安诸郊外置驿马，接待宾客。后人以"郑庄驿"代称好客主人迎宾之所。授相如之简，指奉命吟诗作赋。典出南朝宋谢惠连《雪赋》："梁王游兔园，密雪下，乃授简于司马大夫，曰：'抽子秘思，为寡人赋之。'"司马大夫，即司马相如，西汉辞赋家，梁孝王刘武宾客。

琼华岛赋

郝经

岁癸丑夏，经入于燕，五月初吉，由万宁故宫⁽¹⁾登琼华岛。徜徉延伫，临风肆瞩，想见大定之治，与有金百年之盛，慨然有怀，乃作赋焉。其辞曰：

楛矢⁽²⁾飞燕，辽倾宋奔，中夏壮观，萃于金源⁽³⁾。郁天居之宏丽，开陆地之海山。忽陵飞而阜走，见虎踞与龙蟠⁽⁴⁾。建瓴水于河朔，浩不知其波澜。沉沉覃覃，旋坤转乾，赤城紫府，幻出尘寰⁽⁵⁾。粤惟⁽⁶⁾琼华之一岛，突兀乎其间。昆仑之巅，海风怒掀。劈涛头而迸落，结水面之青莲。岩岩磐磐，僵立孱颜。⁽⁷⁾巉如鳌头，冠日观而却走；岖如鳢背，负月窟而横高寒。⁽⁸⁾瑶光楼起，金碧钩连；断霓饮海，颉地颃天⁽⁹⁾。华阳九州之尘，云霄露净；辽海百年之蕴，烽涌烟填⁽¹⁰⁾。

庆云佳气，郁郁芊芊，时属清夷，天下晏然。倒淮南之戈而荆楚帖，崩统万之角而安西安。神武不杀，而日趋于平泰；信誓既结，而无事乎开边。⁽¹¹⁾ 明珠白雉，不召而麋至；蒲梢骏耳，无用而复还。⁽¹²⁾ 一人高拱于其上，无所为而乐穆清之燕；大臣优游于其下，无所为而兴礼乐之盛。万物钧化而无间，四海被泽而不偏。风俗既厚，纲纪日完。财不聚而富，刑不用而措，政不更张而治，士不作聪明而贤，民日迁善而不知其所以然而然。巍巍乎魏孝文，骎骎乎汉孝宣。⁽¹³⁾ 宜乎于此乐天下之乐，轶迈往而追羲轩。⁽¹⁴⁾ 收万方之瑰诡，尽九土之纤妍。纡青云之环佩，奏钧天之管弦。御长风于绝顶，访蓬壶之飞仙。开八荒之寿域，正一气之陶甄。⁽¹⁵⁾ 跻斯民于仁寿，而君臣与焉；挈⁽¹⁶⁾ 斯民于遂乐，而君臣享焉。涵浸酝郁⁽¹⁷⁾，上格于天；舒愉粹畅，下达于泉。济济洋洋，殆三十年，见始终之全。

倏九龙之飞去，堕神鼎于羽渊。⁽¹⁸⁾ 宗沉社债⁽¹⁹⁾，而乃屡迁。虽则屡迁，竟不能永其传。功如是，德如是，不克负荷，一举而弃捐⁽²⁰⁾。孰为之司而使之然？涸金源于汴、蔡⁽²¹⁾，卧一岛于苍烟。悲风射关⁽²²⁾，枯石荒残。琼花树死，太液池干。游子目之而兴叹，故老思之而泪潸。

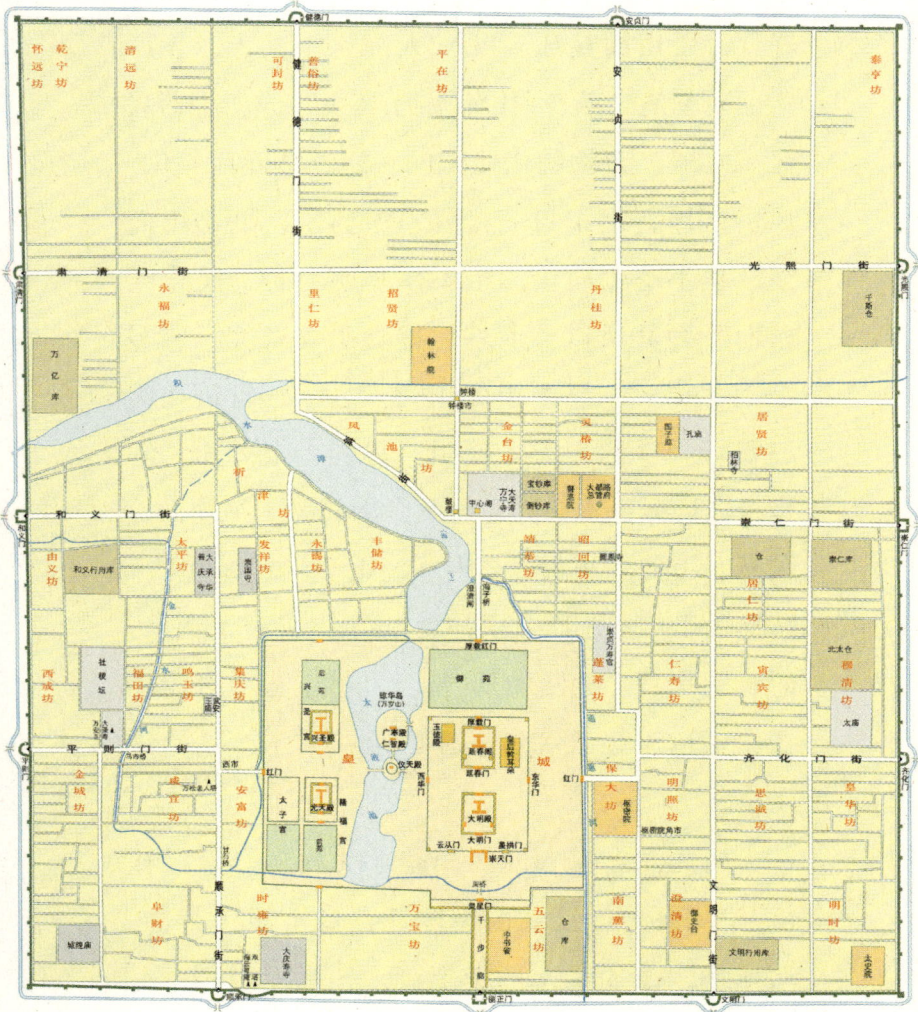

元大都平面示意图，至正年间（1341—1368），
出自《北京历史地图集》

盖余恩遗烈，膏于骨髓，着于肺肝。虽死而若生，虽亡而若存。

有与析津同沛、箕尾共骞者⁽²³⁾，虽曰假山，而实德山也。彼虐政虐世，昏君暴主，以万人之力，肆一己之欲，刳⁽²⁴⁾吾乾坤，秽吾山川，虽曰石山，而实血山。民欲与之俱亡，卒聚而歼旃⁽²⁵⁾，宁不愧于兹焉？

——《陵川集》卷一

郝经（1223—1275），字伯常，泽州陵川（今属山西）人。原为金人，后随家流落河南并迁至顺天。蒙古宪宗五年（1255），他应忽必烈之邀北上，"历燕京，出居庸，越长城，抵开平"，成为其幕僚。中统元年（1260），忽必烈登基后，郝经被任命为翰林侍读学士并出使南宋，却被宋相贾似道扣留于真州（今江苏仪征）十余年。至元十一年（1274），因伯颜伐宋，他才得以释放，次年抵达京师时逝世。郝经反对民族偏见，主张天下统一，且精通字画，留下《陵川集》等著述。

题解

张进德、田同旭的《郝经集编年校笺》在《入燕行》一诗笺证说，郝经一生至少九次游历燕京。蒙古宪宗三年（1253）首次入燕，五年两次，六年、七年、八年各一次，元世祖中统元年两次，至元十二年（1275）第九次入燕，最后病逝于此。本文作于宪宗三年首次入燕游学期间。文章详细描述了琼华岛的人文历史与自然风光，表达出对君臣同乐天下大治的歌颂。同时对"虐政虐世，昏君暴主"进行了严厉的批判。琼华岛，今位于北海公园内，其附近水域，旧称太液池，燕京八景有"太液秋风"。

简注

（1）万宁宫：金大定十九年（1179），金世宗完颜雍在今北海所在地建造了许多精美的离宫别苑，先名大宁宫，后更名为万宁宫。据《金史·地理志》记载："琼林苑有横翠殿。宁德宫西园有瑶光台，又有琼华岛，又有瑶光楼。"其位置相当于今天北海包括团城部分。

（2）楛矢：用楛木做杆的箭。周武王即位后，肃慎贡楛矢，传说女真族即肃慎的后裔，故作者以"楛矢飞燕"代指金国占领燕地。

（3）中夏壮观，萃于金源：中原地区的壮观景色，荟萃于金国。金源，金国别称。

（4）忽然山陵飞动，土阜奔走，好像看见虎蹲坐、龙盘踞在这里一样。

（5）水面深沉广大，水波转动时，仿佛幻化出仙境。赤城、紫府，传说仙人居住的地方。覃覃（tán tán），深邃。尘寰，尘世。

（6）粤惟：语气词。

（7）岩石稳固，状貌直立斑驳。

（8）嶷（yí）：高耸的样子。日观：指泰山日观峰，位于玉皇顶东南，古称介丘岩，因观日出而闻名。鱣：鲸的本字。月窟：传说月亮的归宿处。琼华岛上有广寒殿，所以作者有"负月窟而横高寒"的表述。

（9）断霓：亦作"断蜺"，指一段彩虹。苏过《飓风赋》：

"断霓饮海而北指，赤云夹日而南翔。"颉（xié）地颃（háng）天：也作"颉地颃空"，形容人或事迅速消失。

（10）烽涌烟填：烟雾聚积的样子。

（11）帝王施行仁政，天下逐渐和平安泰；诚信的誓言已经缔结，不必再开拓疆土。

（12）珍贵的事物，无需召唤就如麋鹿般成群而来；名贵的宝马因没有用处而被退还。白雉，一种珍贵的鸟类。蒲梢、骍（lù）耳，古代骏马名。此处盖用汉文帝却千里马的典故。

（13）国家兴盛如魏孝文帝时一样，甚至可以追赶上汉宣盛世。魏孝文，即北魏孝文帝，以其汉化改革闻名。汉孝宣，即西汉宣帝刘询，文治武功，以"昭宣之治"而著称。嶷嶷乎，形容道德高尚。骎（qīn）骎乎，形容事业蒸蒸日上。

（14）因天下人的快乐而快乐是很好的，这种想法超凡脱俗，几乎追上了古代的圣王伏羲和轩辕。

（15）创造了一个繁荣昌盛、和谐安定的时代，以高尚的道德陶冶教化民众。

（16）挈：带，领。

（17）文化、道德等深厚且浓郁。

（18）忽然王朝衰颓，神器失落，犹如九龙飞走，神鼎坠入深渊。神鼎，鼎的美称，上古帝王建立王朝时铸造新鼎作为立国的重器。

（19）宗庙沉沦，社稷倾覆，指中都、南京先后失守。

（20）弃捐：抛弃，废置。

（21）使金朝灭亡于汴州（今河南开封）汴水和蔡州（今河南汝南）之地。涸，本指水流枯竭，此处盖与"金源"之称一语双关。

（22）关：原注曰"居庸关"。

（23）有与天河一样丰沛，和星辰一样高悬的。析津，析木之津。杨伯峻《春秋左传注》："《尔雅·释天》：'析木之津，箕斗之间汉津也。'汉津即银河，古亦谓天河。"箕、尾，星宿名。搴（qiān），高举。李曾伯《醉蓬莱·丁亥寿蜀帅》："箕尾辉腾，昴街芒敛，看清平天日。"

（24）刳（kū）：本义为剖，剖开；引申为遭受残害。

（25）歼旃（zhān）：部队被歼灭。旃，文言助词，相当于"之"或"之焉"。

居庸关铭并序

郝经

朔易干，会斗极，揭控地势，隘天隐日。[1]
玄冬之气，黄钟之律[2]，凝结形见，聚而不散，
常为冰雪，故号阴区。瞰临悬绝，以建瓴之势，
居高走下，每制诸夏死命。[3] 故自三代、秦汉至
于今，号称强悍之国。营幽并代[4]之北，山岭
隔阂，连高夹深，呀口伛脊[5]数千里，岩壑重
复，扼制出入。是天所以限南北，界内外，固
中原之圉[6]，壮天地之势者也。

自秦陇乱大河，东抵太和、紫荆[7]，绕出
卢龙之塞，列关数十。而居庸关在幽州之北，
最为深阻，号天下四塞之一。大山中断，两岩
峡束，石路盘肠，萦带隙罅。南曰南口，北曰
北口。滴沥溅漫，常为冰霰。滑湿濡洒，侧轮
趾足，殆六十里石穴。[8] 及出北口，则左转上
谷之右，并长岭而西[9]。阴湮枯沙，遗镞朽
骨，凄风惨日，自为一天。中原能守，则为阳
国北门；中原失守，则为阴国南门。故自汉唐
辽金以来，常宿重兵，以谨管钥[10]。

中统元年，皇帝即位于开平，则驻跸之南门；又将定都于燕都，则京师之北门。⁽¹¹⁾而屯壁之荒圮，恐启狡焉，故作铭。⁽¹²⁾畀燕京道宣慰府，使勒石⁽¹³⁾关上。且表请置兵，以为设险守国之戒云。铭曰：

国宅天都，高寒之区，居庸其枢兮。

辽右古北，阴幽沙碛，控带阤狐兮。⁽¹⁴⁾

山连岭重，键闭深雄，巍巍帝居兮。

伊昔掣锁，金源败破，遂为坦途兮。

函谷一夫，百万为鱼，竟执哥舒兮。⁽¹⁵⁾

思启封疆，备不可忘，祸生不虞兮。

寇不可玩，机不可缓，实惟永图兮。

天险地险，莫如人险，兵刃相须兮。

刻铭岩嵋，用告仆夫，当戒覆车兮。

——《陵川集》卷二十一

题解

文章写于元世祖中统元年（1260），作者受命出使南宋，从开平出发，途经燕京。它论述居庸关地势险要，山岭隔阂，连高夹深，控扼南北，是中原国家的北门，也是北方族群的南门。"天险地险，不如人险"，汉唐辽金以来都是重兵把守。将来从开平迁都燕京之后，这里就是京师的北门，应镜鉴金国覆灭之旧辙，设险守国。铭文部分，基本上是对序言观点的总结概括，四言句式，庄重凝练，节奏感强。郝经另有诗歌《居庸行》："惊风吹沙暮天黄，死焰燎日横天狼。巉巉铁穴六十里，塞口一喷来冰霜。导骑局脊衔尾前，毡车轺辘半侧箱。弹筝峡道水复冻，居庸关头是羊肠。横拉恒代西太行，倒卷渤海东扶桑。幽都却在南口南，截断北陆万古强……"

简注

（1）北方的国郊，北斗星和北极星高耀着，地势险要，遮天蔽日，控制交通。朔，北方。朔易，朔方易水，借指北方地区。王禹偁《北狄来朝颂序》："遂使朔易之方，戎狄之众，有见机之义，生向化之心。"干，国郊。《诗·邶风》："出宿于干。"斗极，北斗星与北极星，喻指帝王，或为天下钦仰的人。

（2）玄冬：深冬。黄钟之律：汉代以来有一种律管候气的说法，将十二根律管插入地下，按照不同的方位排列组成圆周，然后在律管内放入草木灰，并用薄绢盖住。利用土壤温度变化感知节气，如果温度升高，律管内的草木灰就会飞出来，然后看是从哪个律管飞出来的，就可以确定是哪个节气到了。据说黄钟律和冬至相应，时在十一月。

（3）俯瞰险峻峭绝，以居高临下不可阻挡的形势朝下攻打，经常制中原政权于死命。瞰（kàn）临，居高视下。悬绝，险峻峭绝。建瓴（líng），即"建瓴水"，《史记·高祖本纪》云："其以下兵于诸侯，譬犹居高屋上建瓴水也。"建，倾倒；瓴，盛水瓶。形容居高临下、难以阻挡的形势。郝经《居庸行》："当时金源帝中华，建瓴形势临八方。谁知末年乱纪纲，不使崇庆如明昌。阴山火起飞蛰龙，背负斗极开洪荒。直将尺箠定天下，匹马到处皆吾疆。"

（4）营幽并代：营州、幽州、并州、代州。营州，治所在今辽宁朝阳。历为东北重镇，开元后平卢节度使治此。幽州，《晋书》："言北方太阴，故以幽冥为号。"治所蓟城，在今北京城西南广安门附近。并州，治所晋阳（今山西太原西南）。代州，治所在今山西忻州代县，所辖雁门关居九塞之首，亦称雁门郡。

（5）呀（xiā）口伛脊：张大嘴巴，弓着脊背。

（6）圉（yǔ）：本义表示关押犯人的牢房，引申为禁止、范围之意，再引申为边境。

（7）秦陇乱大河：山岭自秦陇之地起，穿插于黄河之间。《尔雅·释水》："正绝流为乱。"大河，黄河。太和：太和岭，位于雁门山，太和岭口是中原人进句注山逾雁门关的入山口。紫荆：紫荆关，在河北保定易县西北紫荆岭。

（8）山路湿滑，特别难行，会让车子车轮侧起，行人脚下不稳，还有大概六十里极为险峻的山路。濡，濡湿，沾湿。趀（cī），脚下滑动，没踩稳。石穴，指深险的山路。《三国志·魏书·程郭董刘蒋刘传》注引《孙资别传》云："南郑直为天狱，中斜谷道为五百里石穴耳。"言其深险，喜出渊军之辞也。

（9）上谷：治在今河北张家口怀来，为燕国北长城的起点，西有小五台山与代郡毗邻，东扼居庸锁钥之险。长岭：指怀来一带起伏的山岭。

（10）管钥：锁匙，比喻为枢要之地。

（11）1260年，忽必烈在开平府（今内蒙古自治区锡林郭勒盟正蓝旗上都镇）称帝，建元中统。至元元年（1264）改燕京为中都，次年开始计划在金中都的东北营建新城。至元八年（1271）改国号为"大元"，建立元朝，次年改中都为大都，元朝的政治中心迁到大都。

（12）在荒败坍塌的地方建立屯堡，以防范那些贪诈之徒侵我疆土，所以作了这篇铭文。《左传·成公八年》："夫狄焉思启封疆以利社稷者，何国蔑有？"后来"狡焉思启"成为成语，指怀贪诈之心的人图谋侵犯他国疆土。

（13）勒石：刻字于石，指立碑。

（14）右方是辽东的古北口，北面是阴山大漠，控制着向东北出入的险要之地。

（15）哥舒：哥舒翰，唐朝名将，安史之乱中，固守潼关，与叛军相持。但唐玄宗命令他出潼关去收复陕州、洛阳等地。他率二十万军队，在桃林溃败，哥舒翰本人被执投降。杜甫《潼关吏》写道："艰难奋长戟，万古用一夫。哀哉桃林战，百万化为鱼。请嘱防关将，慎勿学哥舒。"

崇文阁碑（节选）

吴澄

　　国朝以神武定天下，我世祖皇帝以武之不可偏尚也，广延四方耆硕之彦，与共谋议，遂能裨赞皇猷，修举百度，文治浸浸兴焉。[1]中统间，命儒臣教胄子[2]，至元间，备监学官，成宗皇帝光绍祖烈，相臣哈喇哈孙钦承上意，作孔子庙于京师，御史台言胄子之教，寄寓官舍，隘陋非宜。奏请孔庙之西营建国子监学，以御史府所贮公帑[3]充其费，逮至仁宗皇帝，文治日隆。

　　金谓监学椟藏经书，宜得重屋以庋。[4]有旨复令台臣办集其事，乃于监学之北构架书阁。阁四阿，檐三重，度以工师之引，其崇四常有一尺，南北之深六寻有奇，东西之广倍差其深。[5]延祐四年夏经始。六年冬，绩成。材木瓦甓[6]诸物之直、工役饮食之费一皆出御史府。雄伟壮丽，烨然增监学之辉，名其阁曰崇文。英宗皇帝讲行典礼，贲饰[7]太平，文治极盛矣。台臣请勒石崇文阁下，用纪告成之岁月，制命词臣撰文，臣澄次当执笔。

……盖创业之初，非武无以弭乱；守成之后，非文无以致治。武犹毒药之治病，病除即止。[8]文犹五谷之养生，无时可弃也。有文治之君，必有文治之臣。文治之臣苟非教习之有其素，彼亦惘然。[9]孰知文之所以为文者？故建学以兴文教，畅文风，涵育其人，将与人主共治也。

斯文也，小而修身、齐家，大而治国、平天下；言动之仪，伦纪之叙，事物理义之则、礼乐刑政之具，凡灿然相接、焕然可述，皆文也。[10]古圣贤用世之文载在方册，不考古人之所以用世，不知今日之所以为世用者也。然则圣朝之崇文，岂虚为是名也哉。阁之所庋，古圣贤之文也，立之师，使之以是而教；设弟子员，使之以是而学，教之而成，学之而能。则游居监学者济济然、彬彬然[11]，人人闲于言，动之仪，察于伦纪之叙，博通乎事物理义之则，详究乎礼乐刑政之具。他日辅翊[12]吾君，跻一世文治于尧舜、三代之盛，由此而选也。夫如是，其可谓不负圣天子崇文之明命休德已。⁽¹³⁾ 若夫不能潜心方册，真有得于古圣贤之所谓文，而涉猎乎浅末，炫耀乎葩华，曾是以为文乎？⁽¹⁴⁾ 上之所崇下之所以为世用者，盖不在是。

——《全元文》

吴澄（1249—1333），字幼清，晚字伯清，抚州崇仁凤岗咸口（今属江西乐安）人。南宋时曾中乡试，宋亡后隐居治学，元时任国子监丞，历任翰林学士、经筵讲官等。曾校订撰修多部儒学经典，为推动元朝儒学发展作出了贡献，与许衡、刘因并称"元初三大儒"。有《吴文正公集》等著述。

题解

本文是一篇碑文，记载了崇文阁的建造过程、规模和功能。崇文阁位于国子监之北，整个建筑雄伟壮丽，为监学增添了光彩。碑文体现了作者对文治武功的见解。他认为，虽然武力可以平定祸乱，但文治才是亘古不变的治国之道。人文与天地相为经纬，是国家长治久安的根本。

简注

（1）元以武治定天下，元世祖忽必烈认为不能偏向以武治国，于是广泛延揽各方年长而有硕德的人才，与之共同商议政事，于是这些文官辅助皇帝治国，推行各种制度，文治渐渐兴盛。耆（qí）硕，年长而有硕德者。裨（pí）赞皇猷（yóu），辅助皇帝制定治国大计。修举，推行。百度，各种制度。浸浸，渐渐。

（2）胄子：帝王或贵族的长子。

（3）公帑（tǎng）：国家资产。

（4）大家都认为监学应该用坚固的房屋来存放收藏经书，以确保它们的安全和完好。金（qiān），都。椟（dú），盒子。重屋，屋顶分两层的房屋。庪（guǐ），依托屋柱搭建成的储物木架，指收藏。

（5）这座阁建筑四角飞檐，每边的屋檐都是三重的，以工师常用的尺度来衡量，高度是四常的长度再加一尺，南北方向的进深是六寻再多一些，而东西方向的宽度则是进深的两倍再多出一些。四阿，屋宇四边的屋檐。引，本为古代长度单位，这里代指尺度。寻、常，皆古代长度单位。

（6）瓦甓（pì）：砖瓦。

（7）贲（bì）饰：华美的装饰、文饰。

（8）在建国的开创期，需要借助武力来消除混乱；在守成阶段，则需要更加注重人文教化的作用。武治就像以毒药治病，治好了就要停止。

（9）辅佐君王推行文治的大臣如果不经常接受文教的熏陶，处理政务时也会感到迷茫。

（10）所谓斯文，小到修养身心、整齐家政，大到治理国家、平定天下，还包括言语行为的规范、道德伦理的秩序、事物发展的道理以及礼乐刑政等具体治理措施，有明确的礼节以互相接待，有显著的事迹供后人遵循，都属于人文的范畴。

（11）济济然：众多的样子。彬彬然：文雅的样子。

（12）辅翊：辅佐。

（13）如果这样，监学的学生就可以说是不辜负天子崇尚文治的诏令和美德了。

（14）如果不能潜心治学，真的从古代圣贤所说的"文"中有所收获，只粗略地阅读些肤浅的内容，就将之当成才华来炫耀，难道那些人认为这就是文吗？

国子监后圃赏梨花乐府序

虞集

　　至大庚戌之仲春，大成殿登歌乐成，时雨适至，我司业先生，乐雅乐之复古，顾甘泽之及时，于是乎赋喜雨之诗，推本归功于成均之和。(1)

　　乃三月辛巳，国子监后圃，梨花盛开，先生率僚吏，席林台之上，尊有醴，盘有蔬，肴葅杂陈，劝酬交错。(2)饮且半，命能琴者，作古操一阕。禽鸟翔舞，云风低回，先生于是歌《木兰》之引，以寓斯文之至乐，而咏圣泽之无穷也。(3)明日，僚友酌酒而赓(4)之。又明日，诸生之长酌酒而赓之，气和辞畅，洋洋乎盛哉！

　　虞集起言曰："古之教者必以乐，故感其心也深，而成其德也易。命大夫者，犹与之登高赋诗(5)，而观其能否，兹事不闻久矣。今吾师友僚佐，乃得以讲诵之暇，从容咏歌，庶几乎乐而不淫者，亦成均之义也。(6)命弟子辑录为卷，以贻诸好事，可览观焉。"

——《全元文》

虞集（1272—1348），字伯生，号邵庵、道园，世称邵庵先生、青城樵者、芝亭老人，临川崇仁（今江西抚州崇仁）人。虞集出身书香门第，曾随吴澄游学，与揭傒斯、范梈、杨载并称"元诗四大家"，其诗端正典雅、格律谨严，颇具艺术价值。与黄溍、柳贯、揭傒斯并称"儒林四杰"。著有《道园学古录》《道园遗稿》等。

题解

国子监始建于元，明清多次修葺扩建，是元明清三代的最高学府和教育管理机构，位于今北京东城。文章描写了在元代至大年间，国子监的僚吏们齐聚一堂，把酒言欢，以诗会友，共同沉浸在文学、音乐、美景中的场景。不仅展现了古代教育的深邃文化内涵，也展现了音乐陶冶性情、塑造德行方面的作用，彰显了国子监僚吏之间深厚的友情与默契，折射了北京这座千年古都深厚的文化底蕴。

简注

(1) 元武宗至大三年（1310）的仲春，国子监大成殿升堂奏歌之乐刚刚完成，就刚好下雨了。国子监的司业先生因雅乐带来的复古高意感到快乐，看到雨水及时感到十分欣慰，因此写下了为降雨而欣喜的诗，并将这一切归功于成均的和谐氛围。成均，古代的大学。《周礼·春官·大司乐》："掌成均之法，以治建国之学政，而合国之子弟焉。"后来泛称官设的最高学府，颜延之《宋武帝谥议》："国训成均之学，家沾抚辜之仁。"司业，官职名，次于祭酒，辅助祭酒管理监学事务。

（2）到了三月的辛巳日，国子监后圃梨花盛开，司业先生带着同僚官吏们在林台上举办宴席，酒杯盛满美酒，盘中有蔬菜，鱼肉等菜肴错杂摆放，众人相互劝酒。肴胾（zì），鱼肉等菜肴。

（3）琴声悠扬美妙，如同禽鸟飞舞、风拂云端之声，司业先生受其感染，于是开始歌唱《木兰》之引，以此来寄寓斯文的极致快乐，歌咏皇帝恩泽无穷。斯文，泛指人文，包括道德风俗、礼乐制度、事物义理、文学艺术等。咏，《道园学古录》作"泳"。

（4）赓：续。

（5）《汉书·艺文志》："登高能赋，可以为大夫。"意思是这样的人善于感应外物，有较高的文学水平与应对能力，具备作为大夫的基本条件。

（6）如今，师友同僚在讲诵的闲暇里，从容歌以咏志，或许可以做到快乐而有节制，这就是国家建设高等学府的要旨啊。乐而不淫，出自《论语·八佾》，比喻情感很有节制。淫，过度。

明文　三十篇

明金镶宝飞鱼纹执壶，北京右安门外万贵、
万通父子夫妇墓出土

赐游西苑诗序

杨士奇

　　宣德八年四月二十有六日，上以在廷文武之臣日勤职事、不遑暇逸，特敕公、侯、伯、师傅、六卿、文学侍从游观西苑，以息劳畅倦[(1)]。于是成国公臣勇、丰城侯臣贤、新建伯臣玉、少师臣义，少傅臣士奇、臣荣，尚书臣琎、臣淡、臣中，侍郎臣骥，少詹事臣英、臣直，侍读学士臣时勉、臣习礼拜命以行。时少保臣淮，来自退休，承命偕行，凡十有五人。[(2)]又敕中官导自西安门入，听乘舆马，及太液池而步。[(3)]太监臣诚奉宣圣旨，令遍历周览，从容勿亟。

　　于是诚导之循太液之东而南行，观新作之圆殿，返而观改作之清暑殿。臣诚为臣勇等言，二殿皆皇上奉侍皇太后宴游之所也。臣勇等仰瞻殿庭周庑，规制高明，缮作精密，凡所以供奉之具，洁清鲜好，靡不悉备。[(4)]俯而思惟皇上之圣孝，皇太后之盛福，皆古今鲜有，遂拜稽[(5)]，欢呼万岁。乃降而登万岁山，至广寒殿[(6)]，而仁智、介福、延和三殿，及瀛洲、方壶、玉虹、金露之亭，咸得遍造。是日天宇澄明，纤尘不作，引而四望，山川之壮丽，卉木之芳华，飞走潜跃⁽⁷⁾之各适其性，万象毕陈。胸次豁然，心旷神怡，百虑皆净，信天造之佳境而人生之甚适也。已而，中官传奉上命、赐黄封之酒、御厨之珍，令咸醉而归。又拜受命，方爵数行，时久未雨，忽云阴东来，微雨沾席，仓庚如簧⁽⁸⁾，和鸣不已。众益以喜，相与引满劝酬，尽醉而出。

臣闻一张一弛，文武之道。皇上统四海之广，抚兆姓之众，一日二日万几，则以闲暇游焉息焉。且奉天伦之乐于兹诚宜，又俯矜左右执事之勤，亦俾之预有今日之适⁽⁹⁾，恩甚盛也。于是群臣欣幸遭遇，赋诗者若干人，诗总若干首。臣士奇预侍宴间于兹，屡矣，是以谨序于卷端云。

——《东里文集续集》卷十五

杨士奇（1365—1444），初名寓，字士奇，以字行，号东里，吉安府泰和县（今江西泰和澄江镇）人。建文帝时被荐入翰林院。明成祖永乐初年，升翰林编修，不久后被选入内阁，典理机务，并辅佐太子朱高炽讲读。永乐六年（1408），成祖北征，辅太子监国。朱高炽即位后，进升为礼部侍郎兼华盖殿大学士。明英宗即位后，与杨荣、杨溥共辅幼主，进官少师。杨士奇历经五朝，任内阁辅臣四十余年，任职时间之长为有明一代之首。杨士奇以"学行"见长，先后担任《明太宗实录》《明仁宗实录》《明宣宗实录》总裁，曾编著《历代名臣奏议》《文渊阁书目》《东里全集》等。

题解

文章记述了宣德八年（1433）朱勇、李贤、杨士奇等十五位朝廷重臣与馆阁近侍奉诏来皇家西苑游玩的情景，描述了西苑的壮丽景色以及宴饮之乐。西苑，元代称"上苑"，明迁都北京后，因苑围在宫城以西，故名西苑，明英宗天顺年间，进行了较大规模的扩建，主要包括开辟南海，拓展太液池，形成了北海、中海、南海三海的布局。文中细致描绘了西苑的自然美景和皇家建筑，如太液池、圆殿等，不仅展示了西苑的宁静与秀丽，还体现了自然与建筑的和谐统一。全文语言典雅，结构紧凑。

简注

（1）皇上因为朝廷文武大臣每天勤勉地处理事务，无暇休息，特地敕令公、侯、伯、师傅、六卿、文学侍从们到西苑游玩，以解除劳累、舒缓疲倦。遑，闲暇；不遑，没有时间，来不及。

（2）参与此次游览的十五位重臣、近臣分别是：朱勇、李贤、李玉、蹇义、杨士奇、杨荣、郭琎、胡濙、吴中、蒋骥、王英、王直、李时勉、钱习礼、黄淮。杨荣《皇都大一统赋》、李时勉《北京赋》也是写北京的名文。

（3）又敕令宦官引导从西安门进入，允许骑马，到太液池后步行。中官，宦官。

（4）朱勇等人仰视殿庭周围，规制高大明亮，建造精密，凡是供奉的器具，都清洁完好，无不齐备。庑（wǔ），堂下周围的走廊、廊屋。

（5）拜稽（qǐ）：跪拜礼。

（6）明宣宗朱瞻基有《御制广寒殿记》："万岁山在宫城西北隅，皆奇石积叠以成。巉峭峻削，盘回起伏，或陡绝如壑，或嵌岩如屋。左右二道，宛转而上，步蹑屡息，乃造其巅，而飞楼复阁，广亭危榭，东西拱向，俯仰辉映，不可殚纪，最高者为广寒殿。"（见《日下旧闻考》卷三十六）这里的万岁山指北海琼华岛，并非后来称为万岁山的景山。

（7）飞走潜跃：飞禽走兽和游鱼等。

（8）仓庚如簧：黄鹂鸣叫声如簧音动听。仓庚，即黄鹂的古称。《诗经·豳风·东山》："仓庚于飞，熠耀其羽。"簧，乐器中用以发声的片状振动体。

（9）俯矜：敬语，怜悯。俾（bǐ）：使。

游小西天记

周忱

永乐己亥中秋前一日[1]，余以事至范阳之怀玉乡，友人张君叔豫告予曰："此乡之西北，山水秀异，以其有石经之洞而为学佛者所居，故名曰小西天。盍往游焉。"予欣然诺之。

越明日，叔豫弗果行，于是予独从一仆出独树村。北行四里许，两山对峙，外隘内豁，小溪中出，石峰参差如犬牙，水触石流，潝然有声[2]。沿溪之侧，前后十余里，有巨石数十横布水中，蹑之以渡。登平冈而望，四山多离绝之势，峰峦峙立，如书空之笔者不可胜数。[3]其中一山，势若火焰，草木独茂。问诸牧童，知为白带山，而小西天之境在焉。

迤逦至山麓，壁立似不可登，徐望之，有磴道，循山之偏脊直上，行者前后顶踵相接，凡三憩息，始及山之半。有石室一间，题曰"义饭厅"。碑志云："唐乾符五年，僧藏贲所建，欲俾游者至此不必赍粮也。"[4]由厅之前折而东，凿石为道，广不满尺，横于山腹者一里许，将折而北，则条石为阶，凡九十九级。上至平处，行百余步，复有阶如前，其级之数差少。自其上平折而南，有石堂，东向，方广五丈许，名曰"石经堂"。

堂有几案炉瓶之属，以祀三宝⁽⁵⁾，皆石为之。其上天然如帐顶，下则甃石以平其地，三向之壁皆嵌以石刻佛经，字体类赵松雪，意必元时人所刻⁽⁶⁾。其中有四石柱，柱之上各雕佛像数百，皆为小圆光而饰以金碧。

堂之前向为石扉八扇，可以启闭。外有露台，纵仅八尺，横与堂称，三面为石阑，设石几、石床，以为游人之所凭倚。旁有禅房庖湢之所⁽⁷⁾，皆因岩为之，不假人力。堂之左有石洞二，其右有石洞三，复有二洞在堂之下方，石经之版分贮其中。盖隋沙门静琬始以石刻，未成而奄化。唐贞观以后，其徒导公等继续成之。至辽统和间及金明昌之际，有沙门留公、顺公亦增刻之。⁽⁸⁾前后纳于洞中者通千余卷，石凡七百余条，有石幢⁽⁹⁾记其目甚悉。每洞皆以石为窗棂，用铁固之，纵广不可知。而石本之近窗者可以窥见。观其字画，则辽金所刻，与隋唐自异。其左洞有静琬贞观八年碑记，嵌于门上，大意谓："未来世佛法有难，故刻此藏之，以为经本。若世有经，愿毋撤开。[10]"其用心亦可谓勤矣。

石洞之北有石池、石井，池广七尺而深半之，井深浅不可测，皆莹然涵虚，可鉴毛发。井之北十余步，有泉自窦中出，涓涓不绝，又有石为龙王像，民祷雨则祀之。古木苍藤，樛错其上[11]，然阴翳惨澹，不可以久居。

由泉窦之南，复攀缘小径，盘屈数十折，至山之顶，有五石台。台之上皆有白石小浮图，其南第二者乃唐金仙公主所建[12]，刻字如新，余无题识，不可考。顶有巨石，后广而前锐，平出于虚空者数尺，相传谓之"曝经台"。

予至其上，回视四山，则向之特立若书空之笔者，皆隐然在履舄之下，似可垂手抚摩。[13]稍临石之锐处而俯视之，则陡绝万仞，无有底止，但见横云平凝在下，悚然心悸魄褫，急趋还石旁以坐。忽有青衣童子七人，手中各有所执，乃民间子弟能念诸佛名称歌曲者，因望日[14]礼佛，亦至其处，见予，环立，歌《证圆融》之曲数章。复有童子一人，绾双鬟髻，披鹤氅衣，乃青州道童从其师来游者，因为予踏《青天歌》，曳长袖而舞，群童乃为之击鼗鼓、敲檀板、品洞箫以和。(15) 音响嘹亮，上彻层汉。予既赏而乐之，不觉心神飘然，若凭虚御风，而出乎尘杂之表。已而与诸童子俱下，复至堂中，主僧捧茗碗以进，遂取凉于古柏之阴。喘汗既息，顾盼左右，有碑十余通，予时志倦体疲，不能尽读，特观其高大者，则唐元和四年幽州节度使大司徒刘济与其僚佐来游于此之所建也。主僧指曰："有云居寺，亦静琬所创，由山之西偏下五里许，即可造焉。"

乃如其言，至山麓，渡小溪，有老僧具袈裟出迎丛薄间。寺规制甚大，然旧毁新复，殿堂廊庑比旧基差小。墠中有唐时所建石浮屠四，皆有碑文勒于其上。其一开元十年助教梁高望所书，其一开元十五年太原王大悦所书，其建于景云二年者则宁思道所书，而太极元年所建者则王利贞之书也。然独不著撰文人姓名，岂即书此者之所为欤？予次第读之，爱其字画清奇，皆仿佛有虞褚(16)法，因叹息言："此地由唐末五季沦入契丹若使宋有其地，则淳化阁本⁽¹⁷⁾，此数者岂可少哉？幸今遭逢圣明，四海一家，而斯境近在畿内，而予始幸一睹此，亦希世之遇也！"老僧复谓予曰："后苑中石刻甚多。"遂历履榛翳间，见残碑断碣，或立或仆，不知其几，而多贞观、开元时所刻。欲穷数日之力以尽阅之，然心惧荒逸将致旷官之咎，乃舍之而归⁽¹⁸⁾。

既至寓馆，因追忆往岁执事翰林，尝聆馆阁诸公言天下山川之胜，好之未必能至，能至者未必能言，能言者未必能文，故往往以此为恨。今兹山之胜，予既好之而幸得至焉，惜乎言之不文，不足以发扬瑰奇之观、幽胜之迹，以传于世⁽¹⁹⁾，特记其大略，将与诸公言之，安知不有想像而赋之者焉？

——《双崖文集》卷一

124

周忱（1381—1453），字恂如，号双崖，江西吉水人。明永乐二年（1404）进士，次年，进学文渊阁，参加纂修《永乐大典》《五经四书性理大全》。宣德五年（1430），被杨荣举荐为工部右侍郎，巡抚江南诸府，总督税粮。在任期间，廉洁自律，勤政爱民，创设"平米法"，令出耗必均。

题解

这篇游记散文以清新的笔调和细腻的描写，向读者展现了一幅动人的山水画卷，并记录下丰富的文化遗迹。小西天，即白带山的俗称，又称涿鹿山、莎题山、石经山，位于北京房山大石窝镇。背倚小西天的云居寺有九个存放石经板的藏经洞。云居寺内珍藏的石经、纸经、木版经号称"三绝"。1981年，在最大的一个藏经洞——雷音洞还发掘出两颗赤色肉身舍利，这是世界上唯一珍藏在洞窟内而不是供奉在塔内的舍利，与西山八大处的佛牙、法门寺的佛指，并称为"海内三宝"。

作者以游踪为线索，逐步展开对小西天的描绘，尤其是对石经堂进行了详尽的记述。从石室的"义饭厅"到石堂的佛像雕刻，从石壁上嵌入的佛经到石柱上的精细图案，每一处细节都透露出作者对文化遗产的敬畏与尊重。文章的结尾，作者通过对往昔的回忆和对现实的感慨，提出了"能至者未必能言，能言者未必能文"的观点，表达了对文化传承的深刻思考。

简注

（1）明成祖永乐十七年农历八月十四日，即公元1419年9月3日。

（2）外隘内豁：外边狭窄里边开阔。潀（cóng）：激水的声音。

（3）登上山脊平坦处眺望，四面山势离绝，峰峦矗立，像毛笔一样，要在天空中写书作画，这样的风景数不胜数。

（4）碑文记载，唐朝乾符五年（878），一个叫藏贲（bēn）的僧人建造了这个石室，想让到这里游览的人不必携带食物。贲，携带。

（5）佛教以佛、法、僧为三宝。佛，佛陀，也泛指一切佛。法，诸佛教诲众生的道理。僧，僧迦，僧团。

（6）甃（zhòu）石：砌石头的意思。赵松雪：赵孟頫（1254—1322），字子昂，号松雪道人，吴兴（今浙江湖州）人，宋宗室之后。书法圆转遒丽，被人称为"赵体"，同欧阳询、颜真卿、柳公权并称"楷书四大家"。

（7）旁边有寺院的厨房、浴室等地方。湢（bì），浴室。

（8）隋朝僧人静琬开始在石上刻制经文，还没完成就去世了。唐朝贞观以后，他的徒弟导公等人继续完成这项工作。

到了辽代统和年间以及金代明昌年间，僧人留公、顺公也增刻了石经。

（9）石幢（chuáng）：刻着佛名或经咒的石柱。

（10）未来世佛法有难，所以刻了这些经文藏在这里，作为经文的副本。如果世上有经文，希望不要轻易打开这些石刻。

（11）古木苍藤，交错地缠结在上面。樛（jiū），纠结。

（12）台上都有白色的小佛塔，其南边第二个是唐朝金仙公主建造的。金仙公主（689—732），唐睿宗李旦的女儿，唐玄宗李隆基同母妹妹，深受父兄宠爱。初封西城县主；景云元年（710），进封西城公主；景云二年（711），改封金仙公主，与玉真公主皆出家为道士。

（13）到了山顶，我回头看四面群山，那些之前要在天空中写书作画的毛笔一样独自耸立的山峰，都隐约出现在脚下，似乎可以伸手触摸到。履舄（lǚ xì），鞋子。

（14）望日：农历每月十五。

（15）又有一个童子，头绾两个髽髻（zhuā jì），披着道士服，是青州道童跟着他师父来游山的，为我唱着《青天歌》，摇曳长袖起舞。一群童子便为他用拨浪鼓、拍板、洞箫来伴奏。踏歌，唱歌时以脚踏地为节奏，这里代指唱歌。鹤氅，古时以鹤羽制成的外套，后引申为道士之服。鼗（táo）鼓，俗称"拨浪鼓"。檀板，即拍板，是一种打击乐器，因常用檀木制作而有檀板之名。

（16）虞褚：虞世南（558—638）、褚遂良（596—658或659），初唐书法家。

（17）淳化阁本：宋淳化三年（992），宋太宗赵炅令出内府所藏历代墨迹，双钩摹勒上石于禁内，名《淳化阁帖》，这是我国最早的一部汇集各家书法墨迹的法帖，被誉为"法帖之祖"。

（18）但是心里害怕会因荒疏闲逸导致旷官之罪，而被责怪，于是就放弃这个想法回去了。

（19）可惜文章文采不足，就不足以让瑰奇之观、幽胜之迹在世间广泛传播。

《故宫遗录》序

吴节

　　《故宫遗录》者，庐陵萧洵之所撰也。革命之初，任工部郎中，奉命随大臣至北平[1]，毁元旧都，因得遍阅经历。凡门阙楼台殿宇之美丽深邃，阑槛琐窗屏障金碧之流辉，园苑奇花异卉峰石之罗列，高下曲折，以至广寒、秘密之所，莫不详具该载，一何盛哉！[2] 近古以来未之有也。观此编者，如身入千门万户，登金马、历玉阶，高明华丽，虽天上之清都，海上之蓬瀛[3]，犹不足以喻其境也。

　　洵因宰湖之长兴，将镂诸梓[4]而不果，遂传于是邦。予因馆于吕山，友人高叔祯氏出以示予，因假而录之，以遗好奇之士云。洪武丙子花朝日[5]，松陵生吴节伯度序。

——《日下旧闻考》卷三十二

作者简介

吴节（1397—1481），字与俭，号竹坡，江西安福人，明宣德五年（1430）进士，明宪宗即位，召至京城，参与编修《明英宗实录》，任副总裁。后又任太常寺少卿兼侍读学士。

题解

《故宫遗录》，也称《元故宫遗录》，是关于元大都宫殿最翔实的一份私人记录。元明易代之际，庐陵人萧洵为明朝工部郎中，奉命拆毁元故宫，借机全面游历赏阅元大都的风采，留下此著。萧洵拟刊刻未成。作者吴节在吕山居住时从友人高叔祯处得此书，为之作序，即是此篇。如今元大都仅存遗址，《故宫遗录》也成为后人了解元大都风貌的必要文献。

简注

（1）工部郎中：古代官名，掌城池土木工程建筑之政令。大臣：疑指工部尚书张允。

（2）从美丽深邃的楼阙殿宇、金碧辉煌的槛窗屏障、花园里的珍异花卉、高下堆叠的假山奇石，到广寒殿、秘密堂的情形，书中没有不详细具体完备记载的，何其丰富盛大！该，通"赅"，完备。

（3）金马：汉代宫门有金马门，为宦者署门，亦为文学侍从之臣待诏之处，后用以代指宫禁或朝廷。亦省称"金门"。扬雄《解嘲》："历金门，上天堂。"荀悦《汉纪》："玉堂金门，至尊之居。"清都：神话传说中天帝居住的宫阙。蓬瀛：蓬莱和瀛洲，相传为仙人所居之处。

（4）镂诸梓：指刊刻成书。镂，雕刻。梓，印刷刻版，因制版以梓木为上，故称。

（5）洪武丙子：指明朝洪武二十九年，即公元1396年。花朝日：花朝节，简称花朝，又称"花神节"，是汉族传统节日，为庆祝百花生日而设，因南北气候不同，各地举行的具体日期也不同，不过皆在农历二月间，通常在二月初二、二月十二或二月十五日举行。

赐游西苑记

李贤

天顺己卯首夏月[1]，上命中贵人引贤与吏部尚书王翱数人游西苑。

入苑门即液池，蒲苇芰荷，翠洁可爱。循池东岸北行，花香袭人。行百步许，至椒园，中有圆殿，金碧掩映，四面豁敞[2]，曰崇智；南有小池，金鱼游戏其中；西有小亭临水，芳木匝之，曰玩芳。又北行至圆城，自两掖[3]洞门而升，上有古松三株，中有圆殿，曰承光。

西有长桥，跨池下。过石桥而北，山曰万岁。怪石参差，为门三，自东西而入，有殿倚山左右，立石为峰，以次对峙，四围皆石磴。折而上，并列三殿，中曰仁智，左曰介福，右曰延和。至其顶，有殿当中，曰广寒；左右四亭，在峰之顶，曰方壶、瀛洲、玉虹、金露。

下过东桥，转峰而北，有殿临池，曰凝和，二亭临水，曰拥翠、飞香。西隅有殿用草，曰太素殿。殿后草亭，画松竹梅于上，曰岁寒。门左有轩临水，曰远趣。轩前草亭曰会景。[4]循池西岸南行，有屋，池水通焉，以育禽鸟。有亭临水，曰映辉。又南行，有殿临池，曰迎翠。有亭临水，曰澄波。东望山峰，倒蘸于太液波光之中。⁽⁵⁾

又西南有小山，至则有殿倚山。山下有洞，洞上有岩，横列密孔，泉出，迸流而下，曰水帘，水声泠泠然，潜入石池，龙昂其首，口中喷出，复潜绕殿前，为流觞曲水⁽⁶⁾。左右危石，盘折为径。山畔有殿翼然，至其顶，一室正中，四面帘栊，栏槛之外，奇峰回互。

下转山前，一殿深静高爽。殿前石桥极精巧，左右有沼，沼中有台，台外古木丛高，鸟鸣上下。至于南台，林木阴森。过桥而南，有殿面水，曰昭和。门外有亭临岸，沙鸥水禽，如在镜中。

——《日下旧闻考》卷三十五

李贤（1409—1467），字原德，号浣斋，谥号文达，邓州长乐林（今河南邓州林扒镇小李营）人，宣德八年（1433）进士，先后辅佐宣宗、英宗、代宗、英宗、宪宗五朝四位皇帝，在朝为官三十四年，且是英宗天顺年间、宪宗成化初年的内阁首辅，曾被任命为《明英宗实录》和《大明一统志》的总裁官，另撰有《宫苑志》。

题解

作者游览西苑，从初入苑门记起，依次描述苑中景物，共记太液池、仁智殿等近四十处。述其楼台池榭、古木怪石、宫殿装饰等。其殿内清虚，寒气逼人，虽盛夏暑气不到。宫阙峥嵘，风景佳丽，宛如图画。此文对研究古代园林建筑有参考价值。

简注

（1）明英宗天顺三年（1459）六月。夏月，又称暑月，指农历六月左右的夏季。

（2）豁敞：没有遮蔽。

（3）两掖：左右两侧。

（4）清高士奇《金鳌退食笔记》载："五龙亭旧为太素殿，创于明天顺年。在太液池西南向，后有草亭，画松竹梅于上，曰岁寒。门左有轩，曰临水，曰远趣。轩前有草亭，曰会景。"

（5）向东看，山峰倒影映在太液池水波光之中。

（6）流觞曲水：古代习俗，每逢夏历三月上旬的巳日，人们于水边相聚宴饮，认为可祓除不祥。后人仿行，于环曲的水流旁宴集，在水的上流放置酒杯，任其顺流而下，杯停在谁的面前，谁就取饮，称为"流觞曲水"。

游西山记

李东阳

西山自太行联亘起伏数百里，东入于海，而都城中受其朝。[1] 灵秀之所会，屹为层峰，汇为西湖。[2] 湖方十余里，有山趾其涯，曰瓮山[3]，其寺曰圆静寺，左田右湖，近山之境于是始胜。

又三里为功德寺，洪波衍其东，幽林出其南。路尽丛薄，始达于野[4]，乃有玉泉出于山，喷薄转激，散为溪池。池上有亭，宣庙巡幸所驻跸处也[5]。又一里为华严寺，有洞三，其南为吕公祠，一窍深黑，投之石，有水声，数步不可下，竟莫有穷之者。又二十里为香山，楼宇堂殿与石高下，其绝顶胜瓮山，其泉胜玉泉。又二十里为平坡寺，俗所谓大小青龙居之[6]，迥绝孤僻，其胜始极，而山之大观备矣。

成化庚寅四月之望[7]，刑部郎中陆君孟昭[8] 与客十人游之，晨至于功德寺。有寇生者亦载酒从，劝客数行，僧食客蔬[9]，食已，复上马。南至于玉泉，求觞斝不得，又不可掬饮，相顾爽然，良久方别，道取馌者瓦杯还饮之⁽¹⁰⁾。又南至于华严，有俗客数辈，不顾径去。又西南至于香山，坐而乐之曰："美哉，山乎！而不得在西湖之旁。造物者亦有遗技乎？"或曰："其特靳于是。"或曰："物固然尔，造物者何容心哉！"⁽¹¹⁾ 因相与大笑。

望平坡远，弗至，乃循故道归。过瓮山，登之。孟昭复大飨客，饭仆刍马，日昃乃返，进士奚元启⁽¹²⁾ 预号于众曰：至一所，须一诗成，不者且有罚，罚依桃李园故事⁽¹³⁾，然竟无罚者。孟昭曰："维西山实胜都邑，不可阙好事者之迹。然官有守，士有习，不得岩探窟到于旬月之顷。⁽¹⁴⁾ 取适而止，无留心于兹，盖有合于弛张之义者，不可以不记。"乃起揖客，请授简于执笔者。

——《怀麓堂集》卷三十

李东阳（1447—1516），字宾之，号西涯。籍贯茶陵（今湖南株洲茶陵），生于北京。天顺八年（1464）进士，官至吏部尚书、华盖殿大学士，为弘治、正德两朝重臣。死后葬畏兀村（今魏公村）。李东阳在文学上开创"茶陵派"，力主宗法杜甫，上承明初之"台阁体"，下启"前后七子"。著有《怀麓堂集》《怀麓堂诗话》等。

题解

昆明湖，旧称"七里泊""瓮山泊""西湖"等，源于玉泉山诸水，元代始为通州漕运的水源地，金代以后逐步建设皇家园林，至清代形成规模宏大的颐和园。文章细致地描绘了昆明湖及其周边的自然景观，如瓮山、圆静寺，以及功德寺、玉泉、华严寺等，每一处景观都被作者通过精练的语言赋予了生动的形象。文中不仅描绘了自然之美，还透露了作者对自然造物的感慨，体现了人与自然和谐共处的愿望，是一篇充满诗意和哲理的游记作品。

简注

（1）西山从太行山脉分出，延伸起伏数百里，一直向东延伸入渤海，京城因此接受它的朝拜。此处不说京城在西山之旁，而说西山经过京城，并称之为"朝"，是一种拟人化的手法。

（2）灵秀之气奔会于此，高处形成层层叠叠的山峰，低处汇作昆明湖。

（3）湖面方圆十余里，有山矗立在湖边，这就是瓮山（即万寿山）。

（4）路的尽头都是丛生的草木，至此就是郊野之地。

（5）明宣宗巡游时驻跸的地方。明宣宗经常光顾西山，写了大量吟咏西山的诗篇，例如在《望西山》诗中把它与庐山、峨眉、终南、太华等山相比拟："万仞西山紫翠重，九霄削出玉芙蓉。清如匡阜峨眉秀，势比终南太华雄。佳气昼腾昏作凤，密云春起亦随龙。都畿右拱真形胜，沧海回环近在东。"

（6）民间传说是大青、小青二龙居住的地方。传说隋僧卢师驻锡秘魔崖，有大青、小青二童子来侍，后以施雨济民暴露实为龙身。明代一度封二龙为神，并命顺天府祭祀。

（7）明宪宗成化六年（1470）四月十五日。

（8）陆孟昭：陆昶，江苏常熟人，明朝景泰二年（1451）进士。在刑部任职时，好交结，曾在自己的邸第外空地上建造数间屋子，称"清风馆"。当时朝士迎送，必借该馆设宴聚会。

（9）有一个姓寇的读书人带着酒相随从，多次向客人劝酒，僧人则吃客人带去的素菜。

（10）觞斝（jiǎ）：喝酒的器皿。馌（yè）者：给在田间耕作者送饭的人。

（11）（我）又向西南走到了香山，坐下欣喜赞叹："香山真美，但不得在昆明湖旁边，造物者难道还有遗漏的技艺吗？"有人说："这只是造物者在此吝惜了它的工巧。"有人说："自然本来就是这个样子，造物者哪里会为此挂心呢？"

（12）奚元启：奚昌，苏州府吴县人。少有隽声，正统九年（1444）中乡试，十试礼部不中。成化五年（1469），年且五十，才中进士。酷好作诗，每大众中举手摇足为推敲之状。

（13）典出自李白《春夜宴从弟桃花园序》："夫天地者，万物之逆旅也。光阴者，百代之过客也。而浮生若梦，为欢几何？古人秉烛夜游，良有以也。况阳春召我以烟景，大块假我以文章。会桃花之芳园，序天伦之乐事。群季俊秀，皆为惠连；吾人咏歌，独惭康乐。幽赏未已，高谈转清。开琼筵以坐花，飞羽觞而醉月。不有佳咏，何伸雅怀？如诗不成，罚依金谷酒数。"金谷酒数，即石崇《金谷诗序》所言"或不能（赋诗）者，罚酒三斗。"

（14）官员有职守，士人有学业，不能在旬月之间深入岩洞探访。

《甲申十同年图》诗序

李东阳

　　《甲申十同年图》一卷，盖吾同年进士之在朝者九人，与南京来朝者一人而十，会于太子太保刑部尚书吴兴闵公朝瑛之第而图焉者也。[1]

　　图分为三曹[2]，自卷首而观，其高颧，多髯，髯强半白[3]，袖手右向而侧坐者，为南京户部尚书公安王公用敬。微须，发颁白，鸢肩高耸[4]，背若有负而中坐者，为吏部左侍郎泌阳焦公孟阳。微须，多鬓，白毨毨不受梳，面骨棱层起[5]，左向坐，右手持一册，册半启闭者，为礼部右侍郎掌国子祭酒事黄岩谢公鸣治。

　　又一曹，微须，赪面，笑齿欲露[6]，左手握带，右向而坐者，工部尚书郴州曾公克明。虎头方面，大目丰准，须髯微白而长[7]，左手携牙牌，右握带中坐者，闵公也。白须黎面，面老皱[8]，两手握带，中右坐者，工部右侍郎泰和张公时达。无须赪面，耸肩袖手而危坐且左顾者，都察院左都御史浮梁戴公廷珍。

　　又一曹，为户部右侍郎益都陈公廉夫者，

面微长且赪，眉浓，须半白，稍右向而坐。为兵部尚书华容刘公时雍者，面微方而长，须鬓皓白，左手握带，右手按膝而中坐。予则面微长而臒，髭数茎白且尽[9]，中若有隐忧，右手持一卷如授简状，坐而向左，居卷最后者是也。

十人者皆画工面对手貌，概得其形骸意态，惟焦公奉使南国弗及会，预留其旧所图者而取之，故仅得其半而已。[10] 是日谢公倡为诗，吾八人者皆和，焦公归亦和焉。传有之物之不齐，物之情也。十者数之成，而亦数之渐。[11] 以吾十人者，得之于四十年之余，良不为少，然以二百五十人者，而不能二十之一，则谓之多亦不可也。以年论之，闵公七十有四，张公少二岁，曾公又少二岁，谢、焦二公又少一岁，刘、戴、陈、王四公又递少一岁。予于同年为最少，今年五十有七，亦已就衰。追忆曩时之少者、壮者，使猝然而逢之，若不相识也。其以地以姓论之，无一同者。以官则六部之与都察院，其署与职亦莫能以皆同，盖所谓不齐者如此。然摅志效力，各执其事，以赞扬政化，期弼天下于熙平之域，则未始不同。[12] 语有之，人心不同有如其面，今固不可以貌论也，又而爵齿族里之足云乎。孔子论成人以久，要不忘为次，而廉、智、勇、艺、文之礼乐者为至。兹九人者之才之行，汇征类聚，建功业于天下，固将以大有成。惟予寒劣无似[13]，方惧名实之不副，而是心也，不敢以相负也。

然则今日之会，岂徒为聚散离合时考而世讲之具哉？唐九老之在香山[14]，宋五老之在睢阳[15]，歌诗燕会皆出于休退之后。今吾十人者皆有国事吏责，故其诗于和平优裕之间，犹有思职勤事之意。他日功成身退，各归其乡，顾不得交倡迭和鸣太平之盛以续前朝故事，则是诗也，未必非寄情寓意之地也。因梓而序之，以各藏于其家。闵公名珪，张公名达，曾公名鉴，谢公名铎，焦公名芳，刘公名大夏，戴公名珊，陈公名清，王公名轼，今各以次举，而予则太子太保户部尚书兼谨身殿大学士长沙李东阳宾之也。进士举于天顺之八年，会则于弘治十六年癸亥三月二十五日，越翼日乃序。

——《怀麓堂集》卷六十三

《甲申十同年图》
明代弘治年间十位
朝廷重臣群像

这篇古文生动描绘了明朝十位同年重臣的一次聚会（焦芳有出使任务实际没有参加，但留下了画像，并且回来后还有和诗），作者不仅关注每个人的外貌，更注重捕捉他们的神态气质。尽管就年岁、官职和成就而言，他们各自不同，但他们有着共同的目标和追求——为国家效力，为政化建言。这篇古文以翔实的记录和深刻的思考，展示了明朝北京地区士大夫们宴集赋诗、沙龙性质的交游生活。这种交游，对我们了解明朝的士风、文学形态都很有帮助。李东阳之后，明朝文坛显赫的"前后七子"，公安、竟陵，乃至后来复社、几社等，这种沙龙性质的聚会也不在少数，从他们相互间的唱和诗可见一斑。

简注

(1)《甲申十同年图》，明朝弘治年间的十位朝廷重臣的群像，绢本设色，纵高48.5厘米，横长257厘米，现藏北京故宫博物院。十位大臣分别为：户部尚书谨身殿大学士李东阳、都察院左都御史戴珊、兵部尚书刘大夏、刑部尚书闵珪、工部尚书曾鉴、南京户部尚书王轼、吏部左侍郎焦芳、户部右侍郎陈清、礼部右侍郎谢铎和工部右侍郎张达。十人均为英宗天顺八年（1464）甲申科进士，有同年之谊。其中李东阳等九人在北京朝中任职，王轼则在南京任职。弘治十六年（1503）

三月二十五日，适逢王轼来朝，十人在闵珪宅第聚会，特请画工绘制群像，并各自题诗纪念。

（2）画卷分为三个部分。

（3）高颧骨，多须髯，且白了近半。

（4）胡须不多，头发花白，耸着鸢鸟翅膀似的双肩。

（5）胡须不多，鬓发纷披，梳子都用不上，脸瘦乃至骨头鼓突。毵毵（sān sān），毛发垂拂、纷披杂乱的样子。棱层，瘦瘠的样子。

（6）胡须不多，面色红润，笑得牙齿都要露出来了。赪（chēng），红色。

（7）头大脸方，眼睛大，鼻梁丰满，须髯很长且已经微微露白。准，鼻子。

（8）白胡子，脸色黑中带黄，很多皱纹。

（9）我则是脸略瘦长，有几根白色的胡须，也快掉光了。臞（qú），消瘦。髭（zī），嘴上边的胡须。

（10）我们这十个人都是画师面对面根据各自的样貌画的，大致捕捉到了每个人的外形和神态。只有焦公因为奉命出使南国没能参加聚会，留下了他以前的画像，因此这幅画像与他本人只有一半相像。

（11）十是最后的成数，也是逐渐积累起来的。

（12）我们都尽力抒发个人的志向，发挥自己的才能，承担自己的职责，帮助发扬政治教化，期望辅佐国家达到和平繁荣的状态。这一点我们是相同的。摅（shū），抒发，发表。

（13）只有我，才能和行为都不足。蹇，行动迟缓。

（14）唐武宗会昌五年（845）三月二十四日，白居易、胡杲、吉旼、郑据、刘真、卢真、张浑、狄兼谟、卢贞九人，在洛阳白居易履道坊宅宴饮，人称"香山九老"。一说"九老"有李元爽、僧如满，无狄兼谟、卢贞。

（15）北宋宋仁宗年间，杜衍、王涣、毕世长、冯平、朱贯五位老臣，告老后在南京应天府（今河南商丘睢阳区）颐养天年，经常聚集在一起饮宴赋诗，称为"五老会"。当地一位丹青高手为五人各绘制了一幅全身像，题名《睢阳五老图》，并请五人在图上赋诗。

游西山记

都穆

予闻西山之胜久矣，而未获一游。正德丙寅三月之望，御史熊君士选、户部员外郎李君献吉，招予往游。[1]

出城西北行二十里，至青龙桥。其下民庐颇稠，花柳隐映，水畴东作方兴。[2]予谓士选："此何异于江南？"北折八里，经回龙庵，复折而西，随行两僮，足不及马，与士选缓辔俟之。二里，抵西湖。湖中萍荇蒲藻，交青布绿，而野禽沙鸟，翔泳于水光山色间，皆悠然自适。人言，每盛夏荷开，云锦满湖，尤为清绝。

沿湖行二里，达功德寺，寺旧名护圣。其前有古台三，相传金元氏主游乐更衣之处。或曰：此看花、钓鱼台也。寺极壮丽，中立二穹碑：其一宣宗章皇帝御制建今寺文；其一元氏旧物，字皆番刻[3]，莫能读。僧录觉义淇公[4]速登毗卢阁，崇可数寻，凭栏而眺，一寺之胜，攒聚目睫。盖寺倚山而创，寺西景皇帝陵，及蔚悼王墓在焉[5]，午燕淇公山园。适献吉与兵部郎中李君贻教，主事王君伯安⁽⁶⁾偕至，遂共饮花下。献吉前此尝游功德，言寺左瓮山之阳，有元耶律楚材墓⁽⁷⁾，楚材有词刻华严洞壁。

出寺，西行数百步，至玉泉山。金章宗建行宫，今废。西南一洞，不甚深广。山之北麓，凿石为螭头，口出泉，潴而为池，即所谓玉泉。⁽⁸⁾其形如规，莹澈深靓，掬饮之，甚甘。上有亭，宏敞可憩；其东石梁横跨，泉由之东流入湖，经大内，注都城东南，至大通河，为京师八景之一。西南行至补陀寺，寺在玉泉山半，门内有吕公洞，广仅丈许，深倍之。僧云："仙人吕洞宾常游此。"寺之右，跻石级上望湖亭，峰峦围拱，湖水亘其前，俨如匹练。士选、伯安皆留诗亭上，献吉谓予宜有记。

惟西山为京师之胜，而玉泉又西山之胜，盖其润泽滋溉，溥及天下，固国脉之所在也。中间不幸据于金元，干戈相寻，大夫、士能游而载之文翰者，不一二见；今逢至治，予辈得以暇日游燕，笑咏于斯，其幸大矣，而乌可忘所赐耶！

——《古今图书集成·方舆汇编·山川典》卷十

都穆（约1459—1525），字玄敬，号南濠，苏州府吴县人。明弘治十二年（1499）进士，官至礼部郎中、太仆寺少卿。博学多识，好学不倦，并注重实地考察。曾出使陕西，对那里的山川形势、故宫遗址进行寻访，著《使西日记》。对金石遗文多所搜集，作《金薤琳琅》。

题解

作者以青龙桥—西湖（今昆明湖）—功德寺—玉泉山为游踪，记叙了携友踏青的过程。结尾处用层递的议论突出玉泉山为京郊首胜，奉玉泉为国脉。

作者另有《再游西山记》，记述莲花池—永安寺—虹光寺之游。两记均描画如生，简洁朴雅。

简注

（1）正德丙寅三月之望：明武宗正德元年（1506）三月十五日。熊君士选：熊卓（1463—1509），字士选，号东溪，曾任监察御史。李君献吉：李梦阳（1473—1530），字献吉，号空同子，曾任户部员外郎，有《空同集》等传世。李梦阳、何景明、徐祯卿、边贡、康海、王九思、王廷相号称"七才子"，因嘉靖年间又有"嘉靖七子"之说，故李梦阳等七人又被后人称为"前七子"，而以"嘉靖七子"为"后七子"。

（2）青龙桥下民居稠密，花丛和垂柳交相掩映，水田脉脉，人们正忙着春耕。北京历史上曾有过多座青龙桥，此处指万寿山（瓮山）西麓的青龙桥，连接昆明湖（瓮山泊、西湖）与元代白浮堰引水故道。《帝京景物略》载："道西堤，行湖光中，至青龙桥，湖则穷已。"东作，春耕。

（3）番刻：少数民族文字石刻。

（4）僧录：僧录司，古代掌管僧侣相关事务的官署，隶属于礼部，下设左右善世、阐教、讲经、觉义等。淇公：其人待考。

（5）景皇帝陵：景泰陵，明朝第七代皇帝代宗朱祁钰（年号景泰）的陵寝，这是明朝定都北京后唯一不在十三陵的皇帝陵寝。明英宗发动"夺门之变"复辟后不久，朱祁钰死去，被以亲王礼下葬京西金山口。蔚悼王：明孝宗次子蔚王朱厚炜，明英宗的重孙，弘治九年（1496）夭折，年仅三岁，卒谥"悼"。

（6）王君伯安：王守仁（1472—1529），字伯安，号阳明，理学家，官至南京兵部尚书。

（7）耶律楚材（1190—1244）：字晋卿，号湛然居士、玉泉老人，金尚书右丞耶律履之子，生于燕京（今北京）。窝阔台汗三年（1231），任中书令，大力推动文治，逐步构建"以儒治国"的方略。今颐和园文昌阁北侧有耶律楚材祠。

（8）玉泉山北麓，石头雕刻的螭龙头，口吐泉水，水流汇聚形成的池塘，即所谓的玉泉。螭，传说中一种没有角的龙。潴（zhū），水汇聚的地方。

游西山记

乔宇

都城之西，有山焉，蜿蜒磅礴，首太行，尾居庸，东向而北绕，实京师雄观也。

予自童时尝嬉游其胜，比长登仕，身系于公，无因而遂者屡矣。[1] 今年九月七日，偶休暇，即速二三友，连镳出阜成门[2]。指山以望，则烟霏杳霭，近远参差，旧路恍然如梦。[3] 缘溪而北，境渐开豁。梵寺仙宫，盘列掩映，廊檐台榭之覆压，丹艧金碧之炜煌，殆不可数计。[4]

又二十里，为西湖，即玉泉所潴者。右浸冈坡，滉漾一碧。[5] 堤之东，则稻畦千亩，接于瓮山之麓。上有寺，曰圆净，因岩而构，甃为石磴数寻，游者必拾级聚足[6]以上。绝顶有屋，曰雪洞，俯面西湖之曲。由中而瞰，旷焉茫焉，如驾远翮，凌长空。[7] 予与客浩歌长吟，举酒相属[8]。时天高气清，木叶尽下，平田远村，绵亘无际。虽不出咫尺之间，而骋眺于数百里之外。群峰拱乎北，众水宗乎东，荡胸释形，将与寥廓者[9]会。已而客进曰："此地美矣！西山之胜，恐未止于是。夫登高不蹑其巅，临深不穷其源，要非好奇者。"于是复命驾西往。

踏长桥，渡盘涡[10]，又五里，抵玉泉山。山下泉出如沸，有亭，为宣皇驻跸之所。潴[11]为池，清可鉴毫发，扣之而金石鸣，洒之而风雨至。其泷愈远，其势愈冲瀜溯溆，所谓西湖之源也。[12]岸则桧柏松杉之荫郁，洲则茭蒲菱荇之偃敷。[13]幽龛[14]古洞，行宫荒台，又争奇献秀于左右。予乃踞大石，濯清流，颓乎其既醉，浩乎其忘归，不知世间何物可以易此乐也！

夫西山之胜，虽非一日所周，然瓮山之高旷，玉泉之幽邃，其大率已得之矣。抑何必陟巉岏，披蒙翳，如邓诜之数月山行者，然后为快邪？[15]且兹山自唐虞以来，上下数千年，或为列国，或为名藩，或割据于英雄，或侵并于夷狄，咸未有大一统如今日者，岂天固遗之以壮我国家哉！

——《古今图书集成·方舆汇编·山川典》卷十

乔宇（1457—1524），字希大，号白岩山人，太原府乐平县（今山西昔阳）人，成化二十年（1484）进士。明武宗正德年间官至南京兵部尚书，因保卫南京有功，加封太子太保。世宗时又召为吏部尚书。乔宇善诗文，兼通篆籀，与王云凤、王琼并称"晋中三杰"，亦称"河东三凤"。

题解

此文记录作者与二三友人游览北京西山时一路所见的风景，沿溪北行，经西湖至圆净寺，登阶而上，又至雪洞，此处群山环绕，溪流汇聚，景色氤氲迷蒙。友人提议登上最高处欣赏，故一行人转去玉泉山游览，山下清泉翻涌，草木茂盛，景色令人陶醉。作者在结尾兴发感慨，表达了欣逢大一统，得以游览西山胜景的自豪感。

简注

（1）等我长大成人出门为官，被公务缠身，多次想去游览西山，都没有机会去。比，等到。登仕，任官，当官。

（2）即邀请两三个朋友骑马同行，出了阜成门。速，邀请。连镳（biāo），骑马同行。

（3）远远地指西山望去，云烟缥缈弥漫，远近交错不齐，突然找不见往昔的路，似在梦中一般。

（4）仙刹和宫殿星罗棋布，彼此掩映衬托。廊檐、台榭重重叠叠，藻饰得金碧辉煌，数不胜数。丹腹（huò），红色的颜料，引申为藻饰。炜煌，辉煌。

（5）西边浸润的山坡，一片碧绿，广阔无涯。右，西边；取面向南，右为西，左为东。浸，浸溉，浸润。滉（huàng）漾，广阔无涯。

（6）拾级：逐级登台。聚足：登阶时一步一并。

（7）从中远望，湖水浩荡迷蒙，顿觉如展翅高飞，凌驾青空之上。翮（hé），鸟的翅膀。

（8）属：通"嘱"，意为致意，引申为劝请对方喝酒的意思。

（9）寥廓者：大度宏远的人。

（10）盘涡：水旋流形成的深涡。

（11）滀（xù）：积聚。

（12）泉流奔涌而去，流得越远，水势越大，涛声越响——那就是西湖的源头了。泷（lóng），急流的水。冲瀜（róng），大水深广。澎湱（pēng huò），波涛冲击的声音。

（13）岸上，桧、柏、松、杉等树木葱茏茂密；洲中，芰、蒲、菱、荇等水草铺绿展翠。偃敷，即"偃伏"，伏卧。

（14）龛：小窟或小屋。

（15）又何必去翻山越岭，披荆斩棘，像邓洗那样好几个月跋涉在群山之中，方才感到畅快呢？陟巑岏（cuán wán），指翻越高峻的山岭。披蒙翳，披荆斩棘的意思。

重修三里河桥记

周叙

都城迤南有河焉，乃隍水之枝流也。[1]河之上有桥，桥之名曰三里，其始创自天顺间。历岁既久，土崩石泐，而往来乘载者病焉。[2]时有坊间善士戴通者，欲为改作，虑其费不赀，功未易举。[3]因与僧宗洪号铁山者谋之，广为募缘，不数月而集银两千一百七十有奇[4]。

撤故桥，降七尺以为基，高十四尺有奇，视旧加四之一；衡[5]二十有四尺，视旧加六之一；纵四十尺，视旧加六之一；益塓[6]石三十尺有奇，视旧加三之一；石栏板视旧加三之一；石栏柱视旧加四之一。桥之西东各寣五尺，增筑砥平，衡皆四十尺有奇。[7]其东之纵三十尺，西之纵六十有二尺。

桥之北南作耳桥者三，一瞰乎寺之南泉，一拱乎巷之鞭子，一揖乎街之半边。[8]不惟达是桥之冲路，抑且杀河之势而阔流之浟也。[9]延袤[10]共七百尺有奇，越五月而工成。时正德十二年丁丑[11]。

——《日下旧闻考》卷五十五

周叙（1481—1560），又名周天叙，字子厚，九溪卫（今湖南慈利县西北）人，明正德六年（1511）进士，曾任大理寺丞、大理寺卿、兵部侍郎、工部尚书等职，撰有《石溪集》。

题解

《明史·河渠志四》引明成化中尚书杨鼎等疏云："城南三里河旧无河源，正统间修城壕，恐雨多水溢，乃穿正阳桥东南洼下地，开壕口以泄之，始有三里河名。"此河自前门东南蜿蜒至天坛以北的金鱼池，约三里，故名三里河，历史上是永定河故道。孙承泽《天府广记》说："三里河在城南，元时名文明河，接通惠河，为漕运道。"三里河桥，约在今天北京珠市口东大街桥湾站附近。古桥部分遗址2012年4月在北京地铁七号线施工时被挖出，不久施工方对被挖出的古桥石料进行了原地回埋。

《日下旧闻考·卷五十五·外城中城》载："重建三里河桥碑，在桥西铁山寺。碑建于正德十二年（1517），翰林院修撰江阴周叙撰文。"所撰之文即是本文，记录了京师重建三里河桥事始末。

简注

（1）迤：延伸、向。隍水：护城河。

（2）历经年月太久，土石都裂开了，往来经过三里河桥的人们都非常担心害怕。泐（lè），石头依其纹理而裂开。

（3）当时民间有一个叫戴通的慈善之士，想要翻修三里河桥，担忧需要花费的钱财太多，工作不能轻易完成。赀（zī），赀计，计算。其费不赀，意思是花费的钱财不计其数。

（4）有奇：还有零头。

（5）衡：通"横"，宽的意思。

（6）墁（màn）：将砖、石块等铺在地面上。

（7）桥的东西两侧要低五尺左右，如今增补以使桥显得平坦，现在大概都是四十尺多一些。窊（wā），低洼。砥平，平直、平坦。

（8）在桥梁两端，贯通南北还建造了三处耳桥，一处可俯瞰南泉寺，一处横跨窄小的胡同鞭子巷，一处连接半边街（半壁街）。耳桥，是平行附加在主桥两侧且与主桥同跨的桥梁。

（9）这样做的原因，一是此桥正当道路要冲；二是发洪水之时便于泄水，避免水流涡旋激荡。阏，壅塞。洑（fú），水流回旋的样子。

（10）延袤（mào）：绵亘，绵延伸展。

（11）正德十二年是丁丑年，即公元1517年。正德，明武宗朱厚照的年号。

报刘一丈书

宗臣

数千里外，得长者时赐一书，以慰长想⁽¹⁾，即亦甚幸矣；何至更辱馈遗，则不才益将何以报焉⁽²⁾？书中情意甚殷，即长者之不忘老父，知老父之念长者深也。

至以"上下相孚，才德称位"语不才⁽³⁾，则不才有深感焉。夫才德不称，固自知之矣；至于不孚之病，则尤不才为甚。且今之所谓孚者，何哉？日夕策马，候权者之门。门者故不入，则甘言媚词，作妇人状，袖金以私之。⁽⁴⁾即门者持刺入，而主者又不即出见⁽⁵⁾；立厩中仆马之间，恶气袭衣袖，即饥寒毒热不可忍，不去也⁽⁶⁾。抵暮，则前所受赠金者，出报客曰："相公倦，谢客矣！客请明日来！"即明日，又不敢不来。夜披衣坐，闻鸡鸣，即起盥栉⁽⁷⁾，走马抵门。门者怒曰："为谁？"则曰："昨日之客来。"则又怒曰："何客之勤也？岂有相公此时出见客乎？"客心耻之，强忍而与言曰："亡奈何矣，姑容我入！"⁽⁸⁾门者又得所赠金，则起而入之；又立向所立厩中。幸主者出，南面召见，则惊走匍匐阶下。(9)主者曰："进！"则再拜，故迟不起；起则上所上寿金(10)。主者故不受，则固请。主者故固不受，则又固请(11)，然后命吏纳之。则又再拜，又故迟不起；起则五六揖始出。出揖门者曰："官人幸顾我，他日来，幸亡阻我也！"(12)门者答揖。大喜奔出，马上遇所交识，即扬鞭语曰："适自相公家来，相公厚我，厚我！"且虚言状。(13)即所交识，亦心畏相公厚之矣。相公又稍稍语人曰："某也贤！某也贤！"闻者亦心许交赞之。此世所谓上下相孚也，长者谓仆能之乎？

前所谓权门者，自岁时伏腊，一刺之外，即经年不往也。(14)间道经其门，则亦掩耳闭目，跃马疾走过之，若有所追逐者。斯则仆之褊哉，以此长不见悦于长吏，仆则愈益不顾也。(15)每大言曰："人生有命，吾惟守分尔矣。"长者闻此，得无厌其为迂乎？(16)

乡园多故，不能不动客子之愁。(17)至于长者之抱才而困，则又令我怆然有感。天之与先生者甚厚，亡论长者不欲轻弃之，即天意亦不欲长者之轻弃之也，幸宁心哉！[18]

——《宗子相集》卷十四

嘉靖三十九年序刊本《宗子相集》载宗臣像

作者简介

宗臣（1525—1560），字子相，号方城山人，兴化（今属江苏）人。嘉靖二十九年（1550）进士。性耿介，嘉靖三十四年（1555），杨继盛被严嵩迫害而死。宗臣不怕牵连，为之收殓，并作文祭之，得罪权奸严嵩，被外放为福建布政使司左参议。后以抗御倭寇有功，迁提学副使，卒于任上。宗臣与李攀龙、王世贞、谢榛、梁有誉、徐中行、吴国伦等被合称为"嘉靖七子"，史称"后七子"。

题解

《古文观止》收录此文，并按评说："是时严介溪揽权，俱是乞哀昏暮、骄人白日一辈人，摹写其丑形恶态，可为尽情。末说出自己之气骨，两两相较，薰犹不同，清浊异质。有关世教之文。"严嵩父子专擅朝政的时候，一般士大夫阿谀逢迎，干谒求进，奔走于严氏之门，本文深刻反映了阉宦当权时北京的士风日下。作者揭露了明朝中后期官场结党营私的丑态，也表达作者对这种现象的厌恶与批判。最后作者以"人生有命，吾惟守分尔矣"来抒发自己不愿同流合污的傲岸姿态。文章语言质朴而充满力量，情感真挚而不失风骨。

简注

（1）长者：指刘一丈，即刘玠，字国珍，号墀石，作者父亲的老朋友，称刘玠为刘一丈，因为他在族内排行第一；

丈，对男性长者的尊称。以慰长想：意思是用书信来安慰我对您长久的想念。

（2）何况还承蒙您赠送礼物，那么我更要用什么来报答您的情义呢？馈（kuì）遗，赠送礼物。

（3）至于您给我说，为官要上下相互信任，才能、品德与职位相称。孚（fú），相信、信任。不才，和下文的"仆"均是我的谦称。

（4）看门的故意不让进，于是客人甜言媚语，做出女人的样子，将藏在袖中的金钱偷偷送给看门人。

（5）即使门卫拿着拜帖进去，主人也不会立即出来相见。刺，名帖、名片。古时常把名字刻在木片上，外出拜访别人时作为名片投递进去。明朝时改为用红纸书写，称为名帖。

（6）只能站在马棚里，和仆人、马匹待在一起，难闻的气味侵袭衣袖，即使饥饿、寒冷、酷热不堪忍受，也坚决不离开。

（7）盥栉（guàn zhì）：梳洗的意思。

（8）客人心中感到十分羞耻，说："实在没有办法呀，姑且让我进去吧！"

（9）幸好主人出来了，在客厅上朝南坐着召客人见面，客人诚惶诚恐地跑过去，趴在台阶下。

（10）起来后，客人献上了准备好的礼金。

（11）主人故意不接受，客人一再请求他收下。主人故意坚持不接受，客人就再三请求。

（12）出去时向门卫作揖说："大人对我很关照，下次来时，希望不要再阻拦我！"亡（wú），不要。

（13）客人非常喜悦地出门，骑马遇上朋友，他扬起马鞭，得意扬扬地说："我刚从大人家里来，大人对我很好，对我很好！"并且夸大其词虚假地叙说自己受到接待的情景。

（14）对前面所说的权贵之门，我除了年节例如伏日、腊日投一个名帖外，长年都不去。

（15）这就是我的心胸不够开阔啊，因此常常不被长官喜欢，而我也越来越不在乎。

（16）您听了这些，会不会觉得我太固执了？

（17）家乡发生了很多变故，不能不让我这个游子感到忧愁。

（18）不用说您自己不愿意轻易放弃，即使是天意也不希望您轻易放弃。希望您能安心！

京师新建外城记

张四维

　　皇上临御之三十二年，廷臣有请筑京师外城者，参之佥论，靡有异同。[1] 天子乃命重臣相视原隰，量度广袤，计工定赋，较程刻日。于是京兆授徒，司徒计赋，司马献旅，司空鸠役，总以勋臣，察以台谏，与夫庶司百职，罔不祗严[2]，乃遂画地分工，授规作则，制缘旧址，土取沃壤，寮藩输锾以赞工[3]，庶民子来而趋事，曾未阅岁而大工告成。崇卑有度，登降有级，缭以深隍，覆以砖埴[4]，门垣矗立，橹楼相望，巍乎焕矣，帝居之壮观也。

　　夫《易》垂"设险守国"之文，《诗》有"未雨桑土"之训[5]。帝王城郭之制，岂以劳民？所以固围宅师，以隆王者，居重之威以奠下民，安土之业以绝奸宄觊觎[6]之念。此固圣人因时之政，不得不然者尔。

——《古今图书集成·方舆汇编·职方典》卷五

张四维（1526—1585），字子维，号凤磐，山西蒲州（今山西永济）人，嘉靖三十二年（1553）进士。万历三年（1575）八月，升礼部尚书兼东阁大学士，入内阁办事。万历十年（1582），继张居正为内阁首辅。张四维的文学思想与明代中后期的文学主流是一致的，其诗歌复古中求变，主张"性灵"，强调真情实感的抒发，其散文还具有极高的史料价值。

题解

嘉靖二十九年（1550），蒙古土默特部首领俺答汗因和明朝"贡市"不遂而犯大同，后又兵临北京城下。这是蒙古部族继"土木之变"近百年后又一次大规模袭扰京师，俺答汗饱掠之后，得到明朝通贡的允诺，又由古北口退出关外。这年是庚戌年，史称"庚戌之变"。为加强防御措施，嘉靖三十二年，经众臣商定，明世宗朱厚熜命人着手修建京城外城。原议修外城一百二十里，将整个内城四面围住，因为工程浩大，财力不足，只修了环包南郊长二十八里的外城，外城七门：永定门、左安门、右安门、广渠门、东便门、广宁门（后避道光帝名讳改为广安门）、西便门，从此，北京城成为"凸"字形，民间亦有"内九、外七、皇城四"二十座城门的通俗说法。此文记录了北京外城修建之事。

简注

(1) 皇上治理朝政的第三十二年（即嘉靖三十二年）有臣子奏请修筑京师的外城，大家讨论之后，没有不认同的。佥，都。

(2) 祗严：恭谨严肃。

(3) 百官出钱来帮助工程实施。寮，借为"僚"。镪（qiǎng），银子，钱财。

(4) 缭：围绕。深隍：深而无水的护城壕。埴（zhí）：细腻的黄黏土。

(5)《易·坎卦·彖》："王公设险以守其国。"《诗·豳风·鸱鸮》："迨天之未阴雨，彻彼桑土，绸缪牖户。"比喻勤于经营，防患未然。

(6) 奸宄（guǐ）：指违法作乱的人。觊觎（jì yú）：非分的希望或企图。

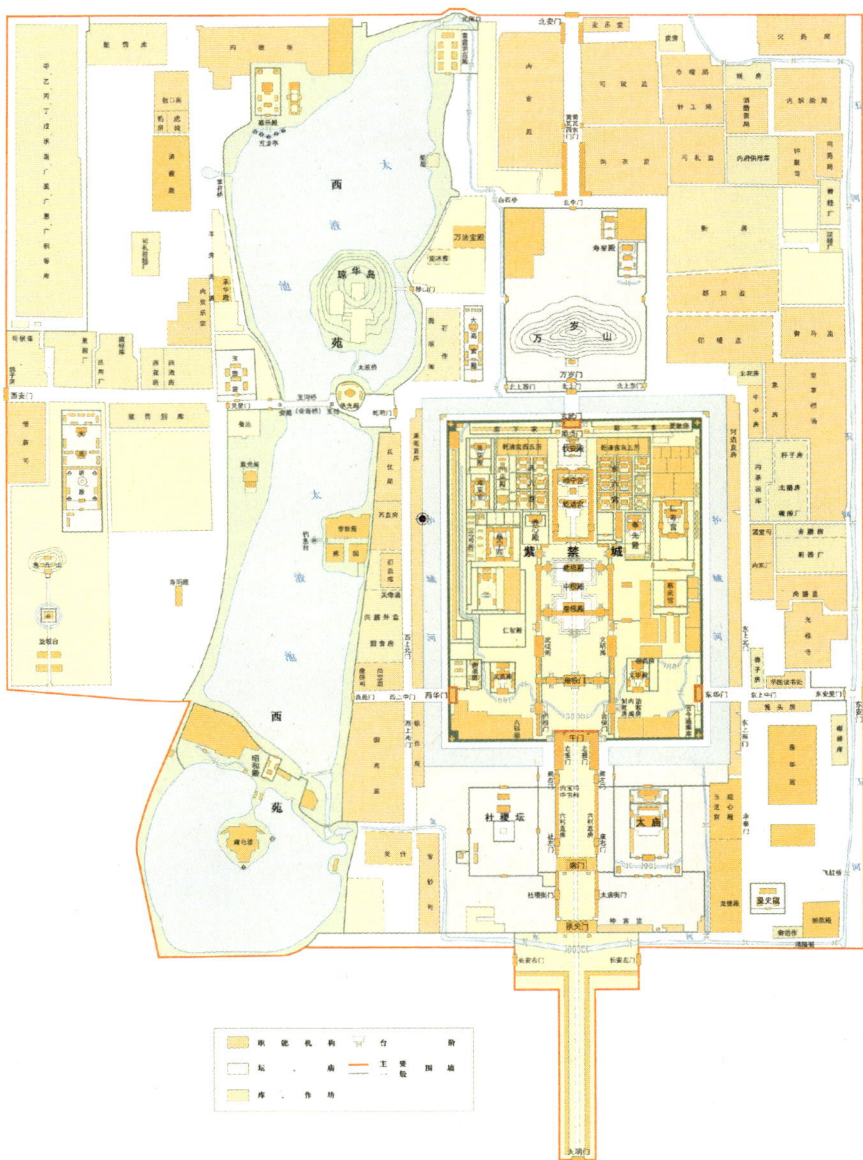

明皇城平面示意图，天启至崇祯年间（1621—1644），
出自《北京历史地图集》

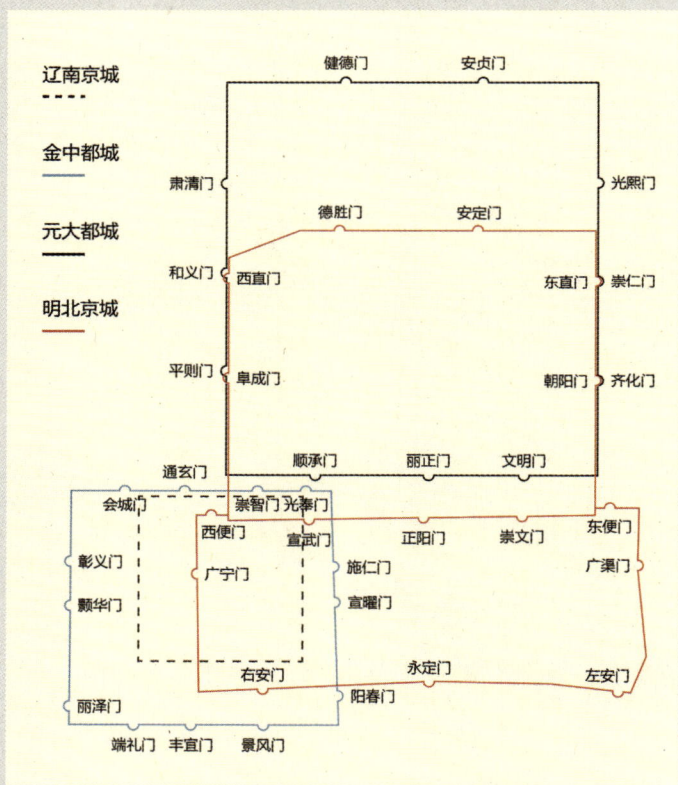

辽南京城

金中都城

元大都城

明北京城

健德门　安贞门

肃清门　　　　　　　　　　　光熙门

德胜门　安定门

和义门　西直门　　　　　东直门　崇仁门

平则门　阜成门　　　　　朝阳门　齐化门

通玄门　　顺承门　丽正门　文明门

会城门　崇智门光泰门

彰义门　西便门　宣武门　　正阳门　崇文门　东便门

颢华门　广宁门　施仁门　　　　　　广渠门

宣曜门

右安门　永定门　　　　左安门

丽泽门　　阳春门

端礼门　丰宜门　景风门

从辽南京城到明北京城皇城变迁示意图

在京与友人

屠隆

　　燕市带面衣，骑黄马，风起飞尘满衢陌，归来下马，两鼻孔黑如烟突。(1) 人马屎和沙土，雨过淖泞没鞍膝，百姓竞策蹇驴，与官人肩相摩。(2) 大官传呼来，则疾窜避委巷不及，狂奔尽气，流汗至踵。(3) 此中况味如此。

　　遥想江村夕阳，渔舟投浦，返照入林，沙明如雪，花下晒网罟，酒家白板青帘，掩映垂柳，老翁挈鱼提瓮出柴门(4)，此时偕三五良朋，散步沙上，绝胜长安骑马冲泥也。

——《十六名家小品·屠赤水先生小品》卷二

屠隆（1542—1605），字长卿，又字纬真，号赤水，别号由拳山人、一衲道人、蓬莱仙客，晚年又号鸿苞居士。浙江鄞县（今宁波）人，明万历五年（1577）进士，曾在北京任礼部主事、郎中。万历十二年（1584）削籍罢官。晚年遨游吴越间，寻山访道，以卖文为生。史载，他"生有异才"，"落笔数千言立就"，"诗有天造之极，文尤瑰奇横逸"，坚持"针线连络，血脉贯通"的戏曲创作主张。有《白榆集》《凤仪阁乐府》等多部作品传世，尤其是清言小品《娑罗馆清言》《续娑罗馆清言》对于后世影响很大。

题解

此文绘声绘色绘影绘情，写景一实一虚，实景是住在京城之人骑马过市，满脸灰尘一身泥泞，见到高官急忙躲避，狼狈至极；虚景是在城外江村沙明如雪，垂柳掩映下与友人漫步的惬意生活。虚景、实景两相比照，自然呈现了作者的寄托与志趣。

简注

（1）京城集市上，风吹沙尘，满街飞扬，一个骑着黄马的人，戴着面罩，回来下马，两个鼻孔像烟囱一样黑。面衣，古代的一种遮面服饰。衢陌，街道。烟突，烟囱。

（2）人马的粪便和沙土混合在一起，雨后泥淖淹没了膝盖和马鞍，百姓争相挥鞭赶着跛脚的驴子，擦着那些官员的肩膀。蹇，跛。

（3）大官仪仗队伍的喝道声传来，人们唯恐不及地快速窜进小巷，尽力狂奔，汗水一直流到脚后跟。委巷，小巷。踵，脚后跟。

（4）网罟：捕鱼及捕鸟兽的工具。挈：提着。

与张肖甫大司马

屠隆

连朝冻云垂垂，都城雪花如手，含香之署，凄然怀冰矣。[1]日与二三同心，拥楄柎，煨蹲鸱而啖之，有少黄米酒佐名理，差遣寂寥。[2]一出门，骑马冲泥，手靫肤折，马毛猬缩，仆夫冻且欲僵，朔风有权，浊酒无力。[3]

此时念明公正在边徼，人烟萧疏，积雪丈许，寒气当十倍于都城。胡马一鸣，铁衣不解，绣旗夜卷，箛吹乱发，按垒行营[4]，想见凄绝。帐中取琥珀大碗，侍儿进羊羔酒，而听歌者歌出塞、入塞之曲，朝提猛士，夜接词人[5]，虽凄其，亦大雄豪有致哉！不知幕下颇有差足当明公鼓吹，如昔陈琳、孟嘉其人者不？此时恨小子不得奉么么六尺，而侍明公床头捉刀之旁。[6]

国家倚明公如长城，驱明公如劳薪[7]，亦以雄略不世出故，此庄生所以有栎社之嗟[8]也。虽然，春明门中，终当借明公盈尺之地[9]，列侯东第，计亦非遥，但不知何时西谒青城先生[10]？

——《十六名家小品·屠赤水先生小品》卷二

174

本篇如上文，也是虚实相生，实景是作者在京城苦寒泥冻下平庸寂寥的官署生活，虚景是张肖甫凄绝边塞、朝提猛士的征战生活，豪兴大发，跃跃欲试，最后却说"不知何时西谒青城先生"，说明作者的避世思想又占了上风，笔法变化起伏、活泼不羁。这反映了晚明士大夫所常有的思想矛盾。张肖甫大司马，即张佳胤（1526—1588），嘉靖二十九年（1550）进士，万历十一年（1583）任兵部尚书兼右副都御史，协理京营戎政，总督蓟辽保定军务。他屡镇雄边，功业显赫，工诗文，与王世贞等人唱和，为"后五子"之一，有《崏崃山房集》传世。

（1）京城连日阴云密布，雪花如手掌一样大，即便是六部衙门也异常寒冷。连朝，连日。含香之署，本指尚书省，以尚书郎含鸡舌香奏事而得名。明无尚书省，代指六部。怀冰，形容寒冷。

（2）每天和三两知己，坐拥树根烤火，烧几个芋头，有少许黄米酒伴着我们清谈名理，聊以打发寂寞。榾柮（gǔ duò），木块或树根疙瘩。蹲鸱，即大芋头，因形似蹲伏之鸱，故称。

（3）一出门，骑马不避雨雪，手和身体的皮肤都皲裂了，马儿畏缩不前，驾马的仆夫快要冻僵了，北风强劲，黄酒的温暖消散殆尽。猬缩，犹畏缩。

（4）按垒行营：巡视军营的意思。垒，营垒，防护军营的建筑。

（5）朝提猛士，夜接词人：白天率领着勇猛的武将，夜里接待风雅的文士。

（6）此时此刻，我恨不得自己能在您跟前效捉刀之功！捉刀，《世说新语·容止》记载，曹操叫崔季珪代替自己接见匈奴来使，自己持刀站立床头。后称顶替人做事或代人作文为"捉刀"。

（7）劳薪：刘义庆《世说新语·术解》载："荀勖尝在晋武帝坐上食笋进饭，谓在坐人曰：'此是劳薪炊也。'坐者未之信，密遣问之，实用故车脚。"旧时木轮车车脚吃力最大，使用多年劳损，劈为烧柴。

（8）栎社之嗟：出自《庄子·人间世》，栎社被奉为社树的栎树，引申指大而无用的树木。社树，古代封土为社，各随其他所宜种植树木，称社树。

（9）盈尺之地：形容地方狭小。

（10）西谒青城先生：喻指归隐。青城山，中国四大道教名山之一，位于四川成都都江堰西南。相传轩辕黄帝时宁封子在此修道。

与吴子野

黄汝亨

乍惊鹊起，复羞牛后⁽¹⁾，恐足下喜心未倒也。

明年夏可得一令，今秋计乞一差南还。居京师无佳事可为，惟有"折腰卷舌，冥心柔骨"⁽²⁾八字可行，皆非木强⁽³⁾所堪。至于耳目化为长班，资粮捐之簿分，金谷亦竭，尘甑何为？⁽⁴⁾如足下所为，荷锄东皋，散发北窗，皆有道无怀之民，岂长安贵人所得与闻？⁽⁵⁾素履此境者，当知仆言不谬耳。

允文酒兴何似，孟孺笔墨定佳⁽⁶⁾，寄声千万。

——《晚明小品选注》卷八

作者简介

黄汝亨（1558—1626），字贞父，号泊玄居士，浙江仁和（今浙江杭州）人。明万历二十六年（1598）进士，授进贤知县，官至江西布政司参议。思想主张"要以不失本心为天地第一义"。晚年谢病归乡，结庐在杭州南屏山下，俗称小蓬莱，又号寓林，搜集编著《寓林集》自娱，又有《寓庸子游记》《廉吏传》等传世。

题解

此篇为黄汝亨写给友人吴子野的信，情真意切，情感深厚。通过对友人的倾诉表现了京师为官处事的恶浊之风，"折腰卷舌，冥心柔骨"，可参阅稍早的宗臣《报刘一丈书》。吴子野，其人待考，《寓林集》另有《寄理水吴子野》，陈继儒（1558—1639）亦有尺牍《复吴子野》。

简注

（1）忽然声名鹊起，又因为处在从属地位受人牵制而感到羞愧。

（2）谦恭有加，少发表意见，多潜心苦思以使自己心境平和。冥心，泯灭俗念，使心境宁静。

（3）木强：质直刚强。《老子》："兵强则灭，木强则折。"

（4）将自己的耳目寄托于长班身上，薪俸与之分享，即使金谷园也会匮竭，我们这么清贫又能做什么呢？金谷，本指钱财和粮食；这里兼用西晋石崇的金谷园典故，表示极其富有。尘甑（zèng），炊具里面满是尘土，形容清贫。《后汉书·独行列传·范冉》："甑中生尘范史云，釜中生鱼范莱芜。"

（5）您的做为比如在归隐的东皋种地，或者对着北窗迎风披散头发，正如有道的上古佳士，哪里是京师贵人能理解的？东皋，东方的田野或高地，多指归隐后的耕地。阮籍《奏记诣蒋公》："方将耕于东皋之阳，输黍稷之税，以避当涂者之路。"北窗，北窗高卧，比喻清闲自适。陶潜《与子俨等疏》："尝言五六月中北窗下卧，遇凉风暂至，自谓是羲皇上人。"无怀氏是传说中的上古帝王，"无怀氏之民"的意思是无怀氏部落的老百姓。陶潜《五柳先生传》："衔觞赋诗，以乐其志，无怀氏之民欤？葛天氏之民欤？"陆游《稽山农》："华胥氏之国，可以卜吾居，无怀氏之民，可以为吾友。"

（6）允文：陈永文，号宝斋，常熟人，能诗，擅花鸟，居乡有隐德。孟孺：程福生，字孟孺，号六岳山人，江西玉山人，写章草，擅墨梅。

宫殿

朱国祯

　　文皇初封于燕，以元故宫为府，即今之西苑也。[(1)] 靖难[(2)]后，就其地亦建奉天诸殿。十五年[(3)]改建大内于东，去旧宫可一里，悉如南京之制，而弘敞过之。即今之三殿，正朝大内也。此得地脉尽处，前挹九河，后拱万山。[(4)]正中表宅，水随龙下，自辛而庚，环注皇城，绕巽而出[(5)]，又五十里合于潞河。余过西华门，马足恰恰有声，俯视，见石骨黑，南北可数十丈，此真龙过脉处。出西直门、高梁桥一带望之，隐隐隆隆可七十里，天造地设。至我明始开天寿山[(6)]，又足以配帝王万万世之传，宁有极哉！

　　既迁大内东华门之外，逼近民居，喧嚣之声，至彻禁籞，未暇经理[(7)]。又殿成即遇灾，以奉天门为常朝之所，故诸宫阙及各衙门皆未备。至宣德七年始加恢扩，移东华门于河之东，迁民居于西之隙地。[(8)]正统初，木植已积三十万余，他物称是。五年三月兴工。六年九月，三殿、两宫皆成。十一月朔，御殿颁诏大赦。次日，复御殿颁历。又次日，文武群臣上表致贺。而两都规制始大备矣。

永乐十八年，三殿工毕。上召漏刻博士胡奫[9]卜之。布算讫，跪曰："明年某月某日午时当毁。"上大怒，囚之。至期，狱卒报以午过无火，胡服毒死。则午正三刻也，殿果焚。上甚惜之。今查三殿之火，在永乐十九年四月初八庚子日。

嘉靖三十六年四月十三日丙申，奉天等殿门灾。是日，申刻雷雨大作，戌刻火光骤起，由正殿延烧至午门，楼廊俱尽。次日辰刻始息，越十余日。上谕，以永乐殿灾，尚有门代，今满区一空，禁地可乎？[10]殿庭无不复之理，当仰承仁爱，毋卖直为忠[11]。于是礼、工二部言："正朝重地，亟宜修复，但事体重大，工费浩烦，容臣等会同勘议。"上曰："当先作朝门并午楼为是，殿堂即随次为之。"明年七月，大朝门等工成。四十一年九月，三殿成。时上性严急，诸臣竭力从事，随宜参酌。须弥座[12]缺，坏者补之，柱小者束之，短者梁之，始得集事。

既成，工部请额。谕曰："朝殿，太祖名之，成祖因之，今只仍祖定。惟天字当出奉字上，敬天作基可也。"于是部臣谓，当为横匾，天字居中，两傍稍下相对。上复以为不雅。取《洪范》字义，改奉天殿曰皇极殿，门曰皇极门。华盖殿为中极，谨身殿为建极，仍直匾顺书。文楼曰文昭阁，武楼曰武成阁。左顺门曰会极，右顺门曰归极。东角门曰弘政，西角门曰宣治。又改乾清右小阁曰道心，旁左门曰仁荡，右曰义平。

太祖以奉天名殿，此自来所无。其名之正，亦自来所不及。方幸汴梁，即筑奉天台，今在藩司治后。盖太祖心与天合，故念念在兹，不敢忘。世宗[13]既改大礼，恚群臣力争，遂改郊改庙，一切变易从新，并改殿名。大臣随声附和，举朝皆震慑不敢言。穆庙[14]立，应诏陈言者，每每有复殿名一款，时亦不从。今劫灰已久，未暇议及。日后工完，圣明深念祖德，仍奉天之旧可也。

两宫之灾，则正德九年与万历二十四年各一次，旋即葺复，而今新宫尤伟，盖工部以殿材移用故也。若在世庙时，亦必易名矣。

——《涌幢小品》卷四

明代《入跸图》（局部），云雾缭绕下的紫禁城

朱国祯（1558—1632），一作国桢，字文宁，浙江乌程（今湖州吴兴）人，万历十七年（1589）进士，历官至礼部尚书兼东阁大学士。著有《皇明史概》一百二十卷及杂著《涌幢小品》三十二卷。《涌幢小品》，又名《仿洪小品》，寓意仰视洪迈《容斋随笔》，作者曾筑木亭名涌幢，意指海上涌现出佛家的经幢，形容时事变幻好比昙花一现的意思，书沿其名。书中所载明朝掌故，多质实可信。

题解

明朝宫殿始建于南京，在朱元璋建立明朝前夕的吴元年（1367）即开始修建。后经靖难之变，明成祖朱棣将都城迁往北京，在其王府（即元故宫）基础上，仿南京形制，建造宫殿。明代宫殿之后几经灾祸，又不断修复扩建，规模不断扩大。朱国祯此文详细记述了明代宫殿的修建历程，内容详尽，具有重要的史料价值。

简注

（1）洪武三年（1370），朱棣被册封为燕王，最初被封在燕地，他使用元朝的皇宫作为自己的府邸，这就是现在的西苑。

（2）靖难：平定变乱的意思，这里指朱棣1399年发动的靖难之役，历时四年，攻下南京，建文帝不知所终，朱棣即位，是为明成祖，革除建文年号，改当年为洪武三十五年，次年为永乐元年（1403）。

（3）十五年：永乐十五年（1417）。

（4）这里占据了地脉的尽头，前有九条河流汇聚，后有万山环绕。挹，引。拱，环绕。

（5）辛、庚：天干之一，它们和方位对应为西。巽（xùn）：八卦卦名之一，后天八卦中指东南方向。

（6）天寿山：北京昌平北部黄土山，其南麓被朱棣选为自己和徐皇后的长眠之地。后来明朝十三位皇帝均葬此地，形成了体系完整、规模宏大、气势磅礴的陵寝建筑群。

（7）禁蘌（yù）：宫禁。经理：经营管理。蘌，古通"籞"，禁苑。

（8）到明宣宗宣德七年（1432）才开始大扩，将东华门迁移到了筒子河（围绕紫禁城的护城河）的东面，把民居迁移到西边的空地。

（9）漏刻博士：钦天监官署的基层官员，主要职责通常是进行天文历法的换算。胡㷍（yūn）：浙江嘉善人，善龟卜。

（10）皇帝下令说，永乐年间三大殿发生火灾时，其门还可以作为替代场所，但现在整个区域都烧毁了，这还能作为禁地吗？

（11）卖直为忠：故意表示公正忠直以获取个人声誉。

（12）须弥座：指建筑装饰的底座。

（13）世宗：明世宗朱厚熜（1507—1567），明朝第十一位皇帝，年号"嘉靖"。他痴迷道教，禁绝佛教。嘉靖初年，明世宗将敬万神的天坛改为只敬天神，并兴建地坛、日坛、月坛，整个北京城被放置于一幅八卦图之中。嘉靖朝中后期，明世宗宠信严嵩，导致吏治败坏，激化了当时的社会矛盾。

（14）穆庙：明穆宗朱载垕（1537—1572），明世宗朱厚熜第三子，登上皇位后改元"隆庆"。他在位期间，将政事委任徐阶、高拱、张居正等阁臣，兴利除弊，实现了隆庆开关和俺答封贡两件大事，又重用谭纶、戚继光等帅才，国势有起色。

南内

朱国祯

南城在大内东南。英皇[1]自虏归，居之。其中翔凤等殿石栏干，景皇帝[2]方建隆福寺，命内官悉取去为用。又听奸人言，伐四围树木。英皇甚不乐。既复辟，悉下内官陈谨等四十五人于狱，令锁项修补完备，各降其职。[3]寻增置各殿，三年十一月告成。

正殿曰龙德，南门曰丹凤，殿后凿石为桥。其后迭石为山，曰秀岩。山顶正中为圆殿，曰乾运。又其后为圆殿，引水环之。左右列以亭馆，杂植奇花异木其中。春暖花开，命中贵[4]陪内阁儒臣宴赏。

世庙中复临幸，余备史官，丁酉八月游其中，悉得胜概[5]。石桥通体皆盘云龙，势跃跃欲动。东为离宫者五。大门西向，中门及殿皆南向。每宫殿后一小池，跨以桥。池之前后为石坛者四，植以栝松[6]。最后一殿，供佛甚奇古。左右围廊与后殿相接，其制一律，想仿大内式为之。太祖钦定，所谓尽去雕镂存朴素者。[7]

——《涌幢小品》卷四

明代北京皇城有"三内"一说，即大内（紫禁城）、西内（西苑）、南内。南内，又称南宫，因为位于紫禁城的东南，又称东苑，明代晚期逐渐隳废不存，今天其旧址建有皇史宬、普度寺等建筑。明英宗经"土木之变"后，被明景帝幽居在南内。天顺五年（1461），英宗重新掌权后，对其进行修缮。朱国祯此文重点描述了重修后的南宫胜景，宫内奇花异木，别具一格。尤其是石桥建造如同一条跃跃欲试的盘云龙，栩栩如生。宫殿建造整体遵循太祖祖制，去除雕镂，风格朴素大方。今存明代无名氏撰《南内记》一卷，与本篇，以及彭时《可斋杂记》互有详略。

简注

（1）英皇：明英宗朱祁镇（1427—1464），明宣宗的长子，明朝第六位皇帝。初由三杨（杨士奇、杨荣、杨溥）辅政，加上祖母张太后的影响力，政治还算清明。但张太后去世后，朱祁镇宠信司礼太监王振，开启明代宦官专权的先河。正统十四年（1449），北方瓦剌首领也先侵犯明朝疆土，朱祁镇在王振的怂恿下率军亲征，在土木堡（今属河北张家口怀来，坐落于居庸关至大同长城一线的内侧）全军覆没，朱祁镇被俘，史称"土木之变"。也先继续挟持朱祁镇作为人质，兵临北京城下，于谦等临时请立朱祁镇的弟弟朱祁钰监国，是为明景帝。于谦等击退也先，赢得了北京保卫战的胜利。也先认为朱祁镇失去利用价值，将他释回。其后朱祁镇被朱祁钰软禁于南宫。

（2）景皇帝：明代宗朱祁钰（1428—1457），明朝第七位皇帝。危难之际，朱祁钰重用于谦等大臣，维护了明朝的政治稳定，在位八年，被很多史学家称为英主。《涌幢小品》有"于少保"条，称"景皇刚决雄猜……（于谦）柔事景皇，如扰龙驯虎，中间备极苦心。哑子吞黄连，自知不可告人者"。

（3）英宗复位后，内官陈谨等四十五人全部被投入监狱，锁上脖子，受命将宫殿修补完整，英宗还降低了他们各自的职位。

（4）中贵：古代泛指皇帝宠爱的近臣、宦官。

（5）胜概：美景。

（6）栝（guā）松，即桧树，亦称栝子松，叶为三针。

（7）太祖皇帝（朱元璋）曾钦定，宫殿的建造应去除繁复的雕镂，保留朴素的风格。

极乐寺纪游

袁宗道

高梁桥水，从西山深涧中来，道此入玉河[1]。白练千匹，微风行水上，若罗纹纸[2]。堤在水中，两波相夹，绿柳四行，树古叶繁，一树之荫，可覆数席，垂线长丈余。岸北佛庐道院甚众，朱门绀[3]殿，亘数十里。对面远树，高下攒簇，间以水田。西山如螺髻，出于林水之间。

极乐寺去桥可三里，路径亦佳。马行绿荫中，若张盖[4]。殿前剔牙松[5]数株，松身鲜翠嫩黄，斑剥若大鱼鳞，大可七八围许。

暇日曾与黄思立诸公游此。予弟中郎云："此地小似钱塘苏堤。"思立亦以为然。予因叹西湖胜境，入梦已久，何日挂进贤冠，作六桥下客子，了此山水一段情障乎？[6]是日，分韵各赋一诗而别。

——《袁宗道集笺校》卷十四

袁宗道（1560—1600），字伯修，号玉蟠，公安（今属湖北）人，万历十四年（1586）进士。袁宗道与袁宏道、袁中道三兄弟，时称"三袁"。万历二十六年（1598），三袁和谢肇淛、黄辉等在北京西郊崇国寺组织"蒲桃社"，吟诗撰文。他们反对复古派主张的"文必秦汉，诗必盛唐"理念，提出"独抒性灵，不拘格套"的性灵说，扭转了文坛风气，推动了明代后期的文学革新。因为他们是湖北公安人，所以这个流派被称为"公安派"。

题解

袁宗道在京中做官，喜欢公余游览各处山水寺刹。据他三弟袁中道说："（宗道）耽嗜山水，燕中山刹及城内外精蓝无不到，远至上方、小西天之属，皆穷其胜。"（《石浦先生传》）此文即是游极乐寺后所写。文章以水的流动为引，将读者的视线从西山深涧引入玉河，再延伸至堤岸、绿柳、佛庐道院，直至极乐寺，"情情新来，笔笔新赴""提人新情，换人新眼"。袁宗道巧妙地运用比喻和拟人手法，如将水面波纹比作"罗纹纸"，绿柳的荫凉比作可覆盖数席的巨伞，使得自然景观跃然纸上，生动而富有层次。

极乐寺，位于北京海淀东升乡五塔寺东约五百米处，临高梁河，曾有明嘉靖二十八年（1549）《创建极乐禅林记》碑，为大学士严嵩撰书。今存正殿和正殿耳房。极乐寺内的牡丹园非常有名。

简注

（1）玉河，元代郭守敬引白浮泉及西山诸泉水通过这条河道入大都城，再连接通惠河，以兴漕运。明代史料，一般把玉泉山至东便门大通桥一段称为玉河；大通桥至通州的一段称为通惠河，又称大通河。玉河北接西山山麓瓮山泊，至海淀麦庄桥，折向东南，遇西直门注入北护城河，再东流至德胜门入"水关"，进积水潭。

（2）罗纹纸，我国手工名纸种之一。因纸内有明显的隐性帘纹，看上去跟"罗绸"似的，故取名"罗纹"。

（3）绀（gàn）：红青，略带红的黑色。

（4）若张盖：就像撑起了一把大伞。

（5）剔牙松：俗称栝子松，其叶如牙签，故名。

（6）什么时候才能辞官归隐，成为西湖六桥下的旅人，以此了却我和山水美景的情缘呢？六桥，指的是西湖苏堤六桥，映波桥、锁澜桥、望山桥、压堤桥、东浦桥、跨虹桥。袁宏道有《雨后游六桥记》，以及《晚游六桥待月记》："月景尤不可言，花态柳情，山容水意，别是一种趣味。此乐留与山僧游客受用，安可为俗士道哉？"

上方山四记

袁宗道

一

自乌山口起，两畔乱峰束涧，游人如行衕[1]中。中有村落、麦田、林屋，络络不绝。馌妇牧子，隔篱窥诧，村犬迎人。

至接待庵，两壁突起粘天，中间一罅。初疑此罅乃狸穴蛇径[2]，或别有道达颠，不知身当从此度也。前引僧入罅，乃争趋就之，至此，游人如行匣中矣。三步一回，五步一折，仰视白日，跳而东西。踵屦高屦低，方叹峰之奇，而他峰又复跃出。

屡跋屡歇，抵欢喜台。返观此身，有如蟹螯郭索[3]潭底，自汲井中，以身为瓮，虽复腾纵，不能出栏。其峰峦变幻，有若敌楼者，睥睨栏楯俱备[4]；又有若白莲花，下承以黄趺[5]，余不能悉记也。

二

　　自欢喜台拾级而升，凡九折，尽三百余级，始登毗卢顶。顶上为寺一百二十，丹碧错落，嵌入岩际。庵寺皆精绝，莳花种竹，如江南人家别墅。时牡丹正开，院院红馥，沾薰游裾。寺僧争设供，山肴野菜，新摘便煮，芳香脆美。独不解饮茶，点黄芩芽代，气韵亦佳。

　　夜宿喜庵方丈，共榻者王则之、黄昭素也。昭素鼻息如雷，予一夜不得眠。

三

　　毗卢顶之右，有陡泉。望海峰左，有大小摘星峰。大摘星峰极高，一老僧说，峰后有云水洞，甚奇邃。余遂脱巾褪衣，导诸公行。诸公两手扶杖，短衣楚楚，相顾失笑。至山腰，少憩，则所为一百二十寺者，一一可指数。

　　予已上摘星岭，仰视峰顶，陡绝摩天，回顾不见诸公，独憩峭壁下。一物攀萝疾走，捷若猿猱，至则面目黧黑，瘦削如鬼。予不觉心动，毛发悚竖。讯之，僧也，语不甚了了，但指其住处。予尾之行，入小洞中，石床冰冷。跌坐⁽⁶⁾少顷，僧供黄芽汤，予啜罢，留钱而去，亦不解揖送。

诸公登岭，皆称倦矣，呼酒各满引。黄昭素题名石壁。蛇行食顷，凡四五升降，乃达洞门。入洞数丈，有一穴甚狭，若瓮口。同游虽至羸者，亦须头腰贴地，乃得入穴。至此始篝火，一望无际，方纵脚行。数十步，又忽闭塞。度此则堆琼积玉，荡摇心魂，不复似人间矣。有黄龙、白龙悬壁上；又有大龙池，龙盘踞池畔，爪牙露张；卧佛、石狮、石烛皆逼真。石钟、鼓楼，层叠虚豁，宛然飞阁。僧取石左右击撞，或类钟声，或类鼓声。突然起立者，名曰须弥，烛之不见顶。又有小雪山、大雪山，寒乳飞洒，四时若雪。其他形似之属，不可尽记。大抵皆石乳滴沥数千年积累所成。

僮仆至此，皆惶惑大叫。予恐惊起龙神，亟呵止，不得，则令诵佛号。篝火垂尽，惆怅而返。将出洞，命仆敲取石一片，正可作砚山⁽⁷⁾。每出示客，客莫不惊叹为过昆山灵璧也。

獅子峯

接待菴

獅乳泉

登歡喜地

上為接待巷

洞陀弥

云梯

山神廟

云梯門

瀑布泉

雷劈石

歡喜台

弥陀石

臭水湖

香水湖

天王洞

醒石堂

龍

上方山下部由接待庵至云梯门胜景绘图，出自溥儒辑《上方山志》

197

四

从云水洞归，诸公共偃卧一榻上。食顷，余曰："陡泉甚近，曷往观？"皆曰："佳。"遂相挈循涧行。

食顷至。[8] 石壁跃起百余丈，壁淡黄色，平坦滑泽，间似五彩。壁上有石，若冠若柱，熟视似欲下堕，使人头眩。壁腰有一处，巉巉攒结，成小普陀，宜供大士。[9] 其中泉在壁下，泓渟清澈，寺僧云："往有用此水熟腥物者，泉辄伏。至诚忏谢，复涌出如常，故相传称圣泉。"[10] 余携有天池茶，命僧汲泉烹点，各尽一瓯，布毡磐石，轰饮至夜而归。

——《袁宗道集笺校》卷十四

题解

　　上方山在北京房山，时为北方佛教胜地之一。以山奇、林密、洞幽、寺古享誉京城。主峰棺材山海拔1098米，由于峰顶形似一口横卧的巨型棺材而得名。山内有九大洞穴，最著名的叫云水洞，今天上方山已辟为国家森林公园，一、二级古树就有一千多棵，其中有"四大树王"——"柏树王""松树王""槐树王""银杏王"。

　　该文随笔而记，却自然有趣。其一写从乌山口到欢喜台；其二写从欢喜台登毗卢顶（《钦定古今图书集成·方舆汇编山川典·第十一卷》载徐渭作）；其三写云水洞；其四写陡泉。全文一处一景，简洁明快，尤其是云水洞奇观，刻画细致真切；穿插以僧人生活情景，更显示出作者闲淡的心境。

简注

　　（1）衖（lòng）：通"弄"，小巷子。

　　（2）一开始怀疑这细小的罅口是长尾猿的洞穴或者蛇类爬行的道路。狖（yòu），一种长尾猿。

　　（3）郭索：螃蟹爬行的声音，也指爬行的样子。

　　（4）睥睨（pì nì）：城上锯齿形的短墙。栏楯（shǔn）：栏杆。

　　（5）跗（fū）：花萼，此处指碑下的石座。

　　（6）趺坐：结跏趺坐是坐法之一，交互两腿，将右腿盘放于左腿之上，又将左腿盘放于右腿之上。

(7) 砚山：利用山形之石，中凿为砚，砚附于山，故名。

(8) 一顿饭的工夫就到了。

(9) 山壁半腰有一处，石头攒结成一个小普陀，很适宜供奉观音大士。

(10) 陡泉就在这个石壁下面，水静而清幽。寺里僧人说："以前有人用这水煮肉，泉水就消失了。直到这人诚心地道歉后，泉水才又像平常一样涌出来。所以人们相传这是圣泉。"淳（tíng），渊淳，停止不动的水。腥，生肉。《论语·乡党》："君赐腥，必熟而荐之。"

满井游记

袁宏道

燕地寒，花朝节后，余寒犹厉。冻风时作，作则飞沙走砾。局促一室之内，欲出不得。每冒风驰行，未百步辄返。

廿二日天稍和，偕数友出东直⁽¹⁾，至满井。高柳夹堤，土膏微润，一望空阔，若脱笼之鹄。于时冰皮始解，波色乍明，鳞浪层层，清澈见底，晶晶然如镜之新开而冷光之乍出于匣也。山峦为晴雪所洗，娟然如拭，鲜妍明媚，如倩女之靧面而髻鬟之始掠也⁽²⁾。柳条将舒未舒，柔梢披风，麦田浅鬣⁽³⁾寸许。游人虽未盛，泉而茗者，罍而歌者，红装而蹇者，亦时时有。⁽⁴⁾风力虽尚劲，然徒步则汗出浃背。凡曝沙之鸟，呷浪之鳞，悠然自得⁽⁵⁾，毛羽鳞鬣之间皆有喜气。始知郊田之外未始无春，而城居者未之知也。

夫不能以游堕事而潇然于山石草木之间者，惟此官也。⁽⁶⁾而此地适与余近，余之游将自此始，恶能无纪？己亥之二月也。

——《袁宏道集笺校》卷十七

袁宏道（1568—1610），字中郎，一字无学，号石公，又号六休，万历二十年（1592）进士，曾任顺天府教授、国子监助教、礼部主事、国子博士、吏部郎中等职，得以博览公家收藏的丰富图籍。袁宏道是明代文学反对复古运动的主将，是"公安派"中成就最高的。

题解

《满井游记》是袁宏道于万历二十七年（1599）农历二月游历满井后留下的文章，纯用写实手法，生动地勾勒出京郊初春景色的清新与生机，情致盎然。文章最后，作者感慨，说"郊田之外未始无春，而城居者未之知也"，并且表示"余之游将自此始"，透露出作者寄情山水、疏瀹性灵的志趣。大致同时的王思任（1575—1646）亦有《游满井记》："京师渴处，得水便欢。安定门外五里有满井，初春，士女云集，予与吴友张度往观之。一亭函井，其规五尺，四洼而中满，故名。满之貌，泉突突起，如珠贯贯然，如蟹眼睁睁然，又如鱼沫吐吐然，藤蓊草翳资其湿。"

简注

（1）即东直门。

（2）就像美丽的少女刚洗过脸，开始梳理她的发髻一样。靧（huì），洗脸。

（3）浅鬣（liè）：短短的动物毛发，这里指初长的麦苗。

（4）虽然游人还没有很多，汲泉水饮茶的人，举酒杯唱歌的人，骑驴代步的青年女性，也不时出现。

（5）举凡在沙滩上晒太阳的鸟儿，游戏浪花的鱼儿，都悠然自得。

（6）不因游玩而耽误公事，能无拘无束潇洒在山石草木之间的，只有我这样的闲官吧。

游红螺峣记

袁宏道

从葫芦棚而上，磴始危，天始夹。从云会门而进，山始巧始纤，水始怒，卷石皆跃。至铁锁湾，险始酷。从湾至观音洞，仄而旋，奇始尽。[1]，山皆纯锷[2]，划其中为二壁。行百余步，则日东西变。[3]数十步，则岭背面变，数步，则石态貌变矣。[4]壁郛立而阴，故不树；[5]瘦而态，故不肤，亦不顽。[6]蛟龙之所洗涤，霜雪之所磨镂，不工而刻，其趣乃极。

窦中多老衲，或居至八十余不下。[7]闻客至，则竞出，观导者曰："老未见冠履也。"[8]问为青曹，则曰："是余宗主。"[9]笑而合其目，亦如余之见此山、此石也。山中非采药樵薪人不至，故不著。奇僻之士游小西天上方者，日取道焉而遗之睫前，是可叹也已。

——《袁宏道集笺校》卷十七

题解

明清时期，北京西南房山有八景：大房耸翠、上方山寺、云水奇观、西天胜概、红螺三嵁、孔水仙舟、金山香水、白水异浆。其中，红螺三嵁位于周口店黄山店村西北，以险、奇、绝著称。红螺三嵁以地势为界分上、中、下三嵁，自云会门至松棚庵为下嵁；以松棚庵上之盘道为界，上至悬梯为中嵁；以悬梯为界，以上皆为上嵁。

袁宏道游此，留下了这篇生动的游记，简而活，奇而峭，胜景迭出，令人目不暇接。他同时还创作有一首七言绝句《入红螺嵁道中纪事》："山风吹晓作新岚，仙梦茫茫古石龛。欲识死生情切处，棺材峰上卓茆庵。"

简注

（1）从铁锁湾到观音洞，道路狭窄且曲折，所有的奇特景观展现完毕。

（2）锷（è）：刀剑的刃，这里比喻山势陡削如剑刃。《帝京景物略》有《红螺嵁》篇云："山通体一蛮锷，而峦诸相具。"

（3）行走一百多步，太阳忽东忽西，发生变化。

（4）走数十步，岭背就会呈现不同景象。仅仅几步之遥，石头的形态就大不相同。

（5）峭壁像城墙一样陡立，又阴暗，不生长树木。郛（fú）立，像城墙一样立着。

（6）山壁瘦削有意态，其上草木不生，也不显得呆板。

（7）山洞中居住着很多老年僧人，有的住在那里直到八十多岁也不下山。

（8）听说有客人来，他们争先恐后地出来，导游说："他们很久没有见过士大夫了。"

（9）问他们是否属于青原行思门下曹洞宗，他们回答说："那正是我们所归依景仰的。"

游高梁桥记

袁宏道

高梁桥在西直门外，京师最胜地也。两水夹堤，垂杨十余里，流急而清，鱼之沉水底者，鳞鬣皆见[1]。精蓝棋置[2]，丹楼珠塔，窈窕绿树中[3]。而西山之在几席者，朝夕设色以娱游人。当春盛时，城中士女云集，缙绅士大夫非甚不暇，未有不一至其地者也[4]。

三月一日，偕王生章甫、僧寂子出游。时柳梢新翠，山色微岚，水与堤平，丝管夹岸。跌坐古根上，茗饮以为酒，浪纹树影以为侑，鱼鸟之飞沉，人物之往来，以为戏具。堤上游人，见三人枯坐树下，若痴禅者，皆相视以为笑。而余等亦窃谓彼筵中人喧嚣怒诟，山情水意，了不相属[5]，于乐何有也？

少顷，遇同年黄昭质拜客出，呼而下，与之语。步至极乐寺，观梅花而返。

——《袁宏道集笺校》卷十七

高梁桥位于西直门外偏北半里左右，是元忽必烈至元二十九年（1292）建造。明清之时，这里古刹林立，水清见底，游客盈门，为京师郊外一胜景。《游高梁桥记》是袁宏道以春日高梁桥为背景所作的游记。文章巧妙地融合了自然与人文景观，展现了人与自然和谐共处的美好图景。

简注

（1）沉入水底的鱼，其鳞片和小鳍都能看得清楚。鬣，兽类颈上的长毛，也指鱼颔旁小鳍。

（2）佛寺建筑星罗棋布。精蓝，佛寺，僧舍。

（3）红色的楼阁，壮美的佛塔，在绿树掩映中显得深邃而幽美。窈窕，（宫廷、山水）深邃幽美的样子，这里活化作动词。

（4）士大夫们如果不是非常忙碌，没有不来这里的。

（5）了不相属：完全不相关。

游高梁桥记

袁中道

高梁旧有清水一带，柳色数十里，风日稍和，中郎拉予与王子往游⁽¹⁾。时街民皆穿⁽²⁾沟渠，淤泥委积道上，羸马不能行，步至门外。

于是三月中矣，杨柳尚未抽条，冰微泮⁽³⁾，临水坐枯柳下小饮。谭锋甫畅⁽⁴⁾，而飙风自北来，尘埃蔽天，对面不见人，中目塞口，嚼之有声⁽⁵⁾。冻枝落，古木号，乱石击。寒气凛冽，相与御貂帽、着重裘以敌之，而犹不能堪，乃急归。已黄昏，狼狈沟渠间，百苦乃得至邸。坐至丙夜，口中含沙尚砾砾。⁽⁶⁾

噫！江南二三月，草色青青，杂花烂城野，风和日丽，上春已可郊游，何京师之苦至此。苟非大不得已，而仆仆于是，吾见其舛也。⁽⁷⁾且夫贵人所以不得已而居是者，为官职也。游客山人所以不得已而至是者，为衣食也。今吾无官职，屡求而不获，其效亦可睹矣。⁽⁸⁾而家有产业可以糊口，舍水石花鸟之乐，而奔走烟霾沙尘之乡，予以问予，予不能解矣⁽⁹⁾。然则是游

也宜书，书之所以志予之嗜进而无耻，颠倒而
无计算也。⁽¹⁰⁾

——《珂雪斋集》卷十二

明代《入跸图》（局部），高粱桥附近的随行队伍和
在长河岸边恭迎圣驾的百官

袁中道（1570—1626），字小修，一字少修，号凫隐。少即能文，喜交游。兄宏道病逝，他悲恸过度，大病几死，于是隐居玉泉山，读书学佛，修身养性。万历四十四年（1616）中进士，曾任徽州府教授，后升国子监博士。在此期间，他系统地整理、校刊、出版两个哥哥及自己的著作，使"三袁"的作品及其文风发扬光大。晚年针对公安派文章流弊，提出以性灵为中心兼重格调的主张，传世有《珂雪斋集》、《游居柿录》(又作《袁小修日记》）等。

题解

本篇与其兄袁宏道同题，但所写并不是同一次出游。这里完全没有兄长所写的和谐婉丽，而是着笔北京春季风沙下的狼狈。以杂树生花的江南二三月作对比，文章最后，以自问自答的形式，表达了自己对现实困境的积郁和对理想生活的追求，"舍水石花鸟之乐，而奔走烟霾沙尘之乡，予以问予，予不能解矣"。

简注

（1）参考袁宏道《游高梁桥记》，"中郎"与"王子"，分别指袁宏道与王章甫。

（2）穿：疏通。旧时京师以三月疏通沟渠。

（3）冰微泮：冰面稍稍融解。泮（pàn），冰雪融解。

（4）谈话的兴致刚刚和畅无碍。谭，通"谈"。

（5）中目塞口，嚼之有声：沙石击中眼睛，堵塞口鼻，嘴巴闭得不紧致沙尘入口，牙齿上下咬合咯噔咯噔响。

（6）坐到夜半时分，嘴里还有碎沙。

（7）如果不是万不得已，还在这里奔波劳碌，在我看是很荒谬的。

（8）况且那些出身贵重的人之所以不得不来这里居住，为的是高官厚禄。那些门客和从事卜卦职业者之所以不得不到这里，为的是谋取吃穿。现在我没有一官半职，屡屡谋求却得不到，居住在北京的效果也是可以预见的了。

（9）予以问予，予不能解矣：我问我自己，我也不能解答。

（10）那么这次出游也应当写下来，写的目的是记下我热衷仕进而不顾羞耻，本末倒置而没有长远规划。

西山十记

袁中道

记一

出西直门，过高梁桥，杨柳夹道，带以清溪。流水澄澈，洞见沙石⁽¹⁾，蕴藻萦蔓，鬣走带牵⁽²⁾，小鱼尾游，翕忽跳达。亘流背林，禅刹相接⁽³⁾，绿叶浓郁，下覆朱户，寂静无人，鸟鸣花落。过响水闸，听水声汨汨。至龙潭堤，树益茂，水益阔，是为西湖也。每至盛夏之月，芙蓉十里如锦，香风芬馥，士女骈阗⁽⁴⁾，临流泛觞，最为胜处矣。

憩青龙桥，桥侧数武⁽⁵⁾有寺，依山傍岩，古柏阴森，石路千级。山腰有阁，翼以千峰，萦抱屏立，积岚沉雾。前开一镜，堤柳溪流，杂以畦畛⁽⁶⁾。丛翠之中，隐见村落。降临水行，至功德寺，宽博有野致⁽⁷⁾。前绕清流，有危桥可坐。寺僧多业农事。日已西，见道人执畚者、插者、带笠者，野歌而归。⁽⁸⁾有老僧持杖散步塍⁽⁹⁾间。水田浩白，群蛙偕鸣。噫！此田家之乐也，予不见此者三年矣，夜遂宿焉。

记二

功德寺循河而行，至玉泉山麓。临水有亭，山根中时出清泉，激喷巉石中，悄然如语。至裂帛泉，水仰射，沸冰结雪，汇于池中。见石子鳞鳞，朱碧磊珂，如金沙布地，七宝妆施⁽¹⁰⁾，荡漾不停，闪烁晃耀，注于河。河水深碧泓渟，澄澈迅疾，潜鳞了然，荇发可数⁽¹¹⁾。两岸垂柳，带拂清波。石梁如雪，雁齿相次⁽¹²⁾。间以独木为桥，跨之濯足，沁凉入骨。

折而南，为华严寺。有洞可容千人，有石床可坐。又有大士洞，石理诘曲，突兀奋怒，皱云驳雾⁽¹³⁾，较华严洞更觉险怪。后有窦，深不可测。其上为望湖亭，见西湖明如半月，又如积雪未消。柳堤一带，不知里数，嫋嫋濯濯⁽¹⁴⁾，封天蔽日。而溪壑间民方田作，大田浩浩，小田晶晶⁽¹⁵⁾。鸟声百啭，杂花在树，宛若江南三月时矣。

循溪行，至山将穷处有庵，高柳覆门，流水清激。跨水有亭，修饬而无俗气。山余出巉石，肌理深碧。不数步，见水源，即御河⁽¹⁶⁾发源处也。水从此隐矣。

记三

自玉泉山初日雾露之余，穿柳市花弄，田畴畛畦之间。见峰峦回曲萦抱，万树浓黛，点缀山腰，飞阁危楼，腾红酣绿者，香山也。

此山门径幽遐，青松夹道里许，流泉淙淙下注。朱栏千级，依岩为刹，高杰整丽。憩左侧来青轩，尽得峰势，右如舒臂，左乃曲抱，林木绣错，伽蓝棋布。下见麦畴稻畦，潆壑柳路，村庄疏数，点黛设色。夫雄踞上势，撮其胜会，华榱金铺，切云耀日。⁽¹⁷⁾肖竹林于王居，失秽都之瓦砾⁽¹⁸⁾，兹刹庶几有博大恢弘之风。

至于良辰佳节，都人士女，连珮接轸，绮罗从风，香汗飘雨，繁华巨丽，亦一名胜。独作者骋象马之雄图，无丘壑之妙思，角其人工，不合自然，未免令山泽之癯息心望岫。⁽¹⁹⁾然要以数十年后，金碧蚀于蛛丝，阶砌隐于苔藓，游人渐少，树木渐老，则恐兹山之胜，倍当刮目于今日也。

记四

从香山俯石磴，行柳路，不里许，碧云在焉。[20] 刹后有泉，从山根石罅中出，喷吐冰雪，幽韵涵澹。有老树，中空火出，导泉干寺，周于廊下，激聒石渠。[21] 下见文砾金沙，引入殿前为池，界以石梁，下深丈许，了若径寸。[22] 朱鱼万尾，匝池红酣，烁人目睛。[23] 日射清流，写影潭底，清慧可怜。或投饼于左，群赴于左，右亦如之，咀呷有声。然其跳达刺泼，游戏水上者，皆数寸鱼；其长尺许者，潜泳潭下，见食不赴，安闲宁寂，毋乃静躁关其老少耶？[24] 水脉隐见，至门左奋然作铁马水车之声，迸入于溪。

其刹宇整丽不书，书泉，志胜也。或曰："此泉若听其喷溢石根中，不从龙口出；其岩际砌石，不令光滑，令披露山骨；石渠不令若槽臼，则刹之胜，恐东南未必过焉。"[25] 然哉！

记五

香山跨石踞岩，以山胜者也；碧云以泉胜者

也。折而北，为卧佛。峰转凹，不闻泉声，然门有老柏百许森立，寒威逼人。至殿前，有老树二株，大可百围。铁干镠枝，碧叶虬结；纡羲回月，屯风宿雾；霜皮突兀，千瘿万螺；怒根出土，磊块诘曲。⁽²⁶⁾叩之，丁丁作石声。殿墀周遭数百丈，数百年以来，不见日月。石墀整洁，不容唾。寺较古，游者不至，长日静寂。若盛夏宴坐其下，凛然想衣裘矣。询树名，或云娑罗树⁽²⁷⁾，其叶若薮。予乃折一枝袖之，俟入城以问黄平倩⁽²⁸⁾，必可识也。卧佛盖以树胜者也。

夫山刹当以老树古怪为胜，得其一者皆可居，不在整丽。三刹之中，野人宁居卧佛焉。

记六

背香山之额，是谓万安山。刹庵绮错之中，有寺不甚弘敞，而具山林之致者，翠岩也。

门有渠，天雨则飞流自山颠来。岩吼石击，涛奔雷震，直走原麓，洞骇心目。刹后石路百级，有禅院，四周皆茂树。左右松柏千株，虬曲幽郁，无风而涛。好鸟和鸣于疏林中，隐隐见都城九衢，宫观栉比。万岁山及白塔寺，了了可指⁽²⁹⁾。其郊坰之林烟水色，山径柳堤，及近之峰峦叠秀，楼阁流丹，则固皆几席间物⁽³⁰⁾。

出门即为登眺，入门即就枕簟。虽夜色远来，犹可不废览瞩。有泉甚清，可煮茗，遂宿焉。风起，松柏怒号，震撼冲击，枕上闻其声，如在扬子舟中驾风帆破白头浪也。予遂与王子定计，九夏居此，以避长安尘矣。⁽³¹⁾

记七

既栖止翠岩，晏坐之余，时复散步。循涧西行，攀磴数百武，得庵曰中峰。

门有石楼，可眺。有亭高出半山，可穷原隰。墙围可十里，悉以白石垒砌，高薄云汉，修整中杂之纡曲。阶磴墀径，石光可鉴，不受一尘，处处可不施簟席而卧，于诸山中鲜洁第一。刹中仅见一僧，甚静寂。予少憩石楼下，清风入户，不觉成寐。既寤，复循故涧。涧涸，而怪石经于疾流冲击之后，堕者，偃者，横直卧者，泐者，背相负者，欲止未止、欲转不获转者，犹有余怒。其岸根水洗石出，亦复皱瘦，峻嶒崎嵚，陷坎罅中。[32] 松鼠出没，净滑可人。

舍涧而上碧峰，得寺曰弘教，亦有亭可眺也。有松盘曲夭乔，肤皴枝拗，有远韵。[33] 间有怪石。佛像清古，亦为山中第一。

降，复过翠岩，循涧左行，山口中为曹家楼，有桥可憩，竹柏骈罗。石路宛转，可三里许。青苔紫驳，缀乱石中。墙畔亦多斧劈石，骨理甚劲。意山中概多怪石，去其土肤，石当自出。无奈修者意在整齐，即有奇石，且去天巧以就人工；况肯为疏通，显其突兀奋迅之势者乎？绝顶有亭，眺较远，以在山口也。此处门径弘博，不如香山，而有山家清奥之趣，亦当为山中第一也。

记八

予欲穷万安绝顶之胜，而僧云："徐之，俟微雨洒尘，乘其爽气，可以登涉，且宜眺瞩也。"一宿而微雨至，予大喜曰："是可游矣！"

遂溯涧而上，徘徊怪石之间，数步一息。于时宿雾既收，初日照林。松柏膏沐之余，杨柳浣濯之后。深翠殷绿，媚红娟美。至于原隰隐畛，草色麦秀，莫不淹润柔滑，细腻莹洁，似薝簟初展，文锦乍铺矣。⁽³⁴⁾既至层颠，意为可望云中、上谷间，而香山、金山诸峰，遮樾云汉。⁽³⁵⁾惟东南一鉴，了了可数。⁽³⁶⁾平畴尽处，见南天大道一缕，卷雾喷沙，浩白无涯。或曰："此走邯郸道也。"扪萝分棘⁽³⁷⁾，遂过山阴，憩于香山松棚庵中。松身仅五尺许，而枝干虬结，蔽于垣内。下有流泉，清激声与松柏相和。松花堕地，飘粉流香。时晚烟夕雾，萦薄湖山，急寻旧路以归。

记九

依西山之麓而刹者，林相接也。而最壮丽者，为鲍家寺。寺两掖，石楼屹立，青槐百株，交蔽修衢，微类村庄。⁽³⁸⁾殿墀果松仅四株，而枝叶婆娑，覆阴无隙地。飘粉吹香，写影石路。堂宇整洁，与碧云等。于弘教寺之下，又得滕公寺。石垣周遭，若一大县⁽³⁹⁾。其中飞楼相望，五十余所。清渠激于户下，杂花灵草，芬馥檐楹。别院宛转，目眩心迷。幽邃清肃，规驶娑而摹未央。⁽⁴⁰⁾

噫，衒之之纪伽蓝⁽⁴¹⁾，盛矣！中州固应尔，燕冀号为沙碛，数百年间，天都物力日盛。王侯貂贵，不惜象马七珍，遂使神工鬼斧，隐轸山谷。⁽⁴²⁾予游天下，若金陵之摄山、牛首，钱塘之天竺、净慈，诚为秽土清泰⁽⁴³⁾。至于瑰奇修整，无纤毫酸寒之气，西山诸刹亦为独步。玉环、飞燕，各不可轻。虽都人有担金填壑之讥⁽⁴⁴⁾，然赫赫皇居，令郊垌间皆为黄沙茂草，不亦萧条甚欤？王丞相所谓"不尔，何以为京师"⁽⁴⁵⁾者也。

记十

居士曰："予游山自西山始也。"

或曰："居士于二十时即泛长江，历吴会，穷览越峤之胜；北走塞上，登恒山石脂峰，望单于而还。⁽⁴⁶⁾而乃云游山自西山始，何也？"

居士曰："予向者雅好山泽游矣，而性爱豪奢。世机未息，冶习未除。是故目解玩山色，然又未能忘粉黛⁽⁴⁷⁾也；耳解听碧流，然又未能忘丝竹⁽⁴⁸⁾也。必如安石之载携声妓，盘餐百金，康乐之伐木开山，子瞻之鸣金会食，乃慊于心。⁽⁴⁹⁾而势复不能，则虽有山石洞壑之奇，往往以寂寞难堪，委之去矣。此与不游正等。今予幸而厌弃世膻，少年豪习扫除将尽矣。伊蒲可以送日，晏坐可以忘年；以法喜为资粮，以禅悦为姬侍⁽⁵⁰⁾，然后澹然自适之趣，与无情有致之山水，两相得而不厌。故望烟峦之窈窈突兀，听水声之幽闲涵澹，欣欣然沁心入脾，觉世间无物可以胜之。举都人士所为闻而不及游，游而不及享者，皆渐得于吾杖屦之下。于于焉，徐徐焉，朝探暮归，若将终身焉。⁽⁵¹⁾然后乃知予向者果未尝游山，游山自西山始矣。"

——《珂雪斋集》卷十二

记一写西湖、功德寺，田家之乐令人神往。记二写玉泉山麓，水流澄澈，鸟声百啭，杂花在树，宛若江南。记三写香山，伽蓝棋布，博大恢宏，不过人工痕迹太浓，与自然不甚相合。记四写碧云寺，书泉志胜。记五写卧佛寺，老树森立。记六写万安山翠岩寺，具山林之致。记七写中峰庵、弘教寺，集中写怪石意态。记八写万安山顶之胜，淹润柔滑，飘粉流香。记九写西山脚下的鲍家寺，幽邃清肃，神工鬼斧。记十，作者对游历西山的心态做了深刻总结，通过辩难的形式说"予游山自西山始也"。通过西山的游历，作者实现了从外在游历到内心修行的转变，体现了一种超脱世俗、追求精神自由的生活哲学。

作者另有《西山游后记》十一章，分别记述了高梁桥、极乐寺、西湖、裂帛泉、中峰庵、帝王庙、香山寺、碧云寺、洪光寺、卧佛寺、法云寺等，当与《游高梁桥记》，以及本篇对照阅读。关于法云寺，在妙高峰最高处，袁宏道有《妙高峰记》，随步赋形，随境摹情，宜并参。

（1）水流清澈，人们可以清楚地看到水底的沙子和石头。

（2）水草丰美，藤蔓缠绕，随流飘摇，像马鬃与牵绳一样。

（3）流水萦绕，经过很多树林，寺庙接连不断。亘，萦绕。背，经过。

（4）士女骈阗（pián tián）：人群熙熙攘攘。

（5）武：半步，约二尺五寸。古时以五尺为一步。

（6）畦畛（qí zhěn）：田间的界道。

（7）宽博有野致：宽广开阔，具有一种自然山野之趣。

（8）太阳西下，看见道路上的人拿着畚（běn）箕、铁锹（qiāo）、斗笠，唱着小调回家。畚，用草绳或竹篾等编成的类似箩筐的器具。插，通"锸"，锹。

（9）塍（chéng）：田埂。

（10）磊珂：形容石头众多委积的样子。七宝：据载，在阿弥陀佛如来常驻净土西方极乐世界中有七珍。不同的经书所译的七宝不尽相同，鸠摩罗什译的《阿弥陀经》所说七宝为金、银、琉璃、珊瑚、砗磲、赤珠、玛瑙。

（11）潜鳞了然，荇发可数：潜在水底的鱼儿清晰可见，荇菜的茎须都可以数得清楚。

（12）汉白玉筑的石桥如雪一般洁净，台阶整齐有序。

（13）还有一处观音大士洞，石头的纹理曲折复杂，突兀奋起，雾气凝涩，则像带着褶皱的云彩，色彩纷呈。诘曲，屈曲。驳雾，雾驳，形容云雾盛多而色彩纷呈。

（14）嫋嫋濯濯：轻盈明净的样子。嫋（niǎo），同"袅"，随风飘动的样子。

（15）晶晶：明亮闪耀的样子。

（16）明代玉河成了皇家专用的水道，也常被称为御河。

（17）它雄伟地占据了高地优势，聚拢了那景观之美，华丽的屋椽和金色的门饰高耸入云，在日光下光辉灿烂。榱（cuī），屋椽。

（18）像王徽之的竹林居所，摒除了那些脏乱都市中的荒废颓败。竹林王居，王徽之爱竹，一定在居所的空地上种植大量竹子，他说："何可一日无此君。"瓦砾，破碎的砖头瓦片，形容荒废颓败的景象。

（19）唯独寺庙的建造者展现了富丽豪奢的设计图景，缺乏对自然景观精妙构思的思考。过分强调人工雕琢，与自然不协调。不免让渴望山野自然之乐的人，萌生遁世之想。象马，指财富，杨衒之《〈洛阳伽蓝记〉序》："王侯贵臣，弃象马如脱屣；庶士豪家，舍资财若遗迹。"象马之雄图，指富丽豪奢的雄伟计划。山泽之癯，指渴望山野自然之乐的人。宋代释文珦《运有荣枯行》："来往忘机，山泽之癯。"息心望岫，又作"望岫息心"，指遁世隐居。

（20）从香山出发，沿石阶下行，顺着柳树成荫的道路走，不到一里，就到了碧云寺。

（21）偃伏着的一棵空心老树，如喷火般将泉水喷溅而出，泉水流入碧云寺，绕着寺廊周围流淌，喧闹着涌进石渠。

（22）水下有彩纹的砂石和金黄色的细沙都清晰可见。泉水通到殿前成为水池，周围以石块砌成，水深约一丈，但看上去清楚得好像只有一寸深浅。

（23）上万条红色的鱼儿，让整个池子映现出醉人的红色，耀人眼目。

（24）但是跳达泼刺的，都是几寸长的小鱼儿。那些一尺来长的大鱼，则潜泳潭底，见到食物也不跑去争抢，十分安闲宁寂。难道鱼儿的安静与急躁也同其年纪大小有关吗？

（25）如果该泉任其溅溢到石根里，不从龙口喷射出来；它的岩间砌石，不是这么表面光滑，而是裸露山骨；石渠不被修建得像槽臼似的，那么这所名刹之美，恐怕在整个东南地区都难以找到能超越的。

（26）树干坚硬，枝条盘曲，繁茂的绿叶交结，遮蔽了太阳和月亮，风和雾都屯滞其中，树皮像霜一样白，树干上有许许多多突起的赘瘤和螺旋状的纹理，粗壮的根系裸露在地面，堆积的石头嶙峋曲折。羲，羲和，指太阳。瘿（yǐng），指树木上突起的赘瘤。螺，指树木螺髻一样蟠旋的纹理。磊块诘曲，形容石块嶙峋，形态各异。

（27）娑罗树：七叶树，种子叫娑罗子，是一种中药材。

（28）黄平倩：黄辉（1553—1612），字平倩，即袁宗道《上方山四记》中的昭素，万历十七年（1589）进士，与公安派袁宗道等人结成蒲桃社，饮酒谈禅。公安派重要作家，时人誉之"诗书双绝"，与董其昌齐名。后任少詹事兼侍读学士，明光宗朱常洛的老师。

（29）了了可指：可以清楚地指出。

（30）则固皆几席间物：当然是几案和席子之上就可以欣赏到的景物。

（31）我于是和王先生定下计划，整个夏季居住在这里，以此来躲避京城的尘嚣。长安，陕西长安，古人常以之代指国都，这里指北京城。

（32）在岸边，水流冲刷后石头裸露出来，也呈现出褶皱瘦削和高耸突兀的形态，沿岸崎岖不平，坑坑洼洼，路石多裂缝。崚嶒（léng céng），高耸突兀的样子。崎嵚（qí qīn），山路崎岖不平。陷坎，陷阱，这里有坑洼的意思。

（33）有松树盘曲而纵恣，树皮皱裂干条拗折，具有一种深远的美感。夭乔（yāo qiáo），茁壮生长的样子。

（34）至于那些原野富饶，草色麦秀，无一不淹润柔滑、细腻莹洁，就像刚展开的薤叶竹席，或者刚铺就的华丽锦缎。隐畛，又作"隐赈"，富饶。薤簟（xiè diàn），用竹篾和薤叶编织的席子。

（35）已经到达山顶，预想这里可以远眺云中郡和上谷郡。而香山、金山诸峰高耸，树荫遮挡了天空。樾（yuè），树荫。

云汉，天空。

（36）只有东南方向的湖水，看起来像一面镜子，非常清晰。

（37）攀援葛藤，劈开荆棘。

（38）寺的两边石楼屹立，有百株青槐，枝繁叶茂，树荫遮蔽了修远的道路，和村庄有点相似。

（39）寺庙周围石垣环绕，像是一个大的县城。

（40）幽深净肃，效法与模仿汉代的驭娑（sà suō）殿和未央宫。规，效法。驭娑，指西汉高峨的驭娑殿。未央，指西汉长安城宏大的未央宫。

（41）北魏杨衒之游洛阳，追记劫前城郊佛寺之盛，写《洛阳伽蓝记》，精雅洁净，繁简得宜，与郦道元《水经注》历来被认为是北朝文学的双璧。

（42）王侯贵人们不吝惜资财，召来技艺高超的工匠，鬼斧神工，这整个山谷都变得富饶起来。

（43）我游玩天下，像南京的栖霞山（摄山）、牛首山，杭州的天竺山、净慈寺，确实是尘世中难得的清净安宁处。

（44）尽管京城里的人把这种行为嘲笑为用金钱填充沟壑。

（45）南朝齐尚书令王俭曾说："不这样，怎么能称为国都呢？"语出自《南史·王昙首附孙俭传》。俭谏曰："京师翼翼，四方是凑，必也持符，于事既烦，理成不旷，谢安所谓'不尔，何以为京师'。"

（46）居士二十岁时就泛舟长江，游历吴地，尽情欣赏古越山川之美；北行出塞，登上恒山石脂峰，远望单于台而回。

（47）粉黛：白粉和黑粉，代指年轻貌美的女子。

（48）丝竹：弦乐器与竹管乐器的总称，泛指音乐。

（49）安石：谢安。康乐：谢灵运。子瞻：苏轼。鸣金会食：敲锣打鼓召集朋友聚餐。慊（qiè）：满意。

（50）伊蒲：佛教用语，指修行。晏坐：闲坐。法喜：对佛法的欢喜。禅悦：佛教语，入于禅定，心神怡悦。

（51）慢慢地，从容地，早上出发去探索，傍晚返回，似乎打算就这样度过一生。

游西山小记

李流芳

出西直门，过高梁桥，可十余里，至元君祠⁽¹⁾。折而北，有平堤十里，夹道皆古柳，参差掩映。澄湖百顷，一望渺然。西山匌匌⁽²⁾，与波光上下。远见功德古刹及玉泉亭榭，朱门碧瓦，青林翠嶂，互相缀发。湖中菰蒲零乱，鸥鹭翩翻，如在江南画图中。

予信宿金山及碧云、香山。⁽³⁾是日，跨蹇而归。由青龙桥纵辔堤上。晚风正清，湖烟乍起，岚润如滴，柳娇欲狂，顾而乐之，殆不能去。

先是，约孟旋、子将⁽⁴⁾同游，皆不至，予慨然独行。子将挟西湖为己有，眼界则高矣，顾稳踞七香城中，傲予此行，何也？⁽⁵⁾书寄孟阳⁽⁶⁾诸兄之在西湖者一笑。

——《檀园集》卷八

李流芳（1575—1629），字长蘅，一字茂宰，号檀园、香海、古怀堂、泡庵，晚号慎娱居士、六浮道人，南直隶徽州歙县（今安徽歙县）人，侨居嘉定（今属上海），与唐时升、娄坚、程嘉燧合称"嘉定四先生"（清代沈韶绘《嘉定三先生像》包括李流芳、唐时升、程嘉燧）。擅画山水，学吴镇、黄公望，峻爽流畅，为"画中九友"之一，亦工书法。

题解

文章采用广角远景方式勾勒西山秀丽的风景，宛若一幅江南画卷。结尾点明"独行"之意及作记的缘由，含蓄调侃好友方应祥、闻启祥等身居繁华之地，不能超脱尘俗。文笔清新明丽，诙谐风趣，耐人寻味。

简注

（1）元君祠：碧霞元君祠，俗称妙峰山娘娘庙，位于北京门头沟区妙峰山镇涧沟村。元君：道教对女性成仙者的尊称。

（2）匌匝（gé dá）：重叠的样子。

（3）我分别在金山寺、碧云寺和香山寺，连续住了两夜。信宿，表示连住两夜。

（4）孟旋：方应祥（1560—1628），字孟旋，号青嶱，浙江省衢州府西安县（今属浙江衢州）人，明万历四十四年（1616）进士。学识渊博，名重一时。子将：闻启祥，字子将，钱塘（今浙江杭州钱塘）人。史载，闻启祥曾与李流芳一同去京候补，到北京要进城了，忽然意不自得，催促车辆径自返回。后来屡次被征召，他都辞谢不赴。

（5）子将把西湖当作自己的领地，眼界自然很高，但他却稳坐在七香城中，对我此行不屑一顾，这是为什么呢？七香城，繁华都市的意思。闻启祥曾经写有绝句《同髯公游西山》："青龙桥外柳如烟，一片西湖一带泉。恰似江南三月景，可怜有水只无船。"

（6）孟阳：邹之峰（1574—1643），字方回，钱塘人。他和李流芳、方应祥、闻启祥等曾经在杭州西湖湖畔结社"小筑"，其部分社员后来并入复社。

煤山梳妆台

沈德符

今京师厚载门内，逼紫禁城，俗所谓煤山[1]者，本名万岁山。其高数十仞，众木森然。相传其下皆聚石炭，以备闭城不虞之用者。余初未之信，后见宋景濂手跋一画卷[2]，载金台十二景，而万岁山居其一。云鞑靼初兴时，有山忽坟起，说者谓王气所生。金人恶之，乃凿其山，辇其石，聚于苑中，尽夷故地。[3]元灭金都燕，以为瑞徵，乃赐今名。陶宗仪《辍耕录》亦云。然此其说确矣。

又有梳妆台，与此山相近。予幼时往游，尚有圮材数条[4]。今尽朽腐，存台基而已。相传为耶律后萧氏洗妆之所，似亦犹煤山之说耳。[5]其旁又有兔儿山，较煤山甚卑，不知所始。当辽盛时，望气者言上有天子气，遣人迹之[6]，其地乃一小山，甚奇秀，因凿而辇致于此，凿之夜，山鸟悲鸣。事见《辽史》中。疑即此山，因指以妆台近地耶？宣宗御制《广寒殿记》，竟不及此山所自来，仅引宋艮岳为喻，盖以艮岳足垂戒万世也。[7]

辽金为厌胜之术[8]，致竭中国民力，移山不恤[9]，非辽金必不忍为，然皆无裨于运数，止资圣朝宫苑巨观。始信废兴天定，徒费经营。亦犹隋炀帝疏汴渠，只供宋朝漕运而已，况犬羊之相噬哉？[10]

高昌国之先，有玉伦的斤者，尚唐金莲公主。[11]唐使相地者至其国，云："国有福山，其强盛以此，盍坏山以弱其国。"唐以婚姻求之，的斤遂与之。唐人焚以烈火，沃以酽醋，其石碎，乃辇而去，鸟兽俱悲号七日。的斤死，传世者又数世，乃迁于火州。然则辽金又祖唐故智耳。

——《万历野获编》卷二十四

沈德符（1578—1642），字景倩，又字虎臣，浙江秀水（今浙江嘉兴）人，万历四十六年（1618）举人。出身科举世家，自幼在北京成长，曾在国子监读书。其著作包括《万历野获编》《清权堂集》《敝帚轩剩语》《顾曲杂言》《飞凫语略》《秦玺始末》等。

题解

元代万岁山指北海万寿山（琼山）。明清以来史料中的万岁山多指今天的景山。这篇文章以万岁山（煤山）为叙述对象，通过对其自然特征及相关的历史传说的描述，展开对历史变迁的深刻思考。批评辽金时期"厌胜之术"，并类比隋炀帝开凿汴渠，讽刺那些追慕虚名而忽视民生的荒唐行为。同时，通过唐与高昌国故事的引入，作者提出了"废兴天定，徒费经营"的主张。

简注

（1）煤山：现在的景山，元代称为青山。

（2）后来看到大儒宋濂（1310—1381）亲手题写跋文的一卷画。

（3）金朝人很讨厌这个说法，于是凿开那座山，搬走那些石头，积聚在园苑中，完全铲平了原来的山。

（4）我小时候前往游览，尚且还有一些破败的建筑材料。

（5）传说那里是辽国萧皇后梳洗的地方，这类似于万岁山被传为煤山。"洗妆楼"应是金章宗为妃子所建的添妆楼，多被误以为是辽后萧观音的梳妆楼，后来以讹传讹，引起很多歌咏误作，著名的像陈维崧《齐天乐·辽后妆楼》："洗妆楼下伤情路，西风又吹人到。……如今顿成往事，回心深院里，也长秋草。"纳兰成德《台城路·洗妆台怀古》："相传内家结束，有帕装孤稳，靴缝女古。"添妆楼本在北海太宁宫一带，后人又嫁接于煤山，大概与万岁山的多指有关联。

（6）遣人迹之：派遣人去追踪调查。

（7）宣宗皇帝（朱瞻基）写下《广寒殿记》，竟没有提及此山由来，仅以宋代的艮岳作为例子，因为艮岳足以让后世引以为戒。宋徽宗政和七年（1117）在汴京宫城东北隅营建艮岳（初名万岁山），广罗天下花木奇石，并亲写《艮岳记》。金攻陷东京后，艮岳的一批秀石被不远千里运往燕京。1166年，金世宗完颜雍下令在北海营建离宫——太宁宫，其间将这些太湖石堆积于琼华岛。元人郝经曾咏道："万岁山来穷九州，汴堤犹有万人愁。中原自古多亡国，亡宋谁知是石头？"

（8）厌胜之术：古代一种迷信做法，认为通过改变地理环境可以压制对方。

（9）移山不恤：不顾惜民力去移山。

（10）汴渠：又名通济渠，古代沟通黄河和淮河的骨干运河。隋炀帝大业年间贯通，但不到二十年隋朝覆亡。北宋建都东京（今开封），主要依靠这条运河把江南的粮食和各种贡品运到都城。犬羊之相噬：意思是犬羊自相吞噬，比喻内乱。《明代宗实录》："今犬羊自相吞噬，是天授以复仇之机，不可失也。"张鼐《辽夷略》："夫从来夷无定主，犬羊相噬，投骨于地，猾然而争。"

（11）虞集《高昌王世勋之碑》记载其事，但人物地理有很多错乱。因为回纥帮助唐朝平定"安史之乱"，唐肃宗把宁国公主嫁给回纥的第二任可汗葛勒可汗。宁国公主居住于金莲川，被称为金莲公主。

射所

沈德符

今京城内西长安街射所，亦名演象所[1]，故大慈恩寺也。嘉靖间毁于火后，诏遂废之，为点视军士及演马教射之地。象以非时来，偶一演之耳。[2]

会试放榜次日，新郎君并集于其中官厅内，请见两大座主。[3] 榜首献茶于前，亦可作南宫一佳话。[4] 窃谓慈恩寺名，正与唐曲江名相合，何不即以雁塔题名事属之？[5] 每三年，辄许南宫诸彦泚笔记姓名于中，亦圣朝盛事，而仅充刍牧决拾之场耶。[6]

射所东门，即双塔寺。寺隘甚，而有二砖浮屠最古，闻是唐悯忠寺故址。[7] 寺本唐文皇征高丽回，哀渡辽将士殒身行间，作此寺追荐之。后金人俘宣和、靖康二帝至京，曾寓于此。至宋亡，文信被执而北，亦絷此中。[8] 惜无有表彰故迹者。近闻一大老云，悯忠寺在宣武门外，当考。

——《万历野获编》卷二十四

双塔寺旧影

北京西长安街28号曾有大庆寿寺，始建于金世宗大定年间。明正统十三年（1448）重修，改称大兴隆寺，又名慈恩寺。嘉靖十四年（1535）毁于火灾，仅存双塔；次年改为讲武堂、演象所。因寺内西南隅有两座玲珑秀丽、巍峨壮观的砖塔，左右相拥矗立，俗称"双塔寺"，1954年被拆除，原址上建起电报大楼。这篇便是关于射所地址变迁的考证性文章。

简注

（1）射所：练习射箭的地方。演象所：大象表演的地方。明孝宗弘治八年（1495），皇家在北京建象房。《宸垣识略》："象房在阜财坊宣武门内西城墙。"

（2）大象不是时常来，偶尔演出一次而已。

（3）会试放榜的第二天，新科进士们一起聚集在官厅内，准备拜见两位主考官。

（4）状元上前进献茶水，也可以作为翰林院的一段佳话。

（5）唐代庆祝新科进士的宴会一般都设在曲江岸边的亭子中，所以叫曲江宴、曲江会。曲江宴后，新科进士一齐前往慈恩寺题名于塔壁，在同年中选出善书者书之（《太平广记》），后世称之为"雁塔题名"。

（6）每三年，就允许翰林院的各位才子们将自己的名字题写在这里，这也将是大明盛事，而不是把射所仅仅充当放牧和射箭的地方。泚（cǐ）笔，润笔，准备书写。

（7）唐贞观十九年（645），唐太宗李世民北征辽东，将士死伤数十万，他反思之余，决定在幽州建寺缅怀将士。武周万岁通天元年（696）始建成，赐名"悯忠寺"。辽清宁三年（1057），幽州大地震时，悯忠寺被毁；咸雍六年（1070），修复后又改称"大悯忠寺"。后来"寺与塔皆毁"，明正统二年（1437）四月，重建寺庙；七年（1442）明英宗赐额"崇福寺"。清雍正十一年（1733），重修并更名法源寺。据考证，重修后的法源寺比悯忠寺原址有所北移。悯忠寺和双塔寺本不是一回事，本文用"闻是"，意思是传闻是，显示了行文严谨性。

（8）宋徽宗、钦宗被俘虏并送燕京后，分别被囚禁在大延寿寺和悯忠寺。据王世仁考证，大延寿寺当位于今天枣林前街，原名胜果寺。文信，指信国公文天祥（1236—1283）。今北京东城府学胡同63号有文天祥祠，这里一般被认为是囚禁文天祥的元兵马司土牢旧址。与文天祥同科中进士的谢枋得（1226—1289，号叠山）抗元失败后，元廷迫其出仕，地方官强制其北上大都。谢枋得被禁于悯忠寺，绝食而死，门人私谥他为"文节"，今北京法源寺后街有谢枋得祠。

金鱼池

刘侗、于奕正

金故有鱼藻池，旧志云池上有殿，榜以瑶池。[1] 殿之址，今不可寻。池泓然[2] 也，居人界而塘之，柳垂覆之，岁种金鱼以为业。

鱼之种，深赤曰金，莹白曰银，雪质墨章、赤质黄章曰玳瑁。其鱼金，贵乎其银周之；其鱼银，贵乎其金周之，而别以管若箍。管者，鬣下而尾上，周其身者也。箍者，不及鬣，周其尾者也。鱼有异种者（白而朱其额曰鹤珠，朱而白其脊曰银鞍，朱脊而白点七曰七星，白脊而朱画八曰八卦），有虾种者（银目、金目、双环、四尾之属）。种故善变，饲以渠小虫，鱼则白，白则黄，黄则赤，无生而赤者。鱼病二，曰虱，曰瘟（瘦而白点，生虱也，法以粪浸新砖投之。鳞张如脱者，瘟也，法以新蓝布擦之）[3]。鱼死三，吞肥皂水得一死，橄榄相得二死，核桃皮水得三死。[4] 天将雨，鱼拍拍出水面，水底蒸如热汤也。岁谷雨后，鱼则市。[5] 大者，归他池若沼；小者，归盆若盎。[6] 若琉璃瓶，可得旦夕游活耳⁽⁷⁾。岁盛夏，游人携罍饮此，投饼饵，唉呷有声，其大者衔饵竟去。⁽⁸⁾

按：金鱼，古未闻。《鼠璞》曰："惟杭六和寺池有之。"故杜工部诗："沿桥待金鲫，竟日为迟留。"苏子瞻曰："我识南屏金鲫鱼。"⁽⁹⁾今亦贵鲫，不售鲤。盖鱼寿莫如鲤，金鲤则夭，且挊身而鸿，且投饵不应，且游迟迟，不数掷出波间也。⁽¹⁰⁾池阴一带，园亭多于人家，南抵天坛，一望空阔。岁午日，走马于此。关西胡侍⁽¹¹⁾曰："端午走马，金元躤柳⁽¹²⁾遗意也。"躤柳，今名射柳。

——《帝京景物略》卷三

刘侗（1594—1637），字同人，号格庵，湖广麻城（今属湖北）人。崇祯七年（1634）进士，授吴县知县，和于奕正合撰《帝京景物略》。《帝京景物略》文笔优美，主要记述北京地区的山川园林、庵庙寺观、桥台泉潭、岁时风俗。

于奕正（1597—1636），宛平（今北京）人，字司直，历万历、泰昌、天启、崇祯四朝。于奕正对山水和金石有着深厚的兴趣，著有《天下金石志》。

题解

自宋至明清，饲养金鱼十分普遍，讲求此道之人甚多，技艺也越来越精。本文书写了位于北京天坛之北的金鱼池，详细记述了明代北京饲养金鱼的情况，再加之达官贵人的园亭楼阁多建于此，金鱼池垂柳依依，池水荡漾，游人玩鱼观景的美好景象，宛如江浦鱼市，别有一番雅趣。

简注

（1）金朝曾建鱼藻池，据旧志记载，池上有一座宫殿，被称为瑶池。榜，题署。

（2）泓然：水清澈貌。

（3）虱病表现为鱼体瘦弱并出现白点，治疗方法是将新砖浸泡在粪水后投入池中。瘟病则表现为鱼的鳞片张开，像要脱落一样，治疗方法是用新的蓝色布擦拭鱼体。

（4）金鱼死亡常有三种原因：一是吞食了肥皂水，二是吃了橄榄渣，三是喝了核桃皮水。柤（zhā），本意斫余的残桩，也通"渣"，渣滓。

（5）每年谷雨过后，金鱼开始出售。市，买卖，交易。

（6）大的金鱼会被放入其他水塘例如池沼，小的则会被放入盆中例如瓦盆。盎（àng），腹大口小的盛物洗物的瓦盆。

（7）如果放入琉璃瓶中，金鱼可以存活一段时间供人观赏。

（8）到了盛夏时节，游客们会带着酒器来到这里，投下饼饵，金鱼唼呷有声地争食，大的金鱼会衔着饵料游走。罍（léi），古代一种盛酒的容器。唼呷（shà xiā），指鱼吃食时发出的声音。

（9）《鼠璞》，南宋戴埴著作，其中说："东坡读苏子美《六和塔》诗'沿桥待金鲫，竟日独迟留'，初不解此语，及倅杭州，乃知寺后池中有此鱼，如金色。是此鱼始于钱塘，惟六和塔有之。"岳珂《桯史》有类似记载。所以下文有误，混淆了北宋苏子美（苏舜钦，1008—1049）与唐代杜子美（杜甫，杜工部，712—770）。

（10）现在人们也偏爱鲫鱼而不买卖鲤鱼。因为鲤鱼的寿命最长，但金鲤鱼较为短命，而且身体圆而粗细一致，投食时反应不灵敏，游动速度也较慢，不像鲤鱼那样经常跃出水面。抟（tuán）身而鸿：《周礼·考工记·梓人》："小首而长，抟身而鸿，若是者谓之鳞属，以为笋。"郑玄注："抟，圜也。鸿，佣也。"

（11）胡侍：字承之，号蒙溪，明朝兵部尚书胡汝砺之子，正德十二年（1517）进士，官至鸿胪寺右少卿。

（12）躤（jí）柳：我国古代契丹族和女真族的一种射箭游戏。

万松老人塔

刘侗、于奕正

万松老人，金元间僧也。兼备儒释，机辩无际，自称万松野老，人称之曰万松老人。[1] 居燕京从容庵。漆水移剌楚材，一见老人，遂绝迹屏家，废餐寝，参学三年。[2] 老人以湛然目之 [3]，后以所评唱《天童颂古》三卷，寄楚材于西域阿里马城，曰《从容录》，自言着语出眼、临机不让也。[4] 楚材序而传至今。老人寂后，无知塔处者。

今干石桥之北，有砖甃七级，高丈五尺，不尖而平，年年草荣其顶，群号之曰砖塔，无问塔中僧者。[5] 不知何年，人倚塔造屋，外望如塔穿屋出，居者犹闷塔占其堂奥地也。[6] 又不知何年，居者为酒食店，豕肩挂塔檐，酒瓮环塔砌，刀砧钝，就塔砖砺，醉人倚而拍拍，歌呼漫骂，二百年不见香灯矣。[7] 万历三十四年，僧乐庵讶塔处店中，入而周视，有石额五字焉，曰万松老人塔，僧礼拜号恸，募赀赎而居守之。[8] 虽塔穿屋如故，然豗肩、酒瓮、刀砧远矣。

——《帝京景物略》卷四

题解

万松老人塔，全称为"元万松老人塔"，位于北京市西城区西四南大街，是金元时期著名僧人万松老人圆寂后其弟子为其建造的灵骨塔，该塔是北京城区内仅存的一座元代砖塔。本文记述了万松老人塔的由来。万松老人塔保存了金元时密檐式塔的风格，是元大都时代重要的建筑遗存，具有珍贵的历史地标意义，并对研究古代历史及古代建筑有重要价值。

简注

（1）万松老人：万松行秀，金元时期曹洞宗名僧。河南洛阳人，俗姓蔡，他兼通儒学和佛学，机智善辩，无所不晓。他自称万松野老，人们则尊称他为万松老人。

（2）耶律楚材一见到万松老人，就放弃世俗生活，不再过问家中事务，废寝忘食地向他求学三年。耶律楚材，字晋卿，号湛然居士、玉泉老人，金尚书右丞耶律履之子，元初政治家。移剌，耶律的旧译，耶律氏郡望在漆水。

（3）万松老人给耶律楚材取法名叫湛然。湛然：清澈的样子，引申指见识透彻。一说即唐代僧人湛然（711—782），天台宗高僧，其家世习儒学，幼年便有超然迈俗之志，求学于天台宗八祖门下。

（4）此处是借用万松老人给耶律楚材写信的原话："至于着语出眼，笔削之际，亦临机不让。"着语，加以评断的意思。

出眼，犹看待问题。

（5）如今在干石桥的北面，有一座七级高的砖塔，高度大约有一丈五尺，塔顶不是尖的而是平的，每年塔顶都会长满青草，人们称它为砖塔，但没有人知道塔中是否有僧人居住。干石桥，今名甘石桥。

（6）不知道从何时开始，有人依着这座塔建造了房屋，从外面看就像是塔从房屋中穿出来一样，居住在里面的人还抱怨塔占据了他们房屋的中心位置。

（7）又过了不知道多少年，居住在这里的人将这里改为了酒食店，猪肩挂在塔檐上，酒瓮环绕着塔身摆放，刀砧钝了，就直接在塔砖上磨，喝醉的人倚靠着塔身拍打着，唱歌、呼喊、漫骂，这座塔已经有两百多年没有见过香灯了。

（8）万历三十四年（1606），一位名叫乐庵的僧人惊讶地发现这座塔被店铺所包围，他进入店铺仔细查看，发现有一块石额上刻着五个字——"万松老人塔"。乐庵恭敬地礼拜并痛哭流涕，他募集资金赎回了这座塔，并亲自守护它。

钓鱼台记

刘侗、于奕正

近都邑而一流泉，古今园亭之矣。[1] 一园亭主易一园亭名，泉流不易也。[2]

园亭有名，里井人俗传之，传其初者。主人有名，荐绅先生雅传之，传其著者。泉流则自传。偶一日，园亭主慎善主之，名听士人，游听游者。[3]

出阜成门西十里，花园村，古花园。其后村，今平畴也。金王郁钓鱼台，台其处。[4] 郁前玉渊潭，今池也。有泉涌地出，古今人因之。郁台焉，钓焉，钓鱼台以名。元丁氏亭焉，因玉渊以名其亭焉。马文友亭焉，酌焉，醉斯舞焉。饮山亭、婆娑亭，以自名。[5] 今不台，亦不亭矣。堤柳四垂，水四面，一渚中央，渚置一榭，水置一舟。沙汀鸟闲，曲房人邃；藤花一架，水紫一方。自万历初，为李皇亲墅[6]。

——《帝京景物略》卷五

老北京的地图上曾标有四处钓鱼台，即东钓鱼台、西钓鱼台、南钓鱼台和北钓鱼台。玉渊潭钓鱼台也叫东钓鱼台。西钓鱼台村的位置在玉渊潭以西的马神庙南面。朝内大街以南的叫南钓鱼台，以北的叫北钓鱼台。这篇散文写的是玉渊潭钓鱼台，既有史料价值又有审美价值。作者记述了钓鱼台的方位及其发展演变的历史，以多变对不变，以不变应万变，记述园亭的变迁和泉流的恒久，展现了对自然景观的独特见解。

简注

（1）靠近都城的地方有一股泉水，古今园林亭台都会建在这里。之，出，生出，即修建。

（2）一个园林的主人改变一个园林的名称，但这个流泉一直没有变。

（3）偶然一天，园亭的主人慎重地善待它，让士人自由命名，让游人自由游览。

（4）金朝人王郁在这个地方修了一个台子，叫钓鱼台。王郁（1204—1232），字飞伯，金代大兴（今属北京）人。年少时曾居钓鱼台闭门读书，名动京都。

（5）饮山亭、婆娑亭均因文人于此饮酒、醉舞而命名。

（6）李皇亲墅：李皇亲的别墅，李皇亲指明神宗朱翊钧生母明肃太后的父亲武清侯李伟。

草桥

刘侗、于奕正

右安门外南十里草桥，方十里，皆泉也。会桥下，伏流十里，道玉河以出，四十里达于潞。⁽¹⁾故李唐万福寺，寺废而桥存，泉不减而荇荷盛。天启间，建碧霞元君庙其北。岁四月，游人集醵且博，旬日乃罢。⁽²⁾土以泉，故宜花。居人遂花为业。都人卖花担，每辰千百，散入都门。

入春而梅（九英、绿萼、红白缃），而山茶（宝珠、玉茗），而水仙（金钱、重胎），而探春（白玉、紫香），中春而桃李，而海棠（上西府，次贴梗，次垂丝，赝者木瓜。辨之以其叶，木瓜花先叶，海棠叶先花），而丁香（紫繁于白，白香于紫），春老而牡丹（栽之法，分之法，接之法，浇之法，医之法，一如博州、雒下⁽³⁾，近有藤花而牡丹叶者，曰高丽牡丹），而芍药，而李枝（北种或盆而南，南人嚼其梗，味正似杏，乃接以杏，此种遂南）。入夏，榴花外皆草花。花备五色者，蜀葵、莺粟、凤仙。三色者，鸡冠。二色者，玉簪。一色者，十姊妹、乌斯菊、望江南。秋花耐秋者，红白蓼（江乡花也，此地高几以丈）。不耐秋者木槿（朝鲜夕萎）、金钱（午后仅开，向夕早落）。耐秋不耐霜日者，秋海棠（一名断肠，或曰思妇泪所凝也）。木樨[4]，南种也，最少。菊北种也，最繁。种菊之法，自春徂夏，辛苦过农事。菊善病，菊虎类多于螟螣贼蟊[5]（瘵头者菊蚁[6]，瘠枝者黑蚰，伤根者蚯蚓，贼叶者象干虫。菊蚁以鳖甲置傍，引出弃之；黑蚰以麻裹箸头捋出之，蚯蚓以石灰水灌河水解之，象干虫磨铁线穴搜之），圃人废晨昏者半岁，而终岁衣食焉[7]。凡花无根茎花叶俱香者，夏荷秋菊也。凡花历三时者，长春也，紫薇也，夹竹桃也。香历花开谢者，玫瑰也。非花而花之者，无花果也。

草桥惟冬花支尽三季之种，抔土窖藏之，蕴火坑烜之，十月中旬，牡丹已进御矣。[8]元旦进椿芽、黄瓜，所费一花几半万钱，一芽一瓜，几半千钱。其法自汉已有之。汉世大官园冬种葱韭菜茹，覆以屋庑，昼夜煨煴，菜得温气皆生。[9]召信臣为少府，谓物不时，不宜供奉，奏罢之。⁽¹⁰⁾盖水腹坚，生气蛰，蛰者伏其毒，贾火气以怒之，木挟骄而生，不受风雨，非膳食所宜齐。⁽¹¹⁾今紫姹红妖，目交鼻取，其中人精微，于滋味正等矣。⁽¹²⁾

草桥去丰台十里，中多亭馆，亭馆多于水频圃中。⁽¹³⁾而元廉希宪之万柳堂，赵参谋之匏瓜亭，栗院使之玩芳亭，要在弥望间，无址无基，莫名其处。⁽¹⁴⁾

——《帝京景物略》卷三

题解

本文介绍了北京花乡草桥种植花木得天独厚的自然条件以及悠久的历史传统。作者以大量笔墨详尽地描绘了三十多种花卉的特点与形态。作者将文章分为春、夏、秋三个季节来写，对一些花卉的种植作了详细介绍。读之既让人欣赏到了花卉的五彩缤纷，同时也了解了诸多花卉方面的知识。

简注

（1）泉水汇聚到桥下，然后暗流十里，流入玉河，再流四十里到达潞河。

（2）每年的四月，游客们聚集一起凑钱饮酒赌博，这样的活动会持续十天。醵（jù），大家凑钱饮酒。

（3）雒（luò）下：洛阳的别称。

（4）木樨（xī）：桂花。

（5）螟（míng）：螟虫。螣（téng）：蛇。蠃：通"蠃"（luó），蜾蠃。

（6）癃（lóng）：病。

（7）对付这些害虫，园丁们要花费半年时间，但一整年的衣食都靠这些菊花。

（8）草桥这里冬天的花是保存了春、夏、秋三季的种子，取土窖藏，然后用火坑加热，到了十月中旬，牡丹花就已经进献给皇宫了。烜（xuǎn），干燥照亮，晒干，使温暖。

（9）汉朝时大官园里冬天种植葱、韭菜等蔬菜，用房屋覆盖，昼夜用火加热，蔬菜得到温暖就生长起来。爆（hàn），烘烤。煴（yūn），微火，无焰的火。

（10）召信臣担任少府时，认为这些蔬菜不合时令，不应该用来供奉皇室，于是上奏请求废止。

（11）大概是因为水结冰时，生气潜伏，潜伏的生气带有毒性，用火气来激发它，草木就会带着骄气而生长，没有经受过风雨，不适合作为食物。

（12）现在这些花卉艳丽多彩，人们观其色、嗅其香，其对于人的微妙影响，与美味是相等的。

（13）草桥距离丰台十里，中间有很多亭台馆所，亭馆多建于水边花圃中。濒，通"濒"，水边地。

（14）其中元代廉希宪的万柳堂、赵参谋的匏瓜亭、栗院使的玩芳亭，这些都在视线范围内，但无法找到它们的确切位置。《大明一统志》载："万柳堂在府南，元廉希宪别墅。《辍耕录》：堂临池数亩，池中多莲，绕池植柳数百株，每夏柳阴莲香，风景可爱。""匏瓜亭在府南一十里，亭多野趣，元赵参谋别墅，王恽诗'君家匏瓜尽樽彝，金玉虽良适用齐。为报主人多酿酒，葫芦从此大家提'。"

清文 二十篇

清金瓯永固杯

退谷小志

孙承泽

退谷在水源头傍[1]。退翁记云：京西之山为太行第八陉[2]，自西南蜿蜒而来，近京列为香山诸峰。乃层层东北转，至水源头，一涧最深，退谷在焉。后有高岭障之，而卧佛寺及黑门诸刹环蔽其前，冈阜回合[3]，竹树深蔚，幽人之宫也。

水源头两山相夹，小径如线，乱水淙淙，深入数里。有石洞三，傍凿龙头，水喷其口。又前数十武，土台突兀，石兽甚巨，蹲踞台下，相传为金章宗清水院。章宗有八院，此其一也。水分二支：一至退谷之傍，伏流地中，至玉泉山复出。昔有人注油水中，玉泉水面皆油也；一支至退谷亭前，引灌谷前花竹。

谷口甚狭，乔木荫之，有碣[4]，曰退谷。谷中小亭翼然，曰退翁亭。亭前水可流觞。东上，则石门巍然，曰烟霞窟。入则平台南望，万木森森，小房数楹，则为退翁书屋。一榻，一炉，一罂樽[5]，书数十卷，萧然行脚也。

谷之后，高岭峨峨。摄衣而上，为古茔⁽⁶⁾。茔垣之外，有台可憩⁽⁷⁾。茂松蔽之，不见其下。

谷之东，则隆教寺。寺前旧在退谷上，移置石门之东。殿供大士像，岁久漶漫⁽⁸⁾。寺僧秋月募善知识缮饰之。境地深邃，可供趺跏⁽⁹⁾。

谷之前，为莳植花竹之圃。中有僧家别院，养牡丹数百本，石楼孤峙，面面皆花。北望退谷，掩映翠樾中，如悬董巨⁽¹⁰⁾妙画在阁之壁。

谷口外，沿泉东行，皆石壁也。大石一方，上建观音阁。再东则卧佛寺。傍扉入扉，娑罗古树，大可数围，柯干参天，瞿昙⁽¹¹⁾酣卧殿上。乱后寺废，香灯久断矣。寺门白塔高矗，大松两行拥之，香翠扑人衣裾。

谷西南里许，为广应寺。寺有白松如雪。门外深涧，石桥横之。桥傍乔松数十株，箕踞其下。看碧云、香山诸寺，丹甍碧瓦如蜃楼，如绛阙⁽¹²⁾，又惝恍如梦际。

谷西，越涧而过，则长岭横拖。岭半，为章宗看花台。古松一株，夭矫磅礴。拾级而登，此则佳主人也。

谷后，逾岭数重，则见汤峪、画眉诸山，

东北烟树迷蒙，巩华城也。又天半摇摇，万马腾空而下，天寿玄宫也。

广应寺之西，为木兰陀。由寺前鸟径西指，过小桥三四，径渐峻，盘旋而上，始至玉皇殿。殿南别院有轩，有室，小楼三层，踞山之巅，俯视弘光寺、松盘、香山、来青轩诸胜。殿北，深涧悬崖，水出洞中。傍为鱼池，为药栏，为篁丛。殿侧有满井，水可手掬。西山山顶之井，广皇寺与此为二，甘冽似中泠[13]。谷中瀹茗[14]，取给二井。退谷逸叟记。

——《春明梦余录》卷六十八

孙承泽（1592—1676），字耳北，一作耳伯，号北海，又号退谷，一号退谷逸叟、退谷老人、退翁、退道人，顺天大兴人（今属北京），祖籍山东益都（今山东青州）。明崇祯四年（1631）进士，官至刑科都给事中。先投降李自成大顺政权，后又投降清朝，曾任太常寺卿、大理寺卿、吏部左侍郎等职。富收藏，精鉴别。起先居住在京师宣武门外寓所，今后孙公园25号也有其故宅，后来又在西山樱桃沟筑造别墅，修造"退翁亭"，开始山林隐逸的生活。他治史态度严谨，他所写的《春明梦余录》和《天府广记》两书引用不少档案材料，详细记载了明朝的中央机构和典章制度。

题解

清顺治十一年（1654）由吏部左侍郎任上退职的孙承泽隐居于樱桃沟，自号"退翁"，并作《退谷小志》，故樱桃沟（位于今北京门头沟）方得正名为"退谷"。本篇文章记叙了退谷内的"退谷水源"（水源头）、清水院、退翁亭、退翁书屋、寺庙等景色，作者笔下的退谷环境清幽，景色甚佳，描绘了京郊的清雅之景，也从侧面反映出作者对隐居生活颇有怡然自得之感。

简注

(1) 傍：同"旁"，旁边，侧。

（2）陉（xíng）：山脉中间断开的地方。

（3）冈阜回合：山丘环绕。冈阜，山丘。回合，缭绕，环绕。

（4）碣：圆顶的石碑。

（5）瘿樽：以树木因受到真菌感染或害虫的刺激而形成的瘤状物（称为瘿瘤）为原材料制作的木雕酒杯。

（6）茔：坟茔，墓地。

（7）憩：休息。

（8）漫漫：模糊难辨。

（9）趺跏：双足交叠而坐。此处指供佛像。

（10）董巨：董源、巨然。董源（约937—约962），南派山水画开山鼻祖。南唐时期，曾任北苑副使，人称"董北苑"；南唐灭亡后，进入北宋，与李成、范宽，并称"北宋三大家"。巨然，生卒年不详，早年在江宁（今南京）开元寺出家。南唐降宋后到汴京（今河南开封），居于开宝寺。擅画山水，以长披麻皴画山石，笔墨秀润，为董源画风之嫡传，并称"董巨"，荆浩、关仝、董源、巨然并称"荆关董巨"。

（11）瞿昙：印度刹帝利种的一个姓，即释尊所属之本姓，又作裘昙、乔答摩、瞿答摩、俱谭、具谭，意译作地最胜、泥土、地种、暗牛、灭恶。此处作佛的代称。

（12）香山寺、碧云寺等，红色的屋脊，碧绿的瓦片，看起来如同蜃气变幻成的楼阁，或者仙人所居的宫殿。甍（méng），屋脊。绛阙，宫殿寺观前的朱色门阙，也借指朝廷、寺庙、仙宫等。

（13）泉水甘美清澄，好像中泠泉。中泠泉，位于江苏镇江金山寺外，被誉为"天下第一泉"。唐宋时期泉水在长江中，江水受石簰山和鹘山阻挡，水势曲折为三泠，即南泠、中泠、北泠，中泠泉在中间一个水曲之下，因此得名。

（14）瀹（yuè）茗：煮茶。

考蓟

顾炎武

《汉书》："蓟，古燕国，召公所封。"《后汉书》："蓟，本燕国，刺史治。"自七国时，燕都于此。项羽立臧荼为燕王，都蓟。高帝因之为燕国。元凤元年，燕刺王旦自杀，国除，为广阳郡。[1]本始元年为广阳国。建武十三年，省属上谷。永平八年（一作永元六年），复为广阳郡。晋复为燕国，魏为燕郡。[2]隋开皇初废，大业初置涿郡。唐天宝元年，更名范阳郡，并治蓟。《水经》："湿水过广阳县北，又东至渔阳雍奴县。"注："今城内西北隅有蓟丘，因丘以名邑也。"[3]《后汉书·彭宠传》："宠反渔阳，自将二万余人攻朱浮于蓟。"[4]《晋书·载记》：魏围燕中山，清河王会自龙城遣兵赴救，建武将军余崇为前锋，至渔阳，遇魏千余骑，鼓噪直进，杀十余人，魏骑遁去。[5]崇亦引还，会乃上道徐进，始达蓟城。即此三事[6]，可见蓟在渔阳之西。《唐书·地理志》："幽州范阳郡治蓟。"开元十八年，析置蓟州渔阳郡，治渔阳。及辽，改蓟为析津县，因此蓟之名遂没于此而存于彼。今人乃以渔阳为蓟，而忘其本矣。

《史记·乐毅书》："蓟丘之植，植于汶篁。"[7]《一统志》云："城西北隅即古蓟门，旧有楼馆并废，但门外存二土阜，旁多林木，颇为近之。"《礼记·乐记》："武王克殷反商，未及下车而封黄帝之后于蓟。"（《水经注》误云尧后）疏云："今涿郡，蓟县是也，即燕国之都。"孔安国、司马迁及郑皆云燕祖召公，与周同姓。案，黄帝姓姬，召盖其后也。而皇甫谧以召公为文王之庶子。考之史传，更无所出。又《左传》富辰之言亦无燕也。[8]案，先儒之说，以蓟与燕国为一。《史记·燕世家》："武王伐纣，封召公于北燕。"《索隐》曰："北燕，今在幽州蓟县故城。"盖一地不容封二国，故疑召公即黄帝之后，其不曰燕而曰蓟者，有南北二燕，故称其国都以明之也。

——《京东考古录》

顾炎武（1613—1682），本名继坤，改名绛，字忠清，后改名炎武，字宁人，号亭林，世称亭林先生，南直隶昆山人。与黄宗羲、王夫之合称"清初三先生"。在昆山参加抗清活动失败后，顺治十四年（1657）元旦，顾炎武晋谒明孝陵，然后返回昆山，将家产尽行变卖。此后二十多年间，顾炎武孑然一身，游踪不定，足迹遍及山东、河北、山西、河南，遍历关塞，访学问友，"往来曲折二三万里，所览书又得万余卷"。著有《日知录》《昌平山水记》《京东考古录》等。顾炎武在京期间，多次寓居报国寺，今报国寺有顾亭林祠，系道光二十三年（1843）翰林院编修何绍基、贡生张穆等发起筹资所建，随后这里有长达八十年声势浩大的民间祭祀亭林先生的活动。这是京城文人雅集的重要场所，有何绍基作《顾祠春禊图》、秦炳文作《顾祠雅集图》等画作传世。

题解

《京东考古录》为顾炎武所撰的地理考证著作，《天下郡国利病书》已收录。此书据从《史记》至《明实录》等历代史地专书，对北京到山海关一带的历史地理情况详加考证。《考蓟》主要探讨的是蓟地（今北京一带）的历史沿革。

简注

（1）参本选《燕刺王旦歌》。

（2）西晋时期，蓟地又设置燕国。北魏时期，蓟地成为燕郡。晋，指西晋；魏，指北魏。

（3）参本选郦道元《水经注·漯水（节选）》。

（4）参本选朱浮《为幽州牧与彭宠书》。

（5）北魏皇始元年（后燕永康元年，396），拓跋珪率大军南下，攻占燕都中山（今河北定州），为统一北方奠定了基础。后燕宗室大臣慕容会，封爵清河王，任幽州刺史，曾派军以建威将军余崇为前锋进兵渔阳，击溃北魏千余骑兵。

（6）就这三件事情来看。"三事"指《水经注》载湿水过广阳县北，东至渔阳；彭宠反渔阳，攻朱浮于蓟；慕容会先在渔阳挫败北魏军，然后才到达蓟城。

（7）参本选乐毅《报燕惠王书》。

（8）《左传》中富辰列举周文王、武王、周公之后所立诸国，没有提到燕国。指《僖公二十四年》富辰所谓："臣闻之，大上以德抚民，其次亲亲以相及也。昔周公吊二叔之不咸，故封建亲戚以蕃屏周。管蔡郕霍，鲁卫毛聃，郜雍曹滕，毕原酆郇，文之昭也。邗晋应韩，武之穆也。凡蒋邢茅胙祭，周公之胤也。"

孙承宗殉节

计六奇

孙承宗，字稚绳，号恺阳，北直高阳人。万历甲辰进士[1]，廷试第二。庚戌[2]，取士钱谦益等。乙卯，主考应天。[3] 天启年，升少詹。[4]

二年，升礼部右侍郎，寻迁兵部尚书，兼东阁大学士。时二月十二日也，广宁沦溃，王在晋代熊廷弼经略辽东，请筑重关于山海关之八里铺，谓："外关即破，内关尚可守，而外关之兵无可逃。"为工二万余人，为费百万，而城楼诸费不与焉[5]。承宗曰："守宁远者，所以守关门。退处于关，则永平动摇，京师震动，势必大乱。八里铺去关门未及一舍[6]地，是山海为孤注也。"役遂罢。

自请行边，上御门临送，赐剑，坐蟒，既莅任，开屯筑堡，招徕流移百万，又练军得精兵五万。凡经营四年，辟地四百里。魏忠贤与群小畏忌之，诬左袒东林，五年勒致仕归。[7]

崇祯二年，大清兵入，特起原官。辛未，十七疏乞休，赐金币驰驿归。[8] 以力谢款议，与枢臣熊明遇、首辅周延儒之议左⁽⁹⁾也。

戊寅十一月十二日，大清兵薄高阳城。⁽¹⁰⁾承宗率邑绅，誓死登陴。⁽¹¹⁾顾土城低脆，外援不至。大清兵昼夜环攻，石尽矢竭，力不能支。承宗守北门，谓家人曰："我死此矣，汝辈各自逃生。"家人环泣不忍去。城既破，大清兵掖⁽¹²⁾之去，入城南老营中，用苇席藉地，望阙叩头，叱持缳者，趋缢，俄乃绝⁽¹³⁾。年八十，子孙凡十九人，皆力战从死。

事闻，先帝震悼，薛国观靳其恤典，弗肯与⁽¹⁴⁾。久之，南都追赠太傅，谥文忠。⁽¹⁵⁾

承宗铁面剑眉，须髯戟张，声如鼓钟，殷动墙壁。年二十余，为举子，游塞下，知要害。凡史官在禁近者，皆俯躬低声，涵养相体，谓之女儿官。承宗独不然，讲筵献替，务为激切剀直。⁽¹⁶⁾所著文集一百卷，及《吊二十五忠诗》行世。

——《明季北略》卷十四

作者简介

作者简介

计六奇（1622—约1687），字用宾，号天节子，别号九峰居士。江苏无锡人。从小家境贫困，寄读塾馆。入清后，乡试不举，无意仕进，以坐馆教书终其一生。著有《明季北略》和《明季南略》等。

题解

本文主要描写了明末封疆大吏孙承宗（1563—1638）满门壮烈的高尚节义。孙承宗主张守宁远，反对王在晋筑内关八里铺，自请边关都师。却因为朝廷内部阉党专权，被诬去职归乡。崇祯年间又临危受命，却屡遭弹劾，不得不再度回乡。清兵攻陷高阳城，孙承宗被俘，自缢而死（文中称被缢死）。钱谦益专门写了孙承宗行状，其中说道："公生长北方，游学塞下，钟崆峒戴斗之气，负燕赵悲歌之节，为文章雄健深厚，似其为人，不烦绳削，不事模拟。……惟公之立人本朝，志在于正朝廷，清宫府，杜私门，破朋党。譬诸青天白昼，横目四足，皆仰其清明，而秋霜夏日，善人君子，亦惮其凛烈。"

简注

（1）万历甲辰：明神宗万历三十二年（1604）。

（2）庚戌：万历三十八年（1610）。

（3）万历四十三年（1615），在南京应天府做乡试的考官。

（4）明熹宗朱由校在位时（天启，1621—1627），升少詹事，负责辅导太子的事务。

（5）为费百万，而城楼诸费不与焉：要花费百万，修建城楼等诸多费用还不包括在内。

（6）一舍：古代一种计算划分单位，古代以三十里为一舍。

（7）魏忠贤及其群党畏惧顾忌他，诬陷他袒护东林党人，天启五年（1625）勒令他辞官回乡。

（8）崇祯四年（1631）孙承宗多次上疏奏请辞官，被赐金币，乘驿马回归乡里。

（9）左：意见相左，观点不一致。

（10）崇祯十一年（1638）十一月十二日，清兵逼近高阳城（今属保定，在雄安之南）。

（11）孙承宗率领地方上的士绅，登城死守。陴（pí），城上的矮墙，亦称"女墙""城垛子"。

（12）掖：挟持。

（13）叱令手持绳索的人赶快缢死我，于是死去。缳（huán），绳索。

（14）薛国观吝惜应该给予孙承宗的抚恤恩典。靳，吝惜。

（15）崇祯十七年（1644）九月，南明弘光帝朱由崧赐孙承宗谥号"文忠"，并赠太傅。

（16）在天子的经筵提出意见建议的时候，务求激烈直率，恳切坦诚。

池北偶谈（四则）

王士禛

汉军汉人

本朝制，以八旗辽东人号为汉军[1]，以直省人为汉人。元时则以契丹、高丽、女直、竹因歹、竹亦歹、术里阔歹、竹温、勃海八种为汉人，以中国为南人。[2]

（卷三）

国朝官制

国初内三院满洲大学士谓之榜式，乌金超哈官大学士亦称榜式。[3] 如范文肃公、宁文毅公[4]是也。六部初不置尚书，率以贝勒管部事，置侍郎以佐之，有满洲、汉军（即乌金超哈）、汉人各二员。[5] 后置尚书。久之又省去汉军侍郎，定为满汉尚书各一员，侍郎各二员。汉军亦有为汉侍郎者。满洲郎中、员外郎，初称理事官、副理事官，后乃改从汉官之称，惟协理兵部督捕、太仆寺汉少卿二员改称理事官。

科道⁽⁶⁾初亦称理事，后改同汉人，俱称给事中、御史云。

（卷三）

满洲乡试

丁卯夏⁽⁷⁾，恩诏"八旗满洲、蒙古、汉军，原有定例，同汉人一体开科取士。前因用兵，暂行停止，今仍照旧举行"。礼部题请于直隶举人额外，满洲、蒙古取中举人十名，另编满字号；汉军取中举人五名，另编合字号（汉军称乌金超哈故也）。会试亦于汉进士额外，满洲、蒙古取中四名，汉军取中二名，皆与汉人一体作文考试。盛京生员，附入在京八旗。⁽⁸⁾本年乡试期迫，俟庚午、辛未科举行云。

（卷四）

汉人唐人秦人

昔予在礼部，见四译进贡之使，或谓中国为汉人，或曰唐人。⁽⁹⁾谓唐人者，如荷兰、暹罗诸国。⁽¹⁰⁾盖自唐始通中国，故相沿云尔。⁽¹¹⁾马永卿引《西域传》言"秦人，我丐若马"，注：

"谓中国人为秦人。"⁽¹²⁾ 各以通中国时为称，古今不易也。

（卷二十一）

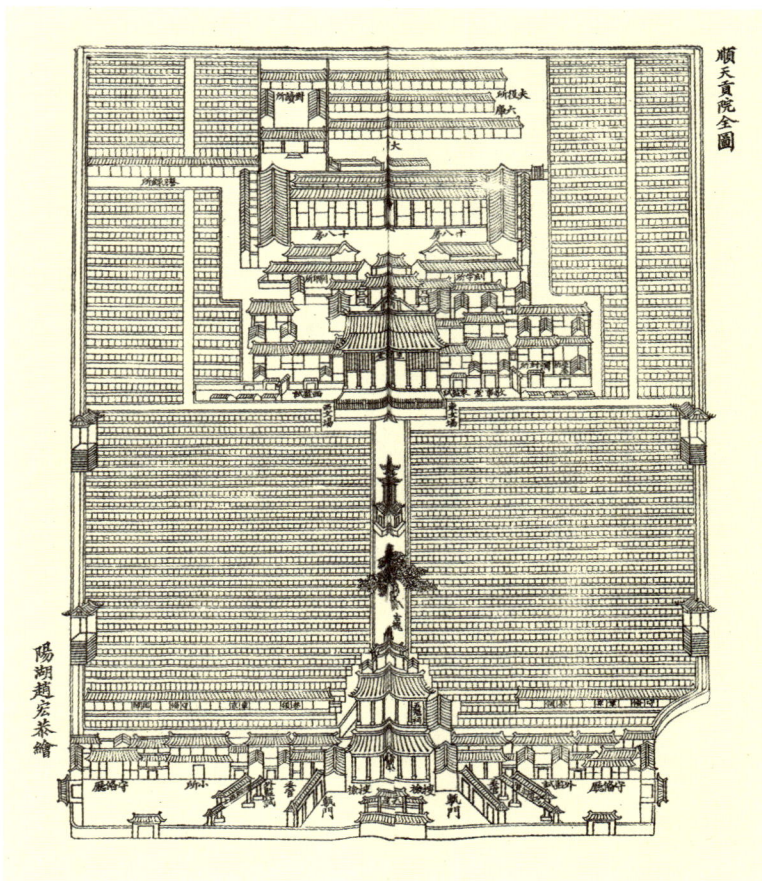

《顺天贡院全图》，出自《光绪顺天府志》

　　王士禛（1634—1711），字子真，一字贻上，号阮亭，又号渔洋山人，世称王渔洋。后来雍正皇帝继位，避"胤禛"讳，被改称王士正；乾隆三十九年（1774），被改为王士禛。新城（今山东桓台）人。顺治九年（1652），在京应会试，落第。顺治十五年（1658）春，赴京，进士及第，观政兵部，备任。康熙四十三年（1704），官至刑部尚书。王士禛是清初文坛盟主，在诗文创作与理论方面主张"神韵说"，还能突破传统偏见，重视和高度评价小说、戏曲、民歌等通俗文学。一生著述达五百余种，主要有《渔洋山人精华录》《带经堂集》《五代诗话》《池北偶谈》《居易录》《香祖笔记》等。

题解

　　《池北偶谈》又名《石帆亭纪谈》，共二十六卷，是王士禛所撰写的清代史料笔记。内容分成四部分："谈故""谈献""谈艺""谈异"，涵盖了清代典章制度、人物轶事、诗文评论以及神怪故事等多个方面。本文选录了其中汉军汉人、国朝官制、满洲乡试、汉人唐人秦人四条掌故，对于今人了解汉军、汉人这些概念有很大帮助，体现了北京多民族共融的特征，以及它作为文化交流中心的定位。

简注

　　（1）按清朝制度，八旗制度下的辽东（今辽宁地区）人被称为汉军，直隶省人被称为汉人。这是清朝初期的政策，用以区分满族八旗和加入八旗的汉族士兵。

（2）在元朝时期，将契丹、高丽（朝鲜）、女真（女直）、竹因歹、竹亦歹、术里阔歹、竹温、勃海等八个民族或族群的人都归类为汉人，将原南宋统治下的人称为南人。中国，中原地区。

（3）清朝初期，内三院的满洲大学士被称为榜式，乌金超哈官（指满洲八旗中的某个旗或部门的官员）中的大学士也称为榜式。内三院，即内国史院、内秘书院、内弘文院，清代内阁前身，辅助皇帝处理政务的枢要机构。乌金超哈，满语音译，字面意思为"重兵"，即由满洲汉人组成的制造并使用大炮的部队，有时代称满洲汉军。

（4）范文肃公：范文程（1597—1666），辽东沈阳人，清朝开国重臣，谥文肃。宁文毅公：宁完我（1593—1665），辽阳人，清初大臣，谥文毅。

（5）六部最初没有设置尚书职位，通常由贝勒负责管理部事务，设置侍郎来辅佐贝勒。贝勒，多罗贝勒，满族贵族称号。侍郎，包括两名满洲汉军、两名汉人。

（6）科道：明清六科给事中与都察院十三道监察御史总称，俗称两衙门，职司风纪督察，谏言议政。

（7）丁卯：当指康熙二十六年（1687）。但据《清稗类钞·考试类》，八旗科举始于天聪。顺治辛卯（顺治八年，1651）始见明文，吏部奏请准满洲、蒙古、汉军各旗子弟有通文义者，提学御史考试取入顺天府学。康熙癸卯（康熙二年，1663），复准满洲、蒙古、汉军生员乡试。宗室科举始于康熙丁丑（康熙三十六年，1697）。

（8）盛京的学生，纳入在北京的八旗体系中参加考试。盛京，清朝（后金）在1625年至1644年的都城，即今辽宁沈阳。

（9）过去我在礼部工作，见到来自四方的翻译和进贡的使者，他们对中国人有的称汉人，有的称唐人。四译，泛指四方邻国。

（10）称唐人的，如荷兰、暹（xiān）罗等国。大概是因为从唐朝开始与中国有交流，所以沿袭这个称呼。暹罗，今泰国。

（11）盖：文言虚词，表示大概。 云：如此，这样；引用文句或谈话时，表示结束或有所省略。

（12）马永卿引用《汉书·西域传》："秦人，我们送给你们马。"注解说："这是把中国人称为秦人。"

香祖笔记（两则）

王士禛

　　京师粥花者，以丰台芍药为最。[1] 南中[2]所产，惟梅、桂、建兰、茉莉、栀子之属，近日亦有佛桑、榕树。榕在闽广，其大有荫一亩者，今乃小株，仅供盆盎之玩。[3] 佛桑重台者，永昌名花上花，见《艺林伐山》。[4]

（卷一）

　　鸟兽毛羽之奇异者，如红紫鹦鹉、五色鹦鹉、红鸽、红鸠、鹅儿黄马、桃红瓣点子花马、朱毛虎、山水文豹、朱砂鼠、绿蝴蝶，予或见或闻，杂记于《池北偶谈》《居易录》二书。

　　近日京师，金鱼颜色种种变化，尤为艳异。而白鱼朱砂点，或在首，或在背，或在尾。置之盆池，游泳唼喋，粲若锦绮，信生物之不可测也。[5] 闻又有蓝其色者，惜未见。

　　至于鸽之属，兔之属，亦多异种，不能悉记。又顾邻初《客座赘语》[6]云，全椒学博王忠徵曾以祷雨见红鹅[7]，疑是神物，非世所恒有。

莱阳姜如农（埰）别墅有红鹅馆[8]，陈其年（维崧）检讨诗余有"紫鹅桥"[9]，未详出处，不敢辄书。

（卷七）

《香祖笔记》这两则文字，反映了清代北京贩售花卉及宠物的场景，尽显古都经济之繁盛与文化的多元交融。京城所售植物、动物皆品种繁多、产地多元，这见证了南北物产交流的繁荣景象，彰显出京城居民生活情趣的多样性。

简注

（1）北京所卖的花，以丰台芍药最为著名。粥（yù），同"鬻"，卖。

（2）南中：中原南方地区。

（3）榕树生长在福建和广东地区，其中大的可以遮蔽一亩地。现在是小株，只能作为盆景供人欣赏。

（4）佛桑花有多重花瓣的品种，在永昌地区被称为花中之花，见于杨慎所著《艺林伐山》。

（5）放在盆池里，它们鱼口向上，自由游动，色彩斑斓，如同锦缎一般，让人相信生物界的奇妙是无法预测的。噞喁（yǎn yóng），鱼口向上，露出水面。

（6）顾邻初：顾起元（1565—1628），字太初，一作邻初、璘初、瞒初，号遁园居士，明朝应天府江宁（今江苏南京）人，著有笔记《客座赘语》十卷，记述南京地区的地理形势、水陆交通、风土习俗、名人轶事等内容。

（7）全椒的学官王忠徵曾经因为祈雨而见到红鹅。学博，明人对学官的雅称。王忠徵时为全椒县训导。

（8）莱阳人姜埰的别墅中有红鹅馆。姜埰（1607—1673），明末清初山东莱阳学者，字如农，号乡塾。

（9）陈维崧检讨在词作中提到"紫鹅桥"。陈维崧（1625—1682），字其年，号迦陵，南直隶常州府宜兴（今属江苏）人，"明季四公子"之一陈贞慧之子。康熙元年（1662），陈维崧至扬州与王士禛、张养重等修禊红桥。康熙十八年（1679），举博学宏词科，授官翰林院检讨。

圆明园记

胤禛

圆明园在畅春园之北，朕藩邸⁽¹⁾所居赐园也。在昔，皇考圣祖仁皇帝听政余暇，游憩于丹陵沜之涘，饮泉水而甘，爰就明戚废墅，节缩其址，筑畅春园，熙春盛暑时临幸焉。⁽²⁾朕以眇躬⁽³⁾拜赐一区，林皋清淑，陂淀渟泓，因高就深，傍山依水，相度地宜，构结亭榭。取天然之趣，省工役之烦。槛花堤树，不灌溉而滋荣；巢鸟池鱼，乐飞潜而自集。盖以其地形爽垲⁽⁴⁾，土壤丰嘉，百汇易以蕃昌。宅居于兹，安吉也。园既成，仰荷慈恩，锡以园额曰"圆明"。朕尝恭迓銮舆，欣承色笑，庆天伦之乐，申爱日⁽⁵⁾之诚。花木林泉，咸增荣宠。

及朕缵承大统，夙夜孜孜，斋居治事。⁽⁶⁾虽炎景郁蒸，不为避暑迎凉之计。⁽⁷⁾时逾三载，金谓大礼告成，百务具举，宜宁神受福，少屏烦喧。而风土清佳，惟园居为胜。始命所司酌量修葺，亭台邱壑，悉仍旧观，惟建设轩墀，分列朝署，俾侍直诸臣有视事之所。⁽⁸⁾构殿于园之南，御以听政。晨曦初丽，夏暑方长，召对咨询，频移昼漏，与诸臣相接见之。时为多园之中，或辟田庐，或营蔬圃，平原膴膴，嘉颖穰穰。[9] 偶一眺览，则遐思区夏，普祝有秋。至若凭栏观稼，临陌占云，望好雨之知时，冀良苗之应候，则农夫勤瘁，稼事艰难，其景象又恍然在苑囿间也。

若乃林光晴霁，池影澄清，净练不波，遥峰入镜，朝晖夕月，映碧涵虚，道妙自生，天怀顿朗。乘机务之少暇，研经史以陶情，拈韵挥毫，用资典学。凡兹起居之有节，悉由圣范之昭垂，随地恪遵，罔敢越轶。其采橡栝柱，素甓版扉，不斫不枅，不施丹艧，则法皇考之节俭也。[10] 昼接臣僚，宵披章奏，校文于墀，观射于圃，燕闲斋肃，动作有恒，则法皇考之勤劳也。春秋佳日，景物芳鲜，禽奏和声，花凝湛露，偶召诸王大臣从容游赏，济以舟楫，饷以果蔬，一体宣情，抒写畅洽，仰观俯察，游泳适宜，万象毕呈，心神怡旷，此则法皇考之亲贤礼下，对时育物也。

至若嘉名之锡以圆明，意旨深远，殊未易

窥。尝稽古籍之言，体认圆明之德。夫圆而入神，君子之时中也；明而普照，达人之睿智也。若举斯义以铭户牖，以勖身心。虔体天意，永怀圣诲，含煦品汇，长养元和，不求自安而期万古之宁谧，不图自逸而冀百族之恬熙⁽¹¹⁾。庶几世跻春台，人游乐国，廓鸿基于孔固，绥福履于方来，以上答皇考垂佑之深恩。而朕之心至是或可以少慰也。夫爰宣示予怀而为之记。

——《世宗宪皇帝御制文集》卷五

胤禛（1678—1735），清雍正皇帝，曾自号破尘居士、圆明主人，生于北京紫禁城永和宫，康熙帝第四子，康熙六十一年（1722），康熙帝畅春园病逝后继承皇位，次年改年号雍正。在位期间，勤于政事，自诩"以勤先天下"，整顿吏治，创立密折制度监视臣民，设立军机处以专一事权。庙号世宗，葬清西陵之泰陵，传位第四子弘历。

题解

康熙皇帝中后期常常居住在畅春园处理政务，后来他将畅春园周边的一些园林分赐给诸位皇子。康熙四十六年（1707），康熙帝将畅春园北面的一座园林赐予四子胤禛，这就是后来的圆明园。雍正二年（1724），雍正皇帝扩建圆明园。本文作于圆明园扩建完成后，主要内容是雍正皇帝自叙于圆明园中的生活情景。文中记载了圆明园中的亭台楼阁、山林泉水等诸多景色，也有帝王勤于政务，爱惜民力，与臣子赏游等诸多侧写。本篇文章带领读者以独特的第一人称视角观察圆明园，了解圆明园。

简注

（1）藩邸：做藩王时的宅第。

（2）皇考圣祖仁皇帝：康熙皇帝。丹陵沜（pàn）：位于海淀镇西，为万泉河与巴沟河汇集成湖，再流进西花园、畅春园。畅春园：康熙在明神宗外祖父李伟的别墅"清华园"废址上建立的皇家园林。涘（sì）：水边。熙春：明媚的春天。

（3）扈跸（hù bì）：随侍皇帝出行。

（4）爽垲（kǎi）：高爽干燥。

（5）爱日：指儿子供养父母的时日。扬雄《法言·孝至》："事父母自知不足者，其舜乎！不可得而久者，事亲之谓也。孝子爱日。"

（6）等我继承帝位，日日夜夜都孜孜不倦，斋戒别居，办理公务。缵（zuǎn），继承。

（7）虽然阳光酷烈，溽暑蒸热，但我都没有避暑迎凉的打算。炎景，酷热的阳光。郁蒸，闷湿蒸热的天气。

（8）开始命主管官吏适当修葺亭台丘壑，悉数沿袭原来的样子，只是建造宫殿，分列朝廷官署，使当班的大臣们有办公的地方。轩墀（chí），殿堂前的台阶，借指殿堂。

（9）膴（wǔ）膴：肥沃的意思。颖：禾穗。穰穰：形容五谷丰饶。

（10）采椽：栎木或柞木做的椽子。栝（guā）柱：桧树做的柱子。甓（pì）：砖。扉：门扇。采椽栝柱，素甓版扉：不加修饰，象征着简朴的生活。枅（jī）：柱子上的支承大梁的方木。丹雘（huò）：涂饰色彩。

（11）百族之恬熙：百姓的安乐。

清代《五园图》

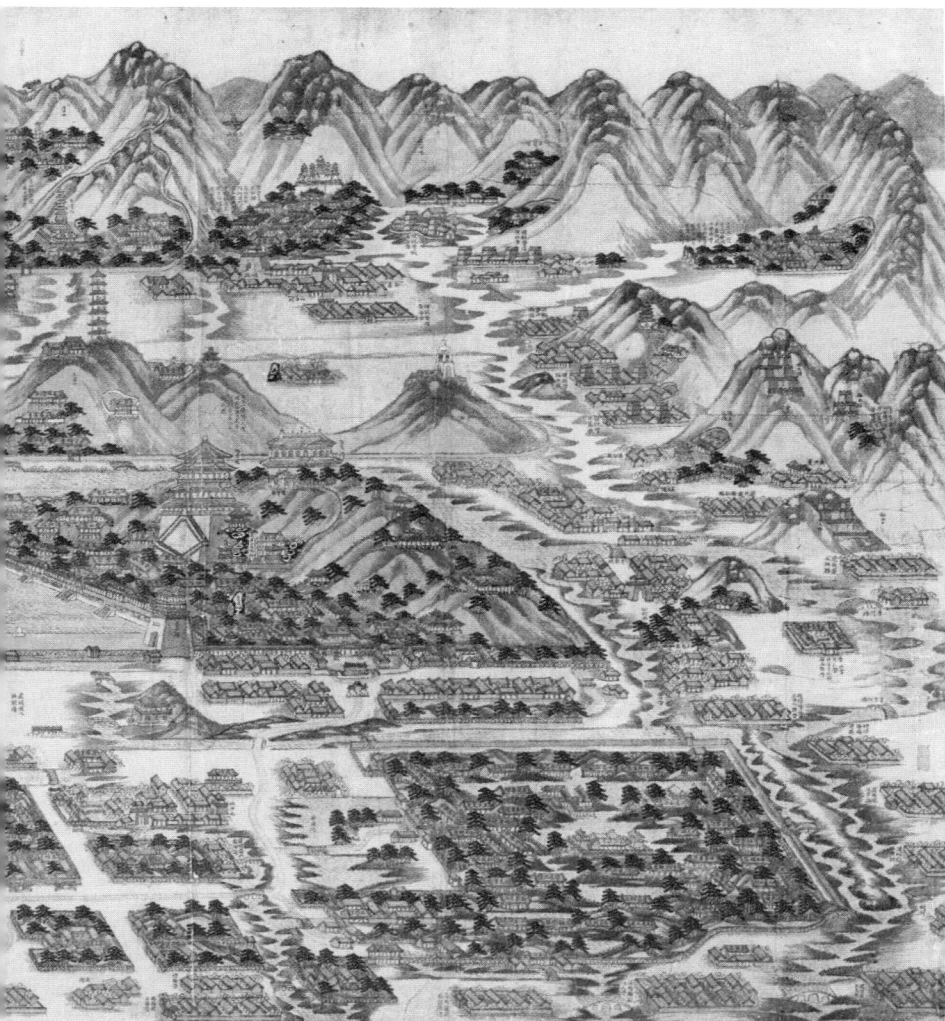

狱中杂记

方苞

康熙五十一年三月，余在刑部狱，见死而由窦出者，日四三人。[1] 有洪洞令[2]杜君者，作而言曰："此疫作也。今天时顺正[3]，死者尚希，往岁多至日数十人。"余叩所以。[4]杜君曰："是疾易传染，遘者虽戚属不敢同卧起[5]。而狱中为老监者四，监五室。禁卒居中央，牖其前以通明，屋极有窗以达气[6]；旁四室则无之，而系囚常二百余。每薄暮下管键，矢溺皆闭其中，与饮食之气相薄。[7]又隆冬，贫者席地而卧，春气动，鲜不疫矣。狱中成法，质明启钥。[8]方夜中，生人与死者并踵顶而卧，无可旋避。[9]此所以染者众也。又可怪者，大盗积贼、杀人重囚，气杰旺，染此者十不一二，或随有瘳[10]；其骈死，皆轻系及牵连佐证，法所不及者[11]。"

余曰："京师有京兆狱，有五城御史司坊，何故刑部系囚之多至此?"[12]杜君曰："迩年狱讼情稍重，京兆、五城即不敢专决。又九门提督所缉访纠诘，皆归刑部。而十四司正副郎好事者，及书吏、狱官、禁卒，皆利系者之多；少有连，必多方钩致。⁽¹³⁾苟入狱，不问罪之有无，必械手足，置老监。俾困苦不可忍，然后导以取保，出居于外。量其家之所有以为剂，而官与吏剖分焉。⁽¹⁴⁾中家以上，皆竭资取保；其次求脱械，居监外板屋，费亦数十金；惟极贫无依，则械系不稍宽，为标准以警其余。或同系情，罪重者，反出在外；而轻者、无罪者，罹其毒，积忧愤，寝食违节，及病，又无医药，故往往至死。"

余伏见圣上好生之德，同于往圣。每质狱辞，必于死中求其生，而无辜者乃至此。⁽¹⁵⁾傥仁人君子为上昌言："除死刑及发塞外重犯，其轻系及牵连未结正者，别置一所以羁之，手足毋械。"所全活可数计哉？或曰："狱旧有室五，名曰现监，讼而未结正者居之。傥举旧典，可小补也。"⁽¹⁶⁾杜君曰："上推恩，凡职官居板屋。今贫者转系老监，而大盗有居板屋者。此中可细诘哉？不若别置一所，为拔本塞源之道也。"余同系朱翁、余生及在狱同官僧某，遘疫死，皆不应重罚。又某氏以不孝讼其子，左右邻械系入老监，号呼达旦。余感焉，以杜君言泛讯之，众言同，于是乎书。

凡死刑狱上，行刑者先俟于门外，使其党入索财物，名曰"斯罗"。富者就其戚属，贫则面语之。[17] 其极刑，曰："顺我，即先刺心；否则，四肢解尽，心犹不死。"[18] 其绞缢，曰："顺我，始缢即气绝；否则，三缢加别械，然后得死。"[19] 惟大辟无可要，然犹质其首。[20] 用此，富者赂数十百金，贫亦罄衣装；绝无有者，则治之如所言。主缚者亦然，不如所欲，缚时即先折筋骨。每岁大决，勾者十四三，留者十六七，皆缚至西市待命[21]。其伤于缚者，即幸留，病数月乃瘳，或竟成痼疾。

余尝就老胥而问焉："彼于刑者、缚者，非相仇也，期有得耳；果无有，终亦稍宽之，非仁术乎？"[22] 曰："是立法以警其余，且惩后也；不如此，则人有幸心。"主梏扑者[23]亦然。余同逮以木讯者三人：一人予三十金，骨微伤，病间月[24]；一人倍之，伤肤，兼旬愈[25]；一人六倍，即夕行步如平常。或叩之曰："罪人有无不均，既各有得，何必更以多寡为差？"[26] 曰：

"无差，谁为多与者？"孟子曰："术不可不慎。"信夫！

部中老胥，家藏伪章，文书下行直省，多潜易之，增减要语，奉行者莫辨也。[27]其上闻及移关诸部，犹未敢然。[28]功令[29]：大盗未杀人及他犯同谋多人者，止主谋一二人立决；余经秋审皆减等发配。狱辞上，中有立决者，行刑人先俟于门外。命下，遂缚以出，不羁晷刻[30]。有某姓兄弟，以把持公仓，法应立决，狱具矣。[31]胥某谓曰："予我千金，吾生若。"叩其术，曰："是无难，别具本章，狱辞无易，取案末独身无亲戚者二人易汝名，俟封奏时潜易之而已。"[32]其同事者曰："是可欺死者，而不能欺主谳者[33]，傥复请之，吾辈无生理矣。"胥某笑曰："复请之，吾辈无生理，而主谳者亦各罢去[34]。彼不能以二人之命易其官，则吾辈终无死道也。"竟行之，案末二人立决。主者口呿舌挢[35]，终不敢诘。余在狱，犹见某姓，狱中人群指曰："是以某某易其首者。"胥某一夕暴卒，众皆以为冥谪云。

凡杀人，狱辞无谋、故者[36]，经秋审入矜疑，即免死。吏因以巧法⁽³⁷⁾。有郭四者，凡四杀人，复以矜疑减等，随遇赦。将出，日与其徒置酒酣歌达曙。或叩以往事，一一详述之，意色扬扬，若自矜诩。噫！漦恶吏忍于鬻狱，无责也。⁽³⁸⁾而道之不明，良吏亦多以脱人于死为功，而不求其情，其枉民也亦甚矣哉！

奸民久于狱，与胥卒表里，颇有奇羡⁽³⁹⁾。山阴李姓以杀人系狱，每岁致数百金。康熙四十八年，以赦出。居数月，漠然无所事。其乡人有杀人者，因代承之⁽⁴⁰⁾。盖以律非故杀，必久系，终无死法也。五十一年，复援赦减等谪戍，叹曰："吾不得复入此矣！"故例：谪戍者移顺天府羁候。时方冬停遣，李具状求在狱候春发遣，至再三，不得所请，怅然而出。

——《方望溪先生全集·集外文》卷六

作者简介

方苞（1668—1749），字灵皋、凤九，晚号望溪，安徽桐城人。康熙五十年（1711）因戴名世《南山集》案牵连入狱，两年后获释并入汉军旗，以平民身份入南书房任职。康熙末年，任武英殿修书总裁。乾隆七年（1742）辞官，定居南京，潜心著书至终。他承继归有光"唐宋派"古文精髓，强调义法，乃清代"桐城派"古文鼻祖，与刘大櫆、姚鼐并称"桐城三祖"，著有《周官辨》《春秋通论》《望溪文集》《史记注补正》等。

题解

方苞依据自己在北京狱中亲眼所见、亲耳所闻，撰写了这篇匠心独运的纪实性作品。文章聚焦当时狱政体系的阴暗面，结构严谨，简洁洗练，有条不紊地勾勒出当时司法系统中那令人触目惊心的黑暗画卷，深刻揭示了康乾时期号称盛世的吏治危机。

简注

（1）康熙五十一年（1712）农历三月，我在刑部监狱里，看到每天都有三四个死去的人，被从狱墙打开的小洞拖出去。

（2）洪洞（tóng）令：洪洞（今属山西临汾）县令。

（3）天时顺正：现在的天时还比较正常。

（4）我叩问其中的原因。

（5）即使是亲人也不敢和病人同住一起。遘（gòu）者，遭受这种传染病的人。

（6）狱卒居住在中间，在前面开窗以透光，屋顶上有窗户以通风。

（7）每到傍晚就锁上门，大小便都在里面解决，和食物的气味混在一起。下管键，落锁。矢溺，大小便。相薄（bó），相混杂。

（8）监狱里的规矩是天亮时才开门。质明，天刚亮的时候。

（9）正值夜半，活人和死人并排躺着睡觉，没办法避开。

（10）积贼：惯偷。瘳（chōu）：病愈。

（11）接连死去的都是因为轻微的罪名或者被牵连进来的人。

（12）我说："京城里有京兆尹的监狱，有五城御史管理的监狱，为什么刑部监狱里的犯人还是这么多呢？"

（13）刑部本身十四个司里喜欢多事的郎官们，以及掌文书的小吏、典狱官、狱卒，都因为关押犯人越多越有利可图，所以就把与案情稍有关联者都千方百计地抓进来。

（14）他们使你困苦得无法忍受了，就引导你怎样取保，保出去住在外面，随传随到；再根据你的家庭、财产状况来敲诈。这敲诈所得由着官和吏们合伙分掉。剂，契券，字据，这里指要挟犯人的字据。

（15）我看到今天的圣上心怀好生之德，和过去的圣上是一样的。他在质询核定案情的时候，一定给犯人死里求生的机会，但现在竟有这么多无辜的人倒霉！

（16）有人说："监狱过去有五间房，叫'现监'，给涉案而没定案者居住的。如果能举出这规定来施行，倒也不无小补。"

（17）对有钱的犯人，找其亲属谈条件；对没钱的犯人，当面直接谈条件。

（18）对被判凌迟处死者，说："答应我开的条件，我就先刺心；否则四肢解完，心还没死。"

（19）对被判绞刑者，说："答应我开的条件，一绞就包管断气；否则，绞多次以后还须加用别的刑具，才死得了。"

（20）对被判杀头者，不便讨价还价，但仍旧扣留脑袋，以敲诈死者家属。

（21）每年秋决之际，死刑犯们都被绑在西市（今北京西城菜市口）等待自己的命运。勾者约三四成，留者六七成。大决，即秋决。封建时代各省被判处死罪的犯人，均于秋季由刑部复核定罪，在秋后处决。清代顺治十五年（1658）开始执行秋审，每年农历八月，由刑部会同九卿集中复核死刑案犯。意见主要有：情真应决、缓决、可矜可疑三类，后两类可减等处理或宽免，最后呈交皇帝亲自定夺。皇帝用朱笔画了钩的，立即处死；皇帝没有画钩，这就是"留"，暂缓执行。

（22）我曾问一个老差役："你们和受刑、被绑者没什么深仇大恨，只不过希望弄点钱罢了。人家果真拿不出钱来，最后稍微放人一马，不也算积德吗？"

（23）主桎扑者：担任上刑具和打板子的。

（24）病间月：伤势隔月才好。病，这里指伤势。

（25）兼旬愈：伤势二十天痊愈。

（26）有人追问："罪犯贫富不同，你们各有所得就算了，何必一定根据所得多少搞差别对待呢？"

（27）部里的老职员家里藏着假印信，对下发各个省份的文书，大多偷偷动手脚，增减其紧要的字眼，奉行的人是辨别不出来的。直省，直属朝廷管辖的省份。

（28）上报给皇上的文书和各平行机关往来的公文，他们还不敢这样。移关，平行机关往来的文书。

（29）功令：朝廷所定法令。

（30）不羁晷（guǐ）刻：片刻不留，立即执行。晷刻，很短的时间。

（31）有某姓兄弟，因把持公共粮仓而入狱，依法应立时处决，判词都拟好了。

（32）追问胥吏（脱罪）的方法，胥吏说："这不难，只需另写奏章，判词不改，把案末名字换成单身且没有亲戚的两个人；等到加封向皇帝奏请时，抽出真奏，偷偷地换上改易后的奏章，就行了。"

（33）是可欺死者，而不能欺主谳者：这可以欺骗死的人，却不能欺骗主审的官员。谳（yàn），审判定罪。

（34）主谳者亦各罢去：主审的官员也会因为失察而丢掉职位。

（35）口呿（qū）舌挢（jiǎo）：张口结舌，不能说话，形容惊讶。

（36）狱辞无谋、故者：案卷中不涉及预谋杀人或故意杀人的。

（37）巧法：取巧枉法。

（38）贪官污吏忍于贪赃枉法，这没有多少好责怪的。渫（xiè），污浊。鬻狱：出卖狱讼，贪赃枉法。

（39）奇（jī）羡：盈余，积存的财物。

（40）代承：冒名顶替，代为承认。

左忠毅公逸事

方苞

先君子尝言，乡先辈左忠毅公视学京畿，一日，风雪严寒，从数骑出，微行入古寺，庑下一生伏案卧，文方成草。公阅毕，即解貂覆生，为掩户。[1] 叩之寺僧，则史公可法[2]也。及试，吏呼名至史公，公瞿然注视，呈卷，即面署第一。[3] 召入，使拜夫人，曰："吾诸儿碌碌，他日继吾志者，惟此生耳。"

及左公下厂狱[4]，史朝夕狱门外；逆阉防伺甚严，虽家仆不得近。久之，闻左公被炮烙[5]，旦夕且死；持五十金，涕泣谋于禁卒，卒感焉。一日，使史更敝衣草屦，背筐，手长镵[6]，为除不洁者，引入，微指左公处。则席地倚墙而坐，面额焦烂不可辨，左膝以下，筋骨尽脱矣。史前跪，抱公膝而呜咽。公辨其声而目不可开，乃奋臂以指拨眦[7]，目光如炬，怒曰："庸奴，此何地也？而汝来前！国家之事，糜烂至此。老夫已矣，汝复轻身而昧大义[8]，天下事谁可支拄者！不速去，无俟奸人构陷，吾今即扑杀

300

汝！"⁽⁹⁾因摸地上刑械，作投击势。史噤不敢发声，趋而出。后常流涕述其事以语人，曰："吾师肺肝，皆铁石所铸造也！"

崇祯末，流贼张献忠出没蕲、黄、潜、桐间⁽¹⁰⁾。史公以凤庐道奉檄守御。每有警，辄数月不就寝，使壮士更休⁽¹¹⁾，而自坐幄幕外。择健卒十人，令二人蹲踞而背倚之，漏鼓移，则番代⁽¹²⁾。每寒夜起立，振衣裳，甲上冰霜迸落，铿然有声。或劝以少休，公曰："吾上恐负朝廷，下恐愧吾师也。"

史公治兵往来桐城，必躬造左公第，候太公、太母起居，拜夫人于堂上。余宗老涂山，左公甥也，与先君子善，谓狱中语，乃亲得之于史公云。

——《方望溪先生全集》卷九

左忠毅公（1575—1625），名光斗，字遗直，号浮丘，安徽桐城人。万历进士，官至右佥都御史。天启四年（1624），因上疏弹劾权阉魏忠贤，被诬下狱，备受酷刑，死于狱中。崇祯时追谥为"忠毅"。本文记述了左光斗与魏忠贤斗争的遗闻，体现了方苞古文创作"言有序，言有物"的严谨"义法"的特点，"辞无芜累"，语言简练雅洁，构思精巧。左光斗在狱中训徒的那一番慷慨激昂、掷地有声的言语，更展现了左光斗以国事为重、重义轻生、刚强不屈的可贵品质。

简注

（1）我已故的父亲曾说，我的同乡前辈左忠毅公负责京城及其所辖地区的学政。一日，风雪交加，天气寒冷，他只带几名随从微服出行，进入一座古寺，看到厢房里一名学生趴在书桌上，他文章刚草写成。左公把文章阅读完，随即脱下自己的貂皮衣盖在那名学生身上，还帮他悄悄掩上门。微行，穿着平民衣服出行。庑下，厢房里。

（2）史公可法：史可法（1602—1645），字宪之，号道邻，祥符（今河南开封）人。崇祯元年（1628）进士，南明时任兵部尚书、武英殿大学士，镇守扬州，城破殉难。

（3）到了应试时，吏员喊到史可法，左公吃惊地注视他，待其呈上试卷，当场就将他评为第一名。

（4）厂狱：明代东厂所设的监狱。东厂是明代特务机构，由皇帝亲信太监掌管。

（5）炮烙：用烧红的铁烙烤犯人的酷刑。

（6）镵（chán）：一种类似于铲子的工具。

（7）奋臂以指拨眦：奋力抬起胳臂，用手指拨开眼眶。眦，眼眶。

（8）汝复轻身而昧大义：你又轻视自己的生命而不顾大义。

（9）如不赶紧离开，不等奸人陷害，我就立马扑杀你！

（10）蕲（qí）：今湖北蕲春。黄：今湖北黄冈。潜：今安徽潜山。桐：今安徽桐城。

（11）更休：轮流休息。

（12）漏鼓移，则番代：过了一个更次，就轮番替换。漏，计时的漏壶。鼓，军中报时的更鼓。

游丰台记

方苞

丰台去京城十里而近，居民以莳花为业，芍药尤盛。[1]花时，都人士群往游焉。余六至京师，未得一造观。[2]戊戌夏四月，将赴塞门，而寓安之上党，过其寓为别。[3]曰："盍为丰台之游？"遂告嘉定张朴村、金坛王篛林、余宗弟文𬭎、门生刘师向[4]，共载以行。

其地最盛者称王氏园，扃闭[5]不得入。周览旁舍，于篱落间见蓓蕾数畦，从者曰："止此矣！"问之土人，初植时，平原如掌，千亩相连，五色间厕，所以为异观也。[6]其后居人渐多，各为垣墙篱落以限隔之。树木丛生，花虽繁，隐而不见。游者特艳其昔之所闻，而纷然来集耳。因就道旁老树席地坐，久之，始得圃者宅后小亭而憩休焉。少长不序，卧起坐立惟所便，人畅所欲言，举酒相属，向夕犹不能归，盖余数年中未有宴游若此之适者。

念平生钝直寡谐，相知深者，二十年来凋零过半。其存者，诸君子居其半矣。诸君子仕隐、游学各异趋，而次第来会于此，多者数年，少亦历岁移时，岂非事之难期而可幸者乎？然寓安之行也，以旬日为期矣。其官罢而将归者，则文辀也；事毕而欲归者，朴村也；守选而将出者，刘生也；惟篛林当官，而行且告归。计明年花时滞留于此者，惟余独耳。岂惟余之衰疾羁孤，此乐难再？即诸君子踪迹乖分，栖托异向，虽山川景物之胜什百于斯，而耆艾故人，天涯群聚，欢然握手如兹游者，恐亦未可多遘也。[7] 因各述以诗，而余为之记云。

——《方望溪先生全集》卷十四

《游丰台记》是清代文学家方苞的游记，通过一次未能尽兴的丰台赏花之行，抒发了对友情的珍视和对时光流逝的感慨。文章开头，方苞介绍了丰台以莳花而闻名，尤其是芍药，吸引了京城居民前往游览。作者虽多次到京，却未曾游览，这次因赴塞门之行，途经丰台，才有机会一游。他们一行人原本想进入王氏园，但园门紧闭，只能在园外欣赏。尽管不如园内的花繁盛，但作者等人在道旁老树下席地而坐，畅饮交谈，享受这难得的欢聚时光。方苞在文中感慨自己平生寡合，相知深者多已凋零，而这次能与诸君子欢聚，实属难得。他设想明年花时，诸君子或已离去，只有作者一人滞留于此，即使山川景物再美，也难以再有如此欢聚。方苞通过对丰台美景、友情欢聚和时光流逝的描写，展现了自己的情感变化，体现了深厚的文学功底和独特的审美情趣。《游丰台记》不仅是对自然美景的赞美，更是对人生无常的感慨，反映了作者对人生、对自然的深刻思考。

简注

（1）请参阅本选《草桥》《香祖笔记》。

（2）我曾六次到京城，未得机会造访观赏。

（3）康熙五十七年（1718）夏农历四月，我将前往塞外，友人寓安将前往上党，我到他的寓所告别。寓安，其人待考。

上党，今山西长治上党区。

（4）张朴村：张云章（1648—1726），字汉瞻，嘉定（今属上海）人，国子监生，曾主潞河书院。王箬林：即王澍（1668—1739），箬林其字，又字若霖、箬林，号虚舟，江南金坛人，官至吏部员外郎，以善书闻名。文辀：方粲如，字若文，一字文辀，号朴山，浙江淳安赋溪人。刘师向：其人待考。

（5）扃（jiōng）闭：上锁、关门。

（6）询问当地人，才知道这里最初种植芍药时，地面平坦如掌，千亩相连，各色芍药间杂交织，因而形成奇异的景观。间厕，间杂。

（7）各位君子各奔东西，彼此的立身寄托不同，即使所遇山川景物胜过这里百十倍，但像今天这样老友自天涯相聚于此、握手言欢的游玩，恐怕也很难再遇到了。什百，十倍或百倍。耆艾（qí ài），六十岁为耆，五十岁为艾。

游潭柘记

方苞

　　康熙戊戌夏四月望后七日，余将赴塞上，寓安偕刘生师向过余。会公程可宽信宿，乃谋为潭柘之游。[1]而从者难之，曰："道局窄，不利行车，穷日未可达也。"少间，云阴合，厉风起，众皆以为疑。寓安曰："车倍傔，雨淋漓，诘旦必行。"[2]既就途，果回远，经岨碛，数顿撼。[3]薄暮抵山口，而四望皆荒丘，虽余亦几悔兹行之劳而无得也。入山一二里，径陡仄，下车步至寺门，而山之面势始出[4]，林泉清淑之气，旷然与人心相得。时日已向暝，乃宿寺西堂。

　　质明[5]起，二子披衣攀蹑，穷寺之幽与高；降而左，出寺循山径东上，求潭柘旧址。泉声随径转，薆薱密蒙[6]，如行吴越溪山中，遇好石，辄列坐，淹留不能进。日将中，从者曰："更迟之，事不逮矣。"余拂衣起，二子相视怅然，计所历于山，得三之二，去潭侧二里，竟不能至也。

昔庄周自述所学，谓与天地精神往来。余困于尘劳，忽睹兹山之与吾神者，善也，殆恍然于周所云者。⁽⁷⁾ 余生山水之乡，昔之日，谁为羁绁者⁽⁸⁾？乃自牵于俗，以桎梏其身心，而负此时物，悔岂可追邪？夫古之达人，岩居川观，陆沉⁽⁹⁾而不悔者，彼诚有见于功夫在天壤，名施罔极，终不以易吾性命之情也。况敝精神于蹇浅，而蹩蹩以终世乎？⁽¹⁰⁾ 余老矣，自顾数奇，岂敢复妄意于此？⁽¹¹⁾ 而刘生志方盛，出而当官；得自有其身者，惟寓安耳。然则继自今，寓安尚可不觉寐哉？

——《方望溪先生全集》卷十四

题解

《游潭柘记》是方苞的游记名篇，描写了北京名刹潭柘寺的优美风景。潭柘寺，位于北京门头沟东南部的潭柘山麓，是北京有记载的年代最久远的寺庙，因寺以龙潭和柘树闻名，俗称潭柘寺。文章简练雅洁，记述了方苞和友人游览潭柘寺的时间、当时的天气、途中经历、寺内住宿、游览等情形和方苞当时的心情感受。这篇游记不在模山范水，也不在游兴游踪，而是着重抒发作者从其中感受到的哲理。

简注

（1）恰好公务行程可以宽限两三天，于是计划了潭柘寺之游。信宿，这里引申为两三天。

（2）寓安说："给车夫两倍于平时的租赁价，因为雨水比较大，明天一早我们一定要出发。"僦（jiù），租赁、租金。诘旦，平明、清晨。

（3）已经上路了，果然迂曲遥远，路上崎岖不平，频繁地摇动颠簸。砠（jū），有石的土山。砠碛，形容多沙石而崎岖不平。顿撼，摇动颠簸。

（4）山之面势始出：山的真正面貌才开始显现出来。

（5）质明：天刚亮的时候。质，正。

（6）蘟（yǐn）：类似蕨类的一种草。藾（lài）：艾蒿。密蒙：繁密。

（7）我被世俗琐事困扰，忽然看到这座山与我的精神如此契合，恍然好像正是庄子所说的那样。

（8）谁为羁绁者：是谁约束我的呢？羁绁，束缚。

（9）陆沉：陆地无水而沉，比喻隐居。《庄子·则阳》："方且与世违，而心不屑与之俱，是陆沉者也。"

（10）更何况在琐碎浅薄的事情上浪费精力，还要局促地终老一生吗？蹙蹙，局缩不舒展的样子。

（11）我老了，回顾自己多舛的命运，怎么还敢抱有不切实际的妄想呢？奇（jī），单数，引申为命运不好。

帝都篇

弘历

　　帝都者，唐虞以前都有地而名不著，夏商以后始各有所称，如夏邑、周京之类是也。[1] 王畿乃四方之本，居重驭轻，当以形势为要。[2] 则伊古以来建都之地，无如今之燕京矣。然在德不在险，则又巩金瓯之要道也。[3] 故序大凡于篇。[4]

天下宜帝都者四，其余偏隘无足称。

轩辕以前率荒略，至今涿鹿传遗城。[5]

丰镐颇得据扼势，不均方贡洛乃营。[6]

天中八达非四塞，建康一堑何堪凭。[7]

惟此冀方曰天府，唐虞建极信可征。

右拥太行左沧海，南襟河济北居庸。

会通带内辽海外，云帆可转东吴粳。[8]

幅员本朝大无外，丕基式廓连两京。[9]

我有嘉宾岁来集，无烦控御联欢情。

金汤百二要在德，兢兢永勖其钦承。[10]

——《日下旧闻考》卷九十

弘历（1711—1799），雍正皇帝第四子，自小受祖父康熙皇帝的钟爱，雍正十三年（1735）即位，年号"乾隆"，寓意"天道昌隆"。清军入关之后的第四位皇帝，庙号高宗。在位六十年，禅位后训政三年，实际行使最高权力长达六十三年四个月，是中国历史上实际执掌国家最高权力最久的皇帝，也是最长寿的皇帝。

题解

《帝都篇》是乾隆皇帝的一篇重要作品，不仅体现了他对帝都地理位置的重视，也反映了他的政治理念和文化自信。开篇即追溯帝都历史，强调了燕京作为帝都的优越性。随后详细描述了燕京的自然地理优势，"右拥太行左沧海，南襟河济北居庸"；同时，"会通带内辽海外，云帆可转东吴粳"，描绘了燕京作为交通要道的繁荣景象。诗文最后通过"金汤百二要在德"等句，强调德治的重要性。

简注

（1）帝都，在尧舜时代以前，有这样的地方但名称并不显著，夏商以后才开始各有特定的名称，如夏邑、周京等。

（2）帝都是四方的根本，处在重要的位置以控制其他地方，应当以地势为重。王畿（jī），泛指帝京。

（3）然而，巩固国家统治的关键，在于德治而不在于地势的险要。金瓯，金子做的盆盂，比喻疆土完固。

（4）所以我在这篇序中先大概说明一下。

（5）轩辕黄帝以前，大多数地方都是荒凉不发达的，至今在涿鹿还能找到那个时代的故城。涿鹿，传说中黄帝与蚩尤大战的地方，今河北涿鹿县城东南桥山主峰南侧有轩辕台。

（6）西周的丰京和镐京占据地理优势，但不方便各方朝贡，东周的洛邑才得以建成。

（7）洛阳位置居天下之中，但四面无险要；建康（今南京）有长江天堑，但也难以作为依凭。天中八达，指地理位置居中，八方通达。四塞，指四周有山川等天然屏障。一堑，指长江。

（8）它能便于平原与辽东海外通商，乘船可以运送东吴的稻粱。东吴粳：指东吴（今江苏一带）的稻米。杜甫《后出塞五首》：“云帆转辽海，粳稻来东吴。”

（9）我朝疆域广大无外，规模连接北京和盛京。丕基，指国家的基础。式廓，指国家的规模。两京，指北京和盛京沈阳。

（10）城池固若金汤的关键在德治，应当小心谨慎永远自勉，恭敬地将这一原则继承下去。金汤，比喻坚固的城池。百二：一说以二敌百，一说百的一倍，喻山河险固之地。《史记·高祖本纪》：“秦，形胜之国，带河山之险，县隔千里，持戟百万，秦得百二焉。"裴骃《史记集解》引苏林曰："得百中之二焉。秦地险固，二万人足当诸侯百万人也。"司马贞《史记索隐》引虞喜曰："百二者，得百之二。言诸侯持戟百万，秦地险固，一倍于天下，故云得百二焉，言倍之也，盖言秦兵当二百万也。"兢兢（jīng），形容小心谨慎。钦承，指恭敬地接受。

燕墩旧影

皇都篇

弘历

　　皇都者，据今都会而为言，约形势则若彼，详沿革则若此。盖不如研京十年，练都一纪，鸿篇巨作，纂组雕龙⁽¹⁾。若夫文皇传十首之吟，宾王构一篇之藻⁽²⁾，节之中和，固所景仰；归于暌遇，亦用兴怀。⁽³⁾俊逸清新，古人蔑以加矣；还淳返朴，斯篇三致意焉。⁽⁴⁾

　　惟彼陶唐此冀方，上应帝车曰开阳。⁽⁵⁾

　　轩辕台榭虽莫详，《职方》有幽无徐梁。⁽⁶⁾

　　要之幅员长且广，山河襟带具大纲。⁽⁷⁾

　　列国据此士马强，可以雄视诸南邦。

　　辽金以来始称京，阅今千载峨天阊，

　　地灵信比长安长。⁽⁸⁾

　　玉帛奔走来梯航，储胥红朽余太仓。⁽⁹⁾

　　天衢十二九轨容，八旗居处安界疆。⁽¹⁰⁾

　　朱楼甲第多侯王，槐市⁽¹¹⁾陆海无不藏。

　　富乎盛矣日中央，是予所惧心彷徨。

——《日下旧闻考》卷九十

《皇都篇》开篇即强调了帝都的重要性，不仅在于其地理位置和地势，还在于其丰富的历史沿革。乾隆皇帝通过提及张衡、左思，以及唐太宗李世民和骆宾王的帝都文学作品，表达了对帝都文化传承的尊重和景仰。"富乎盛矣日中央，是予所惧心彷徨"，体现了他作为一位君主对国家未来的深思。弘历乾隆十八年（1753）御撰《帝都篇》《皇都篇》石碑，满汉文字对照，立于永定门外燕墩墩台，《帝都篇》刻于碑阳，《皇都篇》刻于碑阴。又曾复刻，立于老天桥南西侧，原碑今藏于首都博物馆。

简注

（1）不如张衡《二京赋》、左思《三都赋》，堪称鸿篇巨著、精美文章。刘勰《文心雕龙》："张衡研京以十年，左思练都以一纪。"这里代指两人的作品。一纪，十二年。

（2）至于像唐太宗李世民作《帝京篇》十首传世，骆宾王也曾构思创作文辞华美的《上吏部侍郎帝京篇》。

（3）它们的音节中正平和，确实令人景仰；而所表达的离别与重逢之情，暗含寄托，也让人感怀不已。

（4）古人这些作品俊逸清新，难以超越；而我这篇追求的是返璞归真。

（5）冀州曾是唐尧的所在地，对应天上北斗七星中的开阳。帝车，帝王所乘的车驾，喻指北斗星。开阳位于北斗星斗柄的尾端。

（6）轩辕黄帝的台榭已无从详考，《周礼·夏官·职方氏》一书只记载了幽州而没有徐州和梁州。

（7）冀州幅员辽阔，山河环绕，统领各方。大纲，统领全篇的重点所在，这里指古代都城。

（8）辽金以来这里开始被称为京城，至今千年城墙仍高耸入云，这片土地的灵秀确实比长安更加长久。

（9）贵重的礼品通过陆路和水路竞相而来，国库里的粮食多到陈腐变质。梯航，指通过陆路和水路。储胥（xū），指储藏的粮食。红朽，指粮食陈旧变质。

（10）十二条宽广的街道，每道可容纳九辆马车并行，八旗的军队分别居住，疆界安宁。天衢（qú），指京城的主要街道。

（11）槐市：古代的市场。

瀛台记

弘历

入西苑门有巨池，相传曰"太液"。循东岸南行，折而西，过木桥，邃宇[1]五间，为勤政殿。自勤政殿南行，石堤可数十步，阶而升，有楼门向北，匾曰"瀛台"。门内有殿五间，为香扆殿。殿南飞阁环拱[2]，自殿至阁，如履平地。忽缘梯而降，方知为上下楼。楼前有亭临水，曰"迎薰"。亭东西奇石、古木森列如屏。自亭东行，过石洞，奇峰峭壁，缪轕蓊蔚[3]，有天然山林之致。盖瀛台惟北通一堤，其三面皆临太液，故自下视之，宫室殿宇，杂于山林之间，如图画所谓海中蓬莱者。名曰"瀛台"，岂其意乎？

——《国朝宫史》卷十四

题解

北京的三海宫殿可以被分成三个不同的部分，即南海、中海和北海。南海的中心是瀛台，一个位于湖泊中心的小岛，有一条狭窄的堤坝把这个小岛跟大陆连接起来。此文为清代乾隆皇帝所记瀛台景致。瞿宣颖《北梦录》记载："瀛台，台为明趋台陂旧址。顺治间始稍加修葺，至乾隆中而益备。诸帝常于此避暑……凡瀛台前后之殿宇，皆以黄紫青碧诸色瓦参错覆之，又殿旁皆有延楼，翼以石洞古木，为他处所不及，每当天宇澄清，水波万顷，临流纵目，真有琼楼玉宇之观。乾隆御制《瀛台记》写之最为出色。"

简注

（1）邃宇：深广的屋宇。

（2）飞阁：又称阁道、复道，即天桥，古代宫殿楼阁间的跨通道。环拱：环绕。

（3）轇轕（jiāo gé）：纵横交错。蓊蔚：草木茂盛。

南海瀛台旧影

说京师翠微山

龚自珍

　　翠微山者，有籍于朝，有闻于朝，忽然慕小，感慨慕高，隐者之所居也。[(1)] 山高可六七里，近京之山，此为高矣。不绝高，不敢绝高，以俯临京师也。[(2)] 不居正北，居西北，为伞盖不为枕障也。[(3)] 出阜成门三十五里，不敢远京师也。

　　僧寺八九架其上，构其半，庐其趾[(4)]，不使人无攀跻之阶，无喘息之憩。不孤巉[(5)]，近人情也。与香山静宜园相络相互，不触不背，不以不列于三山为怼也。[(6)] 与西山亦离亦合，不欲为主峰，又耻附西山也。

　　草木有江东之玉兰，有苹婆，有巨松柏，杂华靡靡芬腒。[(7)] 石皆黝润[(8)]，亦有文采也。名之曰翠微，亦典雅，亦谐于俗，不以僻俭名其平生也。

　　最高处曰宝珠洞，山趾曰三山庵。三山何有？有三巨石离立也。山之墺[(9)]有泉，曰龙泉。澄澄然渟其间，其氄之也中矩。[(10)]

泉之上有四松焉，松之皮白，皆百尺。松之下，泉之上，为僧庐焉，名之曰龙泉寺。名与京师宣武城南之寺同，不避同也。寺有藏经一分，礼经以礼文佛，不则野矣。⁽¹¹⁾寺外有刻石者，其言清和，康熙朝文士之言也。寺八九，何以特言龙泉？龙泉迟⁽¹²⁾焉。余皆显露，无龙泉，则不得为隐矣。

余极不忘龙泉也。不忘龙泉，尤不忘松。昔者余游苏州之邓尉山⁽¹³⁾，有四松焉，形偃神飞，白昼若雷雨；四松之蔽可千亩。平生至是，见八松矣。邓尉之松放，翠微之松肃；邓尉之松古之逸，翠微之松古之直；邓尉之松，殆不知天地为何物；翠微之松，天地间不可无是松者也。

——《定盦文集·续集》卷一

作者简介

龚自珍（1792—1841），又名巩祚，字璱人，号定盦（一作定庵），自称"震旦佛弟子"，浙江仁和（今杭州）人，曾多次到京会试，并在京为官多年。四十八岁辞官南归，次年卒于江苏丹阳云阳书院。他的诗文主张"更法""改图"，揭露清统治者的腐朽，洋溢着爱国热情，被柳亚子誉为"三百年来第一流"。梁启超《清代学术概论》说："晚清思想之解放，自珍确与有功焉。光绪间所谓新学家者，大率人人皆经过崇拜龚氏之一时期；初读《定盦全集》，若受电然。"龚自珍一生著述甚富，惜多散佚，曾著有《定盦文集》，留存文章三百余篇，诗词近八百首，今人辑为《龚自珍全集》。

题解

翠微山在今北京市海淀区与石景山区的交界处，为香峪大梁东南坡的山峰之一，北与香山遥相对应。本文以拟人手法，将翠微山描绘为谦逊而不失独立，随俗而不失高雅的士大夫形象，映射出北京文化中兼容并蓄、中庸和谐的意涵。文中翠微山的自然风光与人文景观交相辉映，展现了自然与人文在北京这片土地上的和谐共生。

简注

（1）翠微山，在朝廷上有名籍，有声誉，很快地因为小而被人喜欢，又感慨它高而仰慕它，这是隐居的好地方。

（2）翠微山算是高山，但不是最高的山。不敢居于最高，是因为其俯临京城。

（3）翠微山不居于帝都正北，而是西北，这里是它想成为帝都的仪仗而非屏障的缘故。

（4）构其半，庐其趾：寺庙建在山腰和山脚下。

（5）孤巉：独立险峻。这里指翠微山不孤立险峻，而是与其他山峰相连。

（6）翠微山与香山静宜园，既相互连络，又不很紧密，既不接触，又不背离。虽名不列于享有盛誉的三山，但并不抱怨。

（7）苹婆：亦称"凤眼果"，一说即苹果。华：同"花"。靡靡：草随风倒伏的样子。芬腜：形容花草繁茂、香气浓郁。

（8）黝润：黑色光润的样子，指石头颜色深沉而有光泽。

（9）鳌（zhōu）：指山脚下弯曲的地方。

（10）泉水清澈见底，停积在山脚下，注入人们砌就的方方正正的池子里。

（11）龙泉寺藏一份大藏经，礼敬大藏经，以示礼敬释迦牟尼佛，不然就粗俗了。文佛，释迦文佛，即释迦牟尼佛。

（12）迤（qì）：绕道而行，指曲折隐秘。

（13）邓尉山：在江苏苏州城西南六十里，相传东汉太尉邓禹曾隐居于此而得名。山多梅树，花时一望如雪，名"香雪海"，风景极佳。

说居庸关

龚自珍

　　居庸关者，古之谭守者之言也。龚子曰："疑若可守然。"[1]"何以疑若可守然？"曰："出昌平州，山东西远相望，俄然而相辕相赴，以至相蹙[2]，居庸置其间，如因两山以为之门，故曰：'疑若可守然。'"

　　关凡四重，南口者，下关也，为之城，城南门至北门一里。出北门十五里，曰中关，又为之城，城南门至北门一里。出北门又十五里，曰上关，又为之城，城南门至北门一里。出北门又十五里，曰八达岭，又为之城，城南门至北门一里。盖自南口之南门，至于八达岭之北门，凡四十八里，关之首尾具制[3]如是，故曰："疑若可守然。"

　　下关最下，中关高倍之，八达岭之俯南口也，如窥井形然，故曰："疑若可守然。"自入南口，城氄有天竺字[4]、蒙古字。上关之北门，大书曰："居庸关，景泰二年[5]修。"八达岭之北门，大书曰："北门锁钥，景泰三年建。"

自入南口，流水啮吾马蹄。涉之，琮然[6]鸣；弄之，则忽涌忽㳇而尽态[7]；迹之，则至乎八达岭而穷。八达岭者，古隰余水[8]之源也。

自入南口，木多文杏、苹婆、棠梨，皆怒华。[9]

自入南口，或容十骑，或容两骑，或容一骑。蒙古自北来，鞭橐驼，与余摩肩行。[10]时时橐驼冲余骑颠，余亦挝蒙古帽，堕于橐驼前。[11]蒙古大笑，余乃私叹曰："若蒙古，古者建置居庸关之所以然，非以若耶？[12]余，江左士也，使余生赵宋世，目尚不得睹燕赵，安得与反毳者相挝戏乎万山间？[13]生我圣清中外一家之世，岂不傲古人哉！"蒙古来者，是岁克西克腾、苏尼特，皆入京诣理藩院交马云。[14]

自入南口，多雾，若小雨。过中关，见税亭焉。问其吏曰："今法网宽大，税有漏乎？"曰："大筐小筐，大偷橐驼小偷羊。"[15]余叹曰："信若是，是有间道矣。"

自入南口，四山之陂陀之隙有护边墙数十处。[16]问之民，皆言是明时修。微税吏言，吾

固知有间道出没于此护边墙之间。承平之世，
漏税而已。设生昔之世，与凡守关以为险之世，
有不大骇北兵自天而降者哉！⁽¹⁷⁾

降自八达岭，地遂平，又五里，曰岔道⁽¹⁸⁾。

——《定盦文集·续集》卷一

居庸关云台旧影

题解

居庸关，长城要口之一，自古便是连接中原与北方草原的咽喉要道，明洪武元年（1368）修缮，与紫荆关、倒马关合称"内三关"。居庸关不仅是军事防御的象征，也是中原文化与草原文化交流的桥梁，展现了北京作为多民族融合中心的独特地位。《说居庸关》既介绍了居庸关的位置走向、建筑文物和自然环境等概况，又用外族的归顺、间道的存在、城墙的失修隐然流露了险关不足恃的思想，表现了作者居安思危的隐忧和深远的政治眼光。

简注

（1）此地似乎可以守备。

（2）俄然：突然。辏（còu）：车轮的辐集中于毂上，引申为聚集。蹙：急促，局促，形容山势重叠。此几句指出昌平州，山便分东、西两面，远远地互相对峙着，忽然互相趋近，终至紧接在一起。

（3）具制：具体的体制、格局。

（4）天竺字：即印度文字。

（5）景泰为明代宗年号。景泰二年，即1451年。

（6）瑽（cōng）然：佩玉的响声。

（7）拨弄水流，水忽而涌起，忽而回旋，形状不停变换。

（8）㶟余水：古水名。即今榆河，又名湿余河，自居庸关南流，经过昌平。

（9）文杏：果木名，杏树的异种。棠梨：杜梨。怒华：怒放，形容花盛开。

（10）橐（tuó）驼：骆驼。摩肩：肩挨着肩，形容地方狭窄。

（11）狭窄处骆驼常常撞着我的马头，我有时也会把人家的蒙古帽撞落到骆驼前。挝（zhuā），击打。

（12）古时之所以要筑居庸关，不就是为了防范你们吗？

（13）反毳（cuì）：兽毛向外，反穿毛皮衣，指蒙古等少数民族。毳，兽的细毛。挝戏：击打嬉戏。

（14）克西克腾、苏尼特：均为内蒙古旗名，分别属于今天的赤峰、锡林郭勒盟。理藩院：清代官署，掌管蒙古、西藏、新疆各地少数民族事务。交马：到理藩院进贡马匹。

（15）这两句谚语，形容偷税漏税极多。

（16）进入南口后，四面山脚边的空隙中，有护边墙几十处。陂陀（pō tuó），倾斜不平的样子，也作"陂陁""陂陁"。

（17）如果生在需要将关隘作为险要来把守的古时，不是要大惊于北兵从天而降了吗？

（18）坌（bèn）道：当指岔道城。《宣大山西三镇图说》："岔道城故无城，本延庆州一聚落耳，嘉靖三十年以警报频仍，议者不得已为护关缩守之计，始筑而城之，随氂以砖。……城周二里一百一十丈八尺，高三丈。东至道字三十九号营城三里，西至榆林驿堡二十五里，南至八达岭三里，北至延庆州城二十里。本城地虽平坦，逼临山险，楼墙俱砖石甃砌，足以为居庸外藩。"

京师乐籍说

龚自珍

昔者唐宋明之既宅京也[1]，于其京师，及其通都大邑[2]，必有乐籍。论世者多忽而不察。[3]是以龚自珍论之曰：自非二帝三王之醇备，国家不能无私举动，无阴谋。[4]霸天下之统，其得天下与守天下皆然。老子曰："法令也者，将以愚民，非以明民。"孔子曰："民可使由之，不可使知之。"齐民[5]且然。士也者，又四民之聪明憙论议者也。身心闲暇，饱暖无为，则留心古今而好论议。留心古今而好论议，则于祖宗之立法，人主之举动措置，一代之所以为号令者，俱大不便。

凡帝王所居曰京师，以其人民众多，非一类一族也。是故募召女子千余户入乐籍。乐籍既棋布于京师，其中必有资质端丽、桀黠辨慧者[6]出焉。目挑心招，捭阖以为术焉，则可以钳塞天下之游士。[7]

乌在其可以钳塞也？曰使之耗其资财，则谋一身且不暇，无谋人国之心矣。使之耗其日

力 [8]，则无暇日以谈二帝三王之书，又不读史而不知古今矣。使之缠绵歌泣于床第之间，耗其壮年之雄材伟略，则思乱之志息，而议论图度，上指天、下画地之态益息矣。[9] 使之春晨秋夜为叏体词赋 [10]、游戏不急之言，以耗其才华，则论议军国、臧否政事之文章可以毋作矣。如此则民听一，国事便，而士类之保全者亦众。[11]

曰：如是，则唐、宋、明岂无豪杰论国是，掣肘国是，而自取戮者乎？[12] 曰：有之。人主之术，或售或不售，人主有苦心奇术，足以牢笼千百中材，而不尽售于一二豪杰，此亦霸者之恨也。吁！

——《定盫文集·续集》卷一

乐籍，官妓的名册，古属乐籍，也代指官妓这个社会现象。龚自珍抓住乐籍，从其建立的意图和后果两方面，把乐籍与统治权术直接联系起来，纵横恣肆，锋芒毕露。同时，乐籍的生活状态、社会地位及其与市民的互动，也为我们揭示了清代北京市民社会生活的一角，以及文化娱乐活动的普及与影响。

简注

（1）唐朝、宋朝和明朝这三个朝代已经定都于京城。宅，居，这里指定都。

（2）通都大邑：指交通发达的大都会、大城市。

（3）议论世道的人往往忽视它，不加以考察。

（4）因此我这样评论：除非像二帝三王那样淳厚完美，否则国家不可能没有出自私心的举动和不可告人的计谋。二帝三王，传说唐尧、虞舜为二帝，夏禹、商汤、周文王为三王。

（5）齐民：治理人民。

（6）资质端丽、桀黠辨慧者：一些资质出众、美丽聪明的人。桀黠（jié xiá），聪明而富于辩才。

（7）目挑心招：以目挑逗，以心招诱，形容女色诱人的情态。捭阖：战国纵横家常常使用分化或拉拢等各种手段来达到目的。捭就是拨动，阖就是闭藏。钳塞（sāi）：控制阻遏。

(8) 日力：时间和精力。

(9) 思乱之志、议论图度、上指天下画地之态，指那种肆议国政的叛逆反抗的思想与行为。

(10) 夵（lián）体词赋：香夵艳体的省称，泛指描绘男女情爱的作品。

(11) 这样民众就会听从统一的声音，国家事务处理变得便利，而且能够保全的士人也更多。

(12) 这样的话，难道唐、宋、明没有豪杰之士议论国家大事、阻碍国家大事，而自己招致杀戮的吗？

劝学篇示直隶士子

曾国藩

人才随士风为转移，信乎？曰：是不尽然，然大较莫能外也。前史称燕赵慷慨悲歌，敢于急人之难，盖有豪侠之风。[1]余观直隶先正[2]，若杨忠愍、赵忠毅、鹿忠节、孙征君诸贤，其后所诣各殊，其初皆于豪侠为近。即今日士林，亦多刚而不挠，质而好义，犹有豪侠之遗。才质本于士风，殆不诬与？[3]

豪侠之质，可与入圣人之道者，约有数端。侠者薄视财利，弃万金而不眴[4]；而圣贤则富贵不处，贫贱不去，痛恶夫墦间之食、龙断之登[5]。虽精粗不同，而轻财好义之迹则略近矣。侠者忘己济物，不惜苦志脱人于厄；而圣贤以博济为怀。邹鲁之汲汲皇皇，与夫禹之犹己溺，稷之犹己饥，伊尹之犹己推之沟中，曾无少异。[6]彼其能力救穷交[7]者，即其可以进援天下者也。侠者轻死重气[8]，圣贤罕言及此。然孔曰成仁，孟曰取义，坚确不移之操，亦未尝不与之相类。昔人讥太史公好称任侠，以余观

337

此数者，乃不悖⁽⁹⁾于圣贤之道。然则豪侠之徒，未可深贬，而直隶之士，其为学当较易于他省，乌可以不致力乎哉？⁽¹⁰⁾

致力如何？为学之术有四：曰义理，曰考据，曰辞章，曰经济。义理者，在孔门为德行之科，今世目为宋学者也。考据者，在孔门为文学之科，今世目为汉学者也。辞章者，在孔门为言语之科，从古艺文及今世制义诗赋皆是也。经济者，在孔门为政事之科，前代典礼、政书，及当世掌故皆是也。

人之才智，上哲少而中下多；有生又不过数十寒暑，势不能求此四术遍观而尽取之。⁽¹¹⁾是以君子贵慎其所择，而先其所急。⁽¹²⁾择其切于吾身心不可造次离者，则莫急于义理之学。凡人身所自具者，有耳、目、口、体、心思；日接于吾前者，有父子、兄弟、夫妇；稍远者，有君臣，有朋友。为义理之学者，盖将使耳、目、口、体、心思，各敬其职，而五伦⁽¹³⁾各尽其分，又将推以及物，使凡民皆有以善其身，而无憾于伦纪。夫使举世皆无憾于伦纪，虽唐虞之盛有不能逮，苟通义理之学，而经济该乎其中矣。

程朱诸子遗书具在，曷尝舍末而言本，遗新民而专事明德？⁽¹⁴⁾观其雅言，推阐反复而不厌者，大抵不外立志以植基，居敬以养德，穷理以致知，克己以力行，成物以致用。⁽¹⁵⁾义理与经济初无两术之可分，特其施功之序，详于体而略于用耳。

今与直隶多士约：以义理之学为先，以立志为本，取乡先达杨、赵、鹿、孙数君子者为之表。彼能艰苦困饿，坚忍以成业，而吾何为不能？彼能置穷通、荣辱、祸福、死生于度外，而吾何为不能？彼能以功绩称当时，教泽牖⁽¹⁶⁾后世，而吾何为不能？洗除旧日晻昧卑污⁽¹⁷⁾之见，矫然直趋广大光明之域；视人世之浮荣微利，若蝇蚋之触于目而不留⁽¹⁸⁾。不忧所如不耦⁽¹⁹⁾，而忧节概之少贬；不耻冻馁在室，而耻德不被于生民。志之所向，金石为开，谁能御之？志既定矣，然后取程朱所谓居敬穷理、力行成物云者，精研而实体⁽²⁰⁾之。然后求先儒所谓考据者，使吾之所见，证诸古制而不谬；然后求所谓辞章者，使吾之所获，达诸笔札而不差，择一术以坚持，而他术固未敢竟废也。其或多士之中，质性所近，师友所渐，有偏于考据之学，有偏于辞章之学，亦不必遽易前辙，即二途皆可入圣人之道。⁽²¹⁾其文经史百家，其业学问思辨，其事始于修身，终于济世。百川异派，何必同哉？同达于海而已矣。

若夫风气无常，随人事而变迁。有一二人好学，则数辈皆思力追先哲；有一二人好仁，则数辈皆思康济斯民。倡者启其绪，和者衍其波；倡者可传诸同志，和者又可祖诸无穷；倡者如有本之泉放乎川渎，和者如支河沟浍交汇旁流。先觉后觉，互相劝诱，譬之大水小水，互相灌注。以直隶之士风，诚得有志者导夫先路，不过数年，必有体用兼备之才，彬蔚而四出，泉涌而云兴⁽²²⁾。

余忝官斯土⁽²³⁾，自愧学无本原，不足仪型多士。嘉此邦有刚方质实之资，乡贤多坚苦卓绝之行，粗述旧闻，以勖群士。亦冀通才硕彦，告我昌言。上下交相劝勉，仰希古昔与人为善、取人为善之轨，于化民成俗之道，或不无小补云。

——《曾文正公全集·杂著》卷四

作者简介

曾国藩（1811—1872），原名子城，字伯涵，号涤生，湖南湘乡白杨坪（今属湖南娄底双峰）人。道光十八年（1838）进士，入翰林院；后升迁内阁学士，兵部侍郎和礼部侍郎。咸丰二年底（1853）奉谕组建湖南乡勇，即"湘军"。同治五年（1866）被清廷赐予一等毅勇侯封号，也是文官中获此封爵的第一人。同治六年（1867），拜大学士，次年出任直隶总督。同治十一年（1872），曾国藩病逝。曾国藩一生奉行程朱理学，论古文宗法桐城，讲求声调铿锵，以包蕴不尽为能事；所为古文，深宏骏迈，能运以汉赋气象，有一种雄奇瑰玮的意境，一振桐城派枯淡之弊，曾选编《经史百家杂钞》以作为文典范，世称为"湘乡派"。

题解

本文语言简练、逻辑清晰，深刻地揭示了社会风气与人才培养之间的密切关系，强调良好社会风气对于人才成长的重要性。文章通过古代先贤的事例进行论证，使观点更加具有说服力和普遍性。此外，文中还表达了他对治学方法的见解，提出儒学有义理、考据、辞章、经济四科，唯义理为治学根本。本文作于曾国藩担任直隶总督期间，亦可见理学对于晚清北京文化的深刻影响。

简注

(1)"人才随士风为转移""燕赵古称多感慨悲歌之士",均参本选韩愈《送董邵南游河北序》。

(2)直隶先正:指直隶历史上的著名人物,如后面列举的杨忠愍(杨继盛)、赵忠毅(赵南星)、鹿忠节(鹿善继)、孙征君(孙奇逢)等。

(3)人的才能和品质源于社会风气,不会错吧?

(4)弃万金而不晒:放弃大量金钱也不看一眼。晒,斜眼看。

(5)墦(fán)间之食:也称墦间乞食、墦间乞余、墦间酒食,指无耻钻营所得,典出《孟子·离娄下》:"齐人有一妻一妾而处室者。其良人出,则必餍酒肉而后反。其妻问所与饮食者,则尽富贵也。……蚤起,施从良人之所之,遍国中无与立谈者,卒之东郭墦间之祭者,乞其余,不足,又顾而之他。此其为餍足之道也。"龙断之登:指通过市场垄断而获利,典出《孟子·公孙丑下》:"季孙曰:'……人亦孰不欲富贵?而独于富贵之中,有私龙断焉。'古之为市者,以其所有易其所无者,有司者治之耳。有贱丈夫焉,必求龙断而登之,以左右望而罔市利。"

(6)孟子在邹国和鲁国忙碌奔波,大禹治水时仿佛自己被淹没一样认真负责,后稷教民耕种时像自己饥饿一样关心百姓生活，伊尹辅佐商汤时像自己被人推到沟里一样全力以赴，他们的行为从来没有什么不同。

（7）穷交：贫贱之交，这里指那些能够救助贫困朋友的人。

（8）侠者更看重气节而不是生死。

（9）不悖：不违背。

（10）因而豪侠之人，不可以过分贬责，而直隶之士在求学上与他省比较有优势，那么岂能不努力去做呢？

（11）有智慧的人很少而平庸的人很多，人生的时间又非常有限，所以对四术（义理、考据、辞章、经济）势必不能完全掌握。

（12）选择那些与自己身心密切相关且不可随意放弃的学问。

（13）五伦：指君臣、父子、兄弟、夫妇、朋友五种伦理关系。

（14）程颢、程颐、朱熹等大家之作都在，又何必舍弃细节而只谈论根本，忽视教化民众而只专注于修养个人品德？新民、明德，出自《大学》开宗明义："大学之道，在明明德，在亲民，在止于至善。"按，程颐认为，"亲民"的"亲"应作"新"。曾国藩是程朱理学的信徒，故引作"新民"。

（15）看程朱等人著作中的高尚言论，反复阐述研究，不外乎立下志向来打下基础。持身恭敬以修养德行，穷究事理以求取知识，克制己身以竭力施行，成就功业以经世致用。

（16）牖：诱导，这里指教化恩泽影响后代。

（17）晻（àn）昧卑污：愚昧卑鄙。

（18）看待人世间的虚荣和微小的利益，就像眼睛看到苍蝇和蚊蚋（ruì）而不停留一样。

（19）不忧所如不耦：不以遭遇不顺而忧心。

（20）实体：亲身实践它们。

（21）在众多士人中，有的因兴趣爱好接近，有的因师友的影响，或偏于考据学，或偏于辞章学，也不必立即改变先前的方向，这两条途径都能通往圣人的大路上。

（22）必有体用兼备之才，彬蔚而四出，泉涌而云兴：必定会出现既有理论又有实践能力的优秀人才，才华横溢，四处散发，像泉水一样涌现，像云彩一样升起。

（23）忝：谦辞，有愧于。这里指作者自己担任直隶总督这一官职。

陶然亭

李慈铭

初四日⁽¹⁾乙亥，晨雨已后，晴，下午有风颇爽，日景微露，晡后风劲雨作，入夜淋浪。阅《旧唐书》。晡时，偕梅卿同车诣龙树寺，车马甚盛，遂不入，更诣陶然亭。

坐亭之西窗，下临苇田，万顷一碧，南风大作，烟翻雾卷，有江湖波涛之观。⁽²⁾对面西山，隐隐云际，右环雉堞，左带龙树、龙泉诸寺，红墙远映，间以绿树。⁽³⁾陂塘积水，时露隙光。⁽⁴⁾都中胜地，此为第一，夏中雨后尤为宜耳。

未几雨作，观壁间石刻江藻⁽⁵⁾《陶然吟》。藻，字鱼依，汉阳人，康熙乙亥以工部郎中督黑窑厂，乐此寺陂池之美，始构轩三楹，取白香山"一醉一陶然"语以题其额，诗作七古，平弱率冗，绝无结构，尚不甚俗耳。后有其兄繁（字采伯）跋。此轩既成，游赏遂集，然实无亭之称，而雅俗相沿，皆以"陶然亭"呼之。盖地据高阜，廊槛翼峙，四望翘竦，有似亭形，故乾隆以来见于各家诗文集者，皆仍其称不改。⁽⁶⁾近更名以江亭，系姓于地，比于滕王之阁、庾公之楼，子云、浩然，同斯佳话，亦此君之幸矣。⁽⁷⁾傍晚，冒雨而归。

——《越缦堂日记·桃花圣解盦日记（壬集）》

李慈铭（1830—1894），初名模，字式侯，后改今名，字爱伯，一作恶伯，号莼客，室名越缦堂，晚年自署越缦老人，浙江会稽（今绍兴）人，光绪六年（1880）进士，学识渊博，承乾嘉汉学之余绪，治经学、史学，蔚然可观，被蔡元培誉为"旧文学的殿军"。

题解

陶然亭始建于清康熙三十四年（1695），是中国四大名亭之一，位于今北京市西城区太平街19号陶然亭公园内，自明朝中叶起就为士人名流游息之地，清代建陶然亭后尤盛，至近代，则因许多著名的爱国者和革命家与此有所联系而闻名于世。观李慈铭《陶然亭》文，能够获知陶然亭建造历史和定名由来，亦为了解北京人文景观打开了一扇想象的窗户。

简注

（1）同治甲戌（1874）六月初四日。同治，清军入关后第八位皇帝清穆宗载淳年号，共使用十三年。

（2）靠亭的西窗坐，下方是芦苇田，广阔无边的苇塘一片绿色。南风大起的时候，苇丛在剧烈摇摆像烟雾翻腾，似乎是江湖波涛的景观。

（3）对面西山，隐隐地在天边的云层下面。右面环绕着城墙，左面掩映着龙树寺、龙泉寺等，远望一片红墙，夹在绿树中间。雉堞（dié），古代城墙上掩护守城人用的矮墙，泛指城墙。

（4）池塘中的积水，时而从间隙中透出亮光。陂（bēi）塘：池塘。

（5）江藻（1650—1722）：字用侯，又字鱼依、鉴庵，湖北汉阳人，曾以工部郎中奉命监理黑窑厂。江藻工作之余，在慈悲庵西部构筑陶然亭。

（6）大概因为它建在高冈上，回廊和栏杆像双翼一样对称地立着，四面高起，像亭子的形状，所以乾隆之后的作品，见于各家诗文集的，都用"亭"称呼它，都不做更改。廊槛（jiàn）翼峙，回廊和栏杆像羽翼一般对称地耸立。翘竦（sǒng），挺然直立。

（7）现在改名叫江亭，是把姓氏安置于地名中，就像滕王阁、庾公楼、子云亭、浩然亭，跟这些美好佳话相提并论，这也是江藻的幸运。滕王阁，在江西南昌，始建于唐永徽四年（653），因诗人王勃所作《滕王阁序》而闻名于世。庾公楼，传为晋庾亮镇江州（今江西九江）时所建。子云亭，在四川绵阳，为纪念西汉扬雄而建。浩然：指孟亭，《新唐书·孟浩然传》载："初，王维过郢州（今属湖北荆门），画浩然像于刺史亭，因曰'浩然亭'。咸通中，刺史郑诚谓贤者名不可斥，更署曰'孟亭'。"

城南思旧铭并叙

谭嗣同

往八九岁时，读书京师宣武城南，塾师为大兴韩荪农先生，余伯兄、仲兄咸在焉。⁽¹⁾地绝萧旷，巷无居人，屋二三椽，精洁乏纤尘。后临荒野，曰南下洼。广周数十里，苇塘麦陇，平远若未始有极。⁽²⁾西山晚晴，翠色照地，雉堞隐然高下，不绝如带，又如去雁横列，霏微天末。⁽³⁾城中鲜隙地，民间薶葬，举归于此。⁽⁴⁾蓬颗累累⁽⁵⁾，坑谷皆满，至不可容，则叠瘗⁽⁶⁾于上。甚且掘其无主者，委骸草莽，狸猓助虐，穿冢以嬉，髑髅如瓜，转徙道路。⁽⁷⁾加北俗多忌，厝棺中野，雨日蚀漏，谽谺洞开，故城南少人而多鬼。⁽⁸⁾

余夜读，闻白杨号风，间杂鬼啸。大恐，往奔两兄，则皆抚慰而呵煦⁽⁹⁾之。然名胜如龙泉寺、龙爪槐、陶然亭、瑶台、枣林，皆参错其间，暇即浼两兄挈以游。⁽¹⁰⁾伯兄严重⁽¹¹⁾不常出，出则健步独往，侪辈皆莫能及。仲兄通傥喜事，履险轻矫，陂池泽薮，靡不探索。⁽¹²⁾

城隅井甘冽，辇以致远，毂鸣啾啾，和以吟虫凄楚，动人肝脾。[13] 当夫清秋水落，万苇折霜，毁庙无瓦，偶像露坐，蔓草被径，阒不逢人，婆娑宰树，唏歔不自胜。[14] 欣欣即路，惘然以归。仆本恨人，僮年已尔乎。[15] 顾成人同游，盖莫不尔，皋壤使乐而墟墓生哀，抑所处殊也。[16]

自伯兄不禄，韩师旋奄忽即世，余绝迹城南十有五年。[17] 后携从子传简入京师，寻所经历，一一示传简，且言余之悲。传简都不省意，颇怅恨。以为非仲兄无足以语此，而仲兄竟殁。素车星奔[18]，取道南下洼。佛寺梵呗，钟磬朗澈，参以目所睹，瞿然大惊，谓是畴昔，徐悟其非，一恸几绝。[19] 今传简殁又四年，余于城南，乌乎忘情，又乌乎与言哉！

湖广义园[20]，亦城南僻壤也。亲属殁京师，寄葬园中，岁时持鸡酒麦饭上冢，俗礼乘小车，白布盖，纸钱飘旐左右，及冢，挂纸钱树枝，男妇皆白衣冠再拜哭祭。[21] 祭已，哭益哀，良久乃去。有少妇弱子，伏地哭不起，供具又倍盛，则新冢也。

方余读书城南际，春蛙啼雨，棠梨作华，哭声殷野，纸灰时时飞入庭院，即知清明时矣。[22] 起随家人上冢已，必游于大悲院[23]。院邻义园，其僧与余兄弟久故，导余遍履奥曲[24]。僧墓兆数十顷，众木翳之，昏鸦欢叫，弥见虚静。蓬蒿长或蔽人，雉兔窜跃蓬蒿中。归受高菊涧[25]诗，至"日暮狐狸眠冢上，夜归儿女笑灯前"，触其机括，哽噎不复成诵。塾师骇责，究其所以，复不能自列。长大举问仲兄，兄怃然有间，乃曰："三复令骨肉增重。"[26]乌乎！其曷已于思，抑曷已于铭？[27]

峨峨华屋，冥冥邱山。人之既徂，鬼鸣其间。
曰鬼来前，予识汝声。二十之年，汝唱予听。
予于汝旧，汝弗予撄。昔予闻汝，雍穆群从。
妄谓永保，交不汝重。肖然惟汝，孑然亦予。
予其汝舍，予又奚趋。星明在天，雾暗覆野。
被发走呼，寂无应者。噫嘻吁嗟，予察厥原。
汝之不应，汝亦匪存。寒暑晦明，来以赓去。
人道已然，鬼独能故。岂无魏魏，新死者歟。
岂不魋魋，后寒之骨。噫嘻吁嗟，鬼无故人。
忧谁与写，不辍如焚。卷地沙飞，索群兽寒。

缺碣眠陇，白露弥阡。我之人兮，于兹焉托。

面土厚丈，长幽不廓。酾酒荆榛，畴言可作。

缅怀平生，亦富悲冤。泪酸在腹，赍以入泉。

泉下何有，翳翳昏昏。息我以死，乃决其藩。

闵予之留，实肩斯况。豪乐纤哀，奔会来向。

明明城南，如何云忘。城南明明，千里恻怆。

——《谭嗣同集·寥天一阁文》卷一

谭嗣同（1865—1898），字复生，号壮飞，湖南浏阳人，生于北京烂缦胡同，长于宣南一带，后移居浏阳会馆。甲午战争后，在浏阳办《湘报》，提倡新学，宣传变法思想。光绪二十四年（1898）入京，授四品卿衔军机章京，参与戊戌变法，失败后从容被捕，英勇就义，后被誉为"戊戌六君子"之一。梁启超称其"志节、学行、思想，为我中国二十世纪开幕第一人"，有《谭嗣同集》传世。

题解

本文主要记录作者少年居住在北京城南读书时期的生活，字里行间透露出一股莽苍的浩然之气。作者笔下的宣武城南坟茔遍地、骸骨累累，萧旷奇谲的环境氛围令人不知不觉生出清冷凄凉之感。回忆里，恩师授业，与兄长、侄子等于城南游玩的点点滴滴，历历在目却又恍如隔世，而今兄长、老师、侄子等相继离世，凄景哀情，字字泣血。

简注

（1）我八九岁时，在京师宣武城南读书，我的私塾先生是大兴韩苏农先生，我的大哥谭嗣贻和二哥谭嗣襄都在。

（2）周围有数十里的广阔地带，苇塘和麦陇，远远平视过去似乎没有尽头。广周，周围。未始有极，没有尽头的样子。

（3）西山晚晴，遍地青翠，城墙隐约高低起伏，像条带一样连绵不断，好像雁阵横列空中，又像细雾微雨在天边飘散。

（4）城中很少有空地，民间埋葬都在这里。隙地，空地。薶（mái）葬，即埋葬。

（5）蓬颗：长有蓬草的土块，一般指坟上长草的土块，借指坟头。累累：形容数量很多的样子。

（6）叠瘗（yì）：指在原有的坟头上再堆一层来掩埋尸体。

（7）甚至掘出无主尸骸，丢弃在丛生的杂草中，狐狸和野狗肆意破坏，在坟间穿行嬉戏。死人头骨像瓜一样，在道路上散落滚动。狱（xiǎn），野狗。髑髅（dú lóu），死人的头骨。

（8）加上北方风俗习惯中禁忌很多，用稻草裹住棺材放在野外，下雨天雨水侵蚀导致棺木漏水，日久而棺材破洞中空，所以说城南人少鬼多。厝，将棺材停放待葬。蚀漏，侵蚀导致棺木漏水。谽谺（hān xiā），山谷空旷，此处用于形容棺材破洞中空的样子。

（9）呵煦（xù）：呵护。

（10）但是这里名胜很多，如龙泉寺、龙爪槐、陶然亭、瑶台、枣林等，都错落其中，有空时我就会恳求两位兄长相携同行出游。浼（měi），恳托、请求。

（11）严重：性格严肃的意思。

（12）我二哥性格开朗，喜欢冒险，往往能够轻松地越过险阻，如池塘、沼泽等景致，没有他不去探索的。通倪，通脱，性格开朗的意思。履险轻矫，轻松地越过险阻。

（13）城墙角有一处水井井水甘甜，用车子拉着运到远处，能够听到车轮发出啾啾的声音，凄楚的虫鸣相附和着，使人的内心深受触动。

（14）当秋天水位下降、水落石出，芦苇被霜凋零，庙宇毁弃无瓦，神像露天而坐，蔓草覆盖着小路，四周寂静无人，坟墓上的树木摇曳着；这令人情不自禁地叹息。偶像，指神像。被（pī）径，覆盖着小路。闃，形容寂静。婆娑，形容盘旋和舞动的样子。宰树，指坟墓上的树木。

（15）我本易于伤感，童年就已经如此了。僮，通"童"。

（16）回头看看成年后的同游者，大概也都如此吧。美丽的风景令人欢欣，但废弃的坟墓令人哀婉，大概是境遇不同所致吧。皋壤，即泽边之地，指美丽的风景。

（17）我的大哥年少而死，韩苏农先生也很快离开人世，从此我十五年没有踏足城南。不禄，年少而死。奄忽，忽然、突然。即世，去世。

（18）素车星奔：我乘着素车急忙赶回家乡。素车，古代丧事所用车子，以白土涂刷。星奔，如流星飞逝，形容迅速快疾。

（19）佛寺里传来梵呗的声音，钟磬的声音清脆悠扬，再参照看我目光所视，突然感到吃惊，以为回到了过去，慢慢地意识到并非如此，悲痛欲绝到几乎无法呼吸的地步。梵呗，佛教徒举行宗教仪式时，在佛、菩萨前歌诵、供养、止断、赞叹的音声修行法门，包括赞呗、念唱，即和尚念经说法的声音。

（20）湖广义园：旧时北京城南的一座墓园。

（21）如果有亲人在京师过世，寄葬在义园，每年祭拜时间会带上饭食贡品去上坟，习俗是乘坐小车并盖上白布，洒落的纸钱左右飘荡，等到了坟前，把余下纸钱挂在树枝上，不论男女都身着白衣白帽再跪拜哭祭。飘旟（yú），随风飘扬。

（22）我在城南读书之时，值春天青蛙雨中鸣叫、棠梨飞花之时，整个旷野都回荡着哭声，纸灰通常会飘飞入院，这时就知道清明时节到了。作华，开花。殷野，整个旷野。

（23）大悲院：旧时城南的一座寺院，位于法源寺前街。

（24）导余遍履奥曲：带着我们走遍深远偏僻之处。

（25）高菊涧：高翥（1170—1241），字九万，号菊涧，余姚（今属浙江）人，少有奇志，不屑举业，以布衣终身，南宋江湖诗派中的重要人物，画亦极为出名。其《清明日对酒》诗曾收入《千家诗》，流传甚广："南北山头多墓田，清明祭扫各纷然。纸灰飞作白蝴蝶，泪血染成红杜鹃。日落狐狸眠冢上，夜归儿女笑灯前。人生有酒须当醉，一滴何曾到九泉。"

（26）长大后我就此事询问二哥，他怅然若失好一会儿，才说："反复诵读这首诗，更加深了我们的骨肉亲情。"

（27）哎呀，怎么能不让我深思？怎么能不让我刻骨铭心？

记翠微山

林纾

　　翠微非名胜也，近龙王堂，林木始幽闃[1]。山势下趣，望山上小树皆斜俯，如迎人状。肩舆[2]转入林阴，始得一小寺，凭轩下瞰，老柏三数章，碧翳天日。有石级数十，所谓龙王堂即在其下。细泉潆然，循幽窦泻于小池。池鱼迎泉而喋[3]，周以石阑。早月出树间，筛碎影于襟袖之上。

　　余及陈弢庵、陈石遗、高颖生同坐廊隅。[4]石遗诵净名庵诗[5]，凄瑟挟鬼气。群处静境，听之肃然。饭罢，趁月登宝珠寺，林深石黑，突怒梗道，如怪兽如魖[6]。余及弢庵各以挂杖行。先以杖测石高下，始窥足。寺踞岩顶，丛绿中隐隐出殿檐。近寺，稍无树，月光下布石上。寺僧已睡，起而进茗。然烛入小洞，中坐头陀象[7]。意南中村寺，尚或过之也。[8]

　　明日游秘魔岩，读偶斋师遗诗，索笔和之。[9]以肩舆跨危岭，游狮子窝。[10]长廊依山，壁画伦绝。且雨，遂匆匆更历数寺，颓垣断塔，如新被爇⁽¹¹⁾。石遗指山下树，言秋来经霜为老红者此也。癸丑四月十四日记。

——《东方杂志》1916年13卷第1号

林纾（1852—1924），字琴南，号畏庐，别署冷红生，福建闽县（今福州市）人，光绪八年（1882）举人，在京参加礼部会试，"七上春官，屡试屡败"。光绪二十七年（1901），在北京任五城中学国文教员。工诗古文辞，为桐城派大师吴汝纶所推重，于是任北京大学讲席。蔡元培掌北大后，林纾反对废弃文言文，站到陈独秀、钱玄同、胡适等倡导的白话文运动的对立面。因此被北大辞退，晚年以画画和翻译为生。

题解

本文记述了作者与陈宝琛、陈衍、高向瀛三位友人游览西山八大处的见闻。白天龙王堂幽阒清隽，入夜，又披月登宝珠寺。次日游秘魔岩、狮子窝，冒雨更历数寺，萧索衰飒，折射出他们的遗老心态。对比龚自珍《说京师翠微山》，文章风格迥异，不仅仅是作者个体气象不同，也是北京在不同时期的时势使然。

简注

（1）幽阒：静寂。

（2）肩舆：原本是一种山行的工具，后来走平路也以之代步。初期的肩舆为两长竿，中置椅子以坐人，上无覆盖，很像四川"滑竿"。后来，椅子上下及四周增加了覆盖遮蔽物，状如车厢，这种轿子就是轿舆。

（3）喋（zhá）：形容成群的鱼、水鸟吃东西的声音。

（4）陈弢庵：陈宝琛（1848—1935），字伯潜，号弢庵，福建闽县（今福州）人，同治七年（1868）进士，曾任宣统帝溥仪的师傅，监修《清德宗实录》。陈宝琛诗《灵光寺忆竹坡示畏庐、石遗》："岩扃犹剩题名墨，池水应怜皱面人。约略老坡眠石处，却从榛莽告晁秦。"当是追忆这次出游。陈石遗：陈衍（1856—1937），字叔伊，号石遗，福建侯官（今福州）人，光绪八年（1882）举人。曾呈《戊戌变法榷议》十条，提倡维新；后为学部主事、京师大学堂教习。高颖生：高向瀛（1868—1946），字颖生，号郁离，福建侯官人，光绪十四年（1888）举人，陈宝琛妹婿。戊戌变法时，他在京师国子监任监丞，曾上折主张变法。

（5）净名庵诗，疑指北宋吕夷简（979—1044）《过灵岩寺》："净名庵下灵岩路，峻壁层崖倚半空。我爱老僧年八十，一生长住翠微中。"

（6）魈（xiāo）：山魈，山中精怪。

（7）头陀象：僧人像，这里指海岫和尚盘膝坐像。

（8）料想哪怕南方的乡村寺庙，或许也比这宝珠寺更体面。意，料想。南中，原指四川大渡河以南，包括云南、贵州等地区，后泛指南方。

（9）宝廷（1840—1890）：镶蓝旗人，字少溪，又号竹坡、难斋，晚年自号偶斋。同治七年（1868）进士，清朝宗室大臣，清流派的领袖，工诗好饮，后来自劾罢官，筑室西山。《石遗室诗话》说："（罢官后）遍游京东西诸山，岁得诗数百首。（如《灵光寺溪上偶成》："南园韶景最宜人，称着多愁积病身。水满山溪堤柳润，雪消岩洞石苔新。久看发白宁中岁，才见花红已暮春。叹息浮生如此速，且将欢笑易悲辛。"）居常贫乏不能自存，赖友朋资助。得钱则买花沽酒，呼故人赋诗酣醉。"林纾触景伤情，写《秘魔岩见宝竹师题壁诗怆然有作》，陈衍则作《秘魔崖书竹坡先生题字后示畏庐》以示宽慰："尚余二客话山丘，卅载门生共白头。绝似平山堂下过，龙蛇飞动壁间留。"

（10）林纾《十五日晨起大风，以肩舆跨山游狮子窝》："山鸟鸣时漏阳光，开门微闻草木香。僧厨啜粥趣从者，腰舆坐我犹胡床。左旋右绕入深绿，日黯微见云飞扬。麦田下睇可万尺，沿山取径遵羊肠。……沧趣老人感前迹，三十年事悲衰凉。风停茶罢雨亦止，题名浣墨污僧墙。"

（11）燹（xiǎn）：焚烧。

清皇城平面示意图，乾隆十五年（1750），出自《北京历史地图集》

清代丁观鹏《太簇始和图》

编后记

蒙木

　　散文，与韵文相对，包括辞赋、碑铭、史传、论说、杂文等，其范围远大于诗，所以关于北京的散文浩如烟海。《古代散文中的北京》选取标准首先是古代散文的名家名篇，是美的；然后是对于北京文化内涵阐释尤有助益者，真意存焉。希望读者能从这些选文中领略汉语的魅力，感受人性之美，留住看得见的乡愁，汲取人生的力量，增加文化自信。

　　先秦两汉南北朝隋唐文十篇。关于北京，自千古名文乐毅《报燕惠王书》开始，《史记》《汉书》《水经注》都不可不读。朱浮《为幽州牧与彭宠书》切实是写北京地面的人与事，又被金圣叹评为"自来文字，此为晓畅第一"，同样不可或缺。唐文五篇，作者都是文学史绕不开的大人物。尤其韩愈两文，虽然篇幅短小，但"穷情尽变"，不拘一格，"燕赵古称多感慨悲歌之士"这样著名的论断最早就出自这里。

宋金元文十篇。王禹偁《武皇》、江少虞《路振奉使契丹》、苏辙《论北朝政事大略》、陆游《肃王与沈元用》等篇，映带的是五代及辽宋时期的北京史，体现了北京如何成为"京"的过程。范成大《揽辔录》之后，开始了真正关于北京的具体描写，它是今天了解金中都最为重要的史料。郝经《居庸关铭并序》则写出了元朝把政治中心从开平移到燕京的理由。元好问《临锦堂记》、吴澄《崇文阁碑》、虞集《国子监后圃赏梨花乐府序》等，同样在北京写北京，展示了铁骑纵横的元朝另一面的文治风采。元朝还复兴了盛汉京都大赋的文学传统，著名的像黄文仲和李洧孙的《大都赋》、顾渊白的《燕都赋》，后来明朝金幼孜、杨荣有《皇都大一统赋》，以及陈敬宗、李时勉、盛时泰、黄佐、余光等有《北京赋》。这些夸饰恣肆、华丽雅赡的颂圣文字，因为阅读繁难，本选均未收录。

明文三十篇。各朝数量最多，这是经过多民族融和之后，北京文人荟萃的表征，也源于明朝小品文的兴盛。明代文坛以前后七子为代表，摹汉范唐，诗歌成就平平，但起而矫之的竟陵派与公安派的散文确有性灵。周作人将现代散文创作归宗于明清小品，很有启发性。这时期趣味盎然的游记与笔记也实在难以径选，不仅像李元阳《游银山记》、曹学佺《游房山记》都被挤掉了，单单一部《帝京景物略》也选不胜选。斟酌作者名气，并非只是审美的势利，也是立足于普及所不得不然。

清文二十篇。孙承泽、王士禛、李慈铭同样文字动人。其实清代大量学者散文别有风味，但限于篇幅不得不割舍，例如纳兰成德《渌水亭杂识》、戴璐《藤阴杂记》、李文藻《琉璃厂书肆记》等。有清满族以北京为故乡，他们多才多艺，写了大量关于故乡的作品，本书选录胤禛《圆明园记》，弘历《帝都篇》《皇都篇》《瀛台记》，主要是因为今天阐释北京营城、建筑、园林都离不开这些文字；至于玄烨《畅春园记》失选，仅仅因为畅春园旧观不存。本选对于北京文化遗存是充分关注的。清文最多推方苞，因为他文学成就高。其次龚自珍，其汪洋恣肆的论说文的成就也有定评。谭嗣同《城南思旧铭并叙》恻怆情深，让我们看到一个北京南城士人的成长，谭嗣同撰书的刻石至今还在陶然亭慈悲庵，供人缅怀。

桐城派散文是清代散文最有代表者，戴名世、方苞、刘大櫆、姚鼐被称为桐城派"四祖"，中期有梅曾亮、方东树、曾国藩等，后期主要是吴汝纶、林纾、马其昶等，其影响多在辛亥革命后，所以本书以林纾写于1913年的《记翠微山》作为结束。虽然写作年代不是今天严格意义上的古代，但古文并没有随着公元纪年而失去生命力，相反这寓示古文殿军林纾即使在和新文化运动的对垒中败北，但文学别有标准。这个旧文学的"押阵大将"，以其新乐府和翻译小说又成为新文学的"不祧之祖"。

本书总计七十篇，但作为选本，遗珠之憾，在所难免。其综合的内在理路是否谨严，欢迎读者和专家批评指正。没有批评就没有进步。如果由此形成不断往复的讨论，这正是编者与读者不断拓展视野，加深对优秀传统文化理解的新契机。

参加《古代散文中的北京》注释工作的成员包括王苇杭、王丹、冯尉斌、刘伟楠、吴安妮、张思羽、陈琼、陈草原、郑韵扬等。其实《古代散文中的北京》、《古代戏曲中的北京》、《古代楹联中的北京》与《古代诗歌中的北京》几乎是同步策划编选的，集合众人之力，如切如磋，如琢如磨。这四本书组成"艺文北京丛书"，最终出版端赖北京宣传文化引导基金的大力支持，感恩之至。自从《古代诗歌中的北京》2024年4月23日推出以来，一些尊敬的师长、朋友，包括媒体关注这套书，谨致谢忱。

主编　马东瑶

注释　王苇杭　王　丹　冯尉斌

　　　　刘伟楠　吴安妮　张思羽

　　　　陈　琼　陈草原　郑韵扬

统稿　李洪波　许庆元　王忠波

编辑　乔天一　孔伊南

本书为国家社科基金重大项目"中国古代都城文化与古代文学及相关文献研究"（项目批准号：18ZDZ237）阶段性成果。